Anne Kuhlmeyer

Freitags Tod

W0334368

Anne Kuhlmeyer

Freitags Tod

Kriminalroman

Prolibris Verlag

Handlung und Figuren sind frei erfunden. Darum sind eventuelle Übereinstimmungen mit lebenden oder verstorbenen Personen zufällig und nicht beabsichtigt.

Originalausgabe 1. Auflage 2010

Alle Rechte vorbehalten,
auch die des auszugsweisen Nachdrucks
und der fotomechanischen Wiedergabe,
sowie der Einspeicherung und Verarbeitung
in elektronischen Systemen.
© Prolibris Verlag Rolf Wagner, Kassel
Tel.: 0561/766 449 0, Fax: 0561/766 449 29

Lektorat: Anette Kleszcz-Wagner
Korrektur: Christiane Helms
Titelfoto: © Martina Epping, Billerbeck
Druck: GGP Media GmbH, Pößneck
ISBN: 978-3-935263-74-0

www.prolibris-verlag.de

Für einen,
den ich kannte,
einen Moment,
der überlebte.
Nur das.
Weil er nicht leben konnte ohne die Liebe
und nicht mit ihr.

Damit die Geschichte ein Buch werden konnte, bedurfte es eines Weges, auf dem meine Lektorin Anette Kleszcz-Wagner mich ermutigte und begleitete. Dafür möchte ich ihr ganz herzlich danken. Dank auch meiner Familie für ihre Langmut, wenn ich die Abende und Wochenenden an meinem Schreibtisch verbrachte.

Sophie

Die Nacht ist weg. Durch den Spalt in den Vorhängen stechen Sonnenstrahlen schmerzhaft in Sophies Augen. Sie wälzt ihren Körper zur Wand. Die Blümchen grinsen rosa. Einem von ihnen kratzt sie die Augen aus. Tapetenflöckchen rieseln aufs Laken. Nun grinst niemand mehr.

Die Ameisen krabbeln über den Schädel. Links. Nur links. Und der Schmerz ist schon da.

Sie zieht das Krokodil zu sich heran. Es riecht nach Schweiß – und etwas anderem. Als es zu ihr fand, war sie zwei Jahre alt. Sie weiß es, aber sie erinnert sich nicht. Wenn sie ein Kind hätte, würde sie ihm das Krokodil schenken. Dann bräuchte sie es nicht mehr. Dann hätte sie das Kind.

Jetzt braucht sie eine Tablette. Die hätte sie schon vor Stunden nehmen sollen. Als sie erwachte, dämmerte es. Der Schmerz klopfte an. Hinter der Braue. Mit kurzen, gleichmäßigen Schlägen. Schatten hielten das Zimmer belagert, hockten hinter den Möbeln, lauerten. Sie war liegen geblieben und hatte gewartet. Nun schwappt die Übelkeit heran, und der Schmerz hämmert sich quer durch ihr Hirn. Sie weiß, dass die Tablette ihr nicht mehr viel helfen wird. Nun nicht mehr. Nun hilft nur die Zeit. Der große Zeiger des Weckers steht auf der Zwölf, der kleine auf der Sieben. Zwölf und Sieben. Neunzehn.

Sie schiebt die Beine aus dem Bett. Ihr schwindelt. Zwanzig, einundzwanzig. Das Teppichmuster unter ihren Füßen hat dreiundsechzig rostrote Würfel. Sie verbinden Schrank und Schreibtisch. Sie verbinden alles in diesem Zimmer. Alles, was zählt. Sophie zählt. Zwischen Nummer achtunddreißig und zweiundvierzig steht ihr Pantoffel. Als sie sich bückt, um ihn zur Seite zu schieben, explodiert der Schmerz. Sie muss von Neuem anfangen zu zählen. Dann schafft sie es, genau dreiundsechzig Würfel, und darf in die Küche. Sie schleicht die Treppe hinab. Ihr Kopf ist groß und schwer, kaum zu tragen. Sie muss vorsichtig sein.

Das Haus liegt still. Stiller als sonst. Draußen schnurrt ein Auto vorbei. Vögel kreischen. Draußen. Die Küche stinkt nach Flieder. Übelkeit würgt im Hals. Streifen von Sonnenlicht zerschneiden alles, den Tisch, den Schrank, den Boden. In Toms Küche war es anders, staubig und freundlich. Schmutziges Geschirr auf dem Tisch und ein Blues zwischen den Wänden. Tom. Weit weg, unerreichbar. Sie hat ihn gleich gemocht. Selbst als Bruder.

An einem normalen Freitag wäre Kaffeegeruch durch den Raum gezogen. Mama hätte Brote geschmiert, schweigend wie immer. Vater hätte die Zeitung gelesen. Sophie hätte auf das Geräusch der Tür gewartet, die hinter ihm ins Schloss fiel, oben bei ihrem Krokodil. Ko heißt es. Nun gibt es nur sie und Ko. Wo Mama ist, weiß sie nicht, will es nicht wissen. Vielleicht starrt sie an die Schlafzimmerdecke. Vielleicht auch nicht. Vater ist fort. Das weiß sie. Sicher. Oder nicht? Was ist schon sicher? Vielleicht sollte sie zu Tom fahren. Er ist anders. Anders als Henry. Sie kann Ko nehmen und verreisen.

Sophie kramt in der Schublade, findet eine Packung Schmerzmittel und schiebt eine Schmelztablette unter die Zunge. Sie plumpst auf einen Stuhl und die Zeit bricht ab. Ihr ist kalt. Daran merkt sie, dass Zeit vergangen ist. Sie weiß nicht wie viel. Viel kann es nicht sein. Der Kopfschmerz bleibt. Die Migräne wird noch Stunden weiter wüten. Sophie schleppt sich nach oben und wartet.

1

Irina Glück wäre nicht zur Arbeit gekommen, nicht an diesem Freitagmorgen, nicht, wenn sie geahnt hätte, was sie erwartete. Sie hielt sich am Türpfosten des Büros aufrecht und rang nach Luft, die Augen fest geschlossen, damit sie nicht sehen mussten. Am Abend zuvor war ihr nicht wohl gewesen, und nun fühlte sie, wie der Brechreiz zurückkehrte. Sie hätte den Wecker ignorieren und der aufgehenden Sonne den Rücken zudrehen sollen. Aber so war sie nicht. Mit Bitterkeit stellte sie fest, dass sie die Flure des Seniorenheims genauso pflichttreu putzte, wie sie in ihrer ukrainischen Heimat die Kranken gepflegt hatte. Also hatte sie sich aus dem Bett gequält, war durch die Stadt geradelt und hatte im Putzraum des zweiten Stocks ihren Eimer mit Wasser gefüllt. Systematisch hatte sie sich bis ins Erdgeschoss vorgearbeitet und vorbeihuschenden Pflegerinnen ihr fröhliches »Hallo« zugerufen. Fast fertig und in Gedanken schon mit den Kindern ihrer Cousine auf dem Spielplatz, hatte sie den Putzwagen abgestellt und die Bürotür des Geschäftsführers geöffnet. Dann war sie erstarrt.

Hinter geschlossenen Lidern suchte sie ein Bild, um Halt zu finden. Ein gutes, tröstliches Bild. Nur fand sie keines. Einige Minuten mussten vergangen sein, bis sie den Geruch wahrnahm, der von dem Leichnam neben dem Schreibtisch ausging. Schwindel erfasste sie. Rasch schlug sie die Augen auf. Das Würgen im Hals wurde stärker, aber sie konnte nicht fort, stierte auf das Ungeheuerliche. Die Beine des Toten steckten in Gottfried Freitags grauen Hosen. Auch trug er die dazu gehörende Jacke des Chefs, sie hatte den Anzug gestern aus der Reinigung geholt. Das Gesicht konnte Irina aus ihrem Blickwinkel nicht erkennen. Das wollte sie auch nicht. Sie wollte nicht sehen, was damit geschehen war, wo sie doch schon zu viel gesehen hatte. Schwarzes Blut – zu Streifen und Klumpen auf dem hellblauen Hemd über dem Brustkorb geronnen. So viel Blut.

Die Fenster müssten geputzt werden, dachte Irina sinnlos. Durch junge Buchenblätter und trübe Scheiben blinzelte die Sonne. Sie malte Lichtkringel auf den Schreibtisch, auf den Boden, auf die Papiere und auf das Telefon. Irina trat einen Schritt näher. Dann sah sie das Gesicht. Die Stelle, wo das Gesicht hätte sein müssen.

Sie wandte sich ab und erbrach sich in einem Schwall. Schweiß klebte die blonden Strähnen der neuen Kurzhaarfrisur an die Stirn. Sie atmete tief und schnell. Ihr schwindelte wieder.

»Ruhig«, flüsterte sie, »ruhig«. Sie sagte es in ihrer Muttersprache und fühlte, wie der Klang der Worte ihr half, die Wand hinter sich zu ertasten. Langsam ließ sie sich an dem kühlen Putz hinabgleiten und fixierte die Spitzen ihrer Sportschuhe.

Nach einer Weile erhob sie sich und wagte einen zweiten Blick auf den Toten. Das kantige Kinn Gottfried Freitags ragte in die Luft. Sie wusste, dass sie etwas tun musste. Es war ja nicht so, dass sie noch nie einen Toten gesehen hätte. Im Gegenteil. Aber im Krankenhaus steckten sie unter weißen Laken, die Augen gnädig geschlossen, ein Kreuz auf der Brust, wenn sie und ihre Kollegin sie fertig gemacht hatten, bereit zur letzten Ruhe. So hatten Tote auszusehen. Und überhaupt, es waren alte Menschen, Kranke, manchmal Kinder. Das war schlimm. Aber sie waren krank gewesen, schwer krank.

Gottfried Freitag war nicht krank. Als er sie gestern zusammengestaucht hatte wegen des Wasserflecks auf dem Flur, den sie übersehen hatte, war er kerngesund. Herr Freitag war kein freundlicher Mensch, dachte Irina und schlug die Hand vor den Mund, als könnte sie so den schändlichen Gedanken ungeschehen machen. Nicht nur, dass er sie wegen jeder Kleinigkeit maßregelte, er verband seine Tiraden meist mit der Drohung, sie zu entlassen. Und sie konnte sich nicht wehren. Wie auch? Sie bekam das Geld für die Arbeit im Seniorenheim und im Haus der Freitags wöchentlich in einem weißen Umschlag.

Ihr Unmut gab ihr die Kraft, aufzustehen und sich abzuwenden. Sie zog das Handy aus der Tasche, musste die Polizei rufen. Aber dann würde man Fragen stellen, und Irina Glück hatte nur das Touristenvisum, keine Arbeitserlaubnis, keinen Vertrag. Sie hatte nichts. Verzagt ließ sie das Handy sinken und betrachtete das Display. Vielleicht sollte sie eine der Pflegerinnen bitten.

Der Gang des Erdgeschosses lag verlassen. Hier unten befanden sich die Büroräume, ein Friseur, der noch nicht geöffnet hatte, und eine hübsch eingerichtete Cafeteria. Irina fehlte die Kraft, in den ersten Stock zu gehen, und ihr fehlten die Worte, das Unaussprechliche mitzuteilen. Aber sie konnte schließlich nicht einfach nach Hause, sich die Decke über den Kopf ziehen und warten, bis man sie fand. Leise, als ob sie jemanden stören könnte, schloss sie die Tür und wählte die Nummer der Polizei.

2

Conrad Böse war schon so oft mit seinem Citroën nach Billerbeck gefahren, dass er kaum auf die Straße achtete und in den Anblick des zartrosa Morgendunstes über den Feldern und Wallhecken versunken war. So ging er die Kurve viel zu schnell an, um in den Seitenweg einzubiegen und bekam den XM Combi gerade noch unter Kontrolle, als sein Handy klingelte. Mit Links tastete er in die Innentasche seines Trenchcoats, klemmte das Gerät zwischen Ohr und Schulter und lauschte.

»Hör zu ...«. Er runzelte die Stirn. Jetzt hatte er wirklich keine Lust, mit Anke zu diskutieren. Aber seine Exfrau hörte nicht zu. Das tat sie nie.

»Ich sehe kurz nach Mutter, dann bin ich da«, sagte er und wollte auflegen. Aber Anke war noch nicht fertig.

»Ich weiß. Ich hole Sammy sofort ab.« Es reichte. Genervt warf er das Gerät auf den Beifahrersitz »Scheiße!« und bog in einen Feldweg ein.

Von weitem sah er seine Mutter den Gartenweg fegen. Er hielt vor dem weiß gestrichenen Zaun, der den von wildem Wein überwucherten Kotten aus Baumberger Sandstein umgab. In den Rabatten blühten die letzten Tulpen und die ersten Akeleien. Jossel sprang am Zaun entlang, wedelte und ließ sein freudiges Jaulen hören. Maria Böse besaß den Berner Sennenhund seit drei Jahren. Nach dem Tod von Conrads Vater hatte sie sich einsam gefühlt, obwohl die Ehe bestimmt nicht das war, was man hätte harmonisch nennen können. Sie hatten gestritten wie die Besenbinder. Bis zu seinem Todestag hatte Conrads Vater geschimpft und gewettert, und Maria hatte dagegen gehalten. Später hatte sie gelitten deswegen, lange und furchtbar. Sie hatte sich Vorwürfe gemacht und auch ihm, weil er zuletzt so egoistisch gewesen war, sie mit allem allein zu lassen. Seit Jossel da war, kräuselten sich wieder Lachfältchen um ihre Augen.

Conrad winkte seiner Mutter zu. Maria Böse stellte den Besen an die Hauswand und winkte zurück. Es war still bis auf Jossel und das Zwitschern der Vögel. Conrad küsste seine Mutter auf die Wange, trat einen Schritt zurück und betrachtete sie mit hochgezogenen Brauen. Sie trug eine Strickjacke zweifelhafter Farbe, irgendetwas zwischen lila und beige und einen karierten Faltenrock über der Jogginghose.

»Schön, dich zu sehen. Wie geht's dir, Mama?« Er wollte nichts sagen, sich nichts anmerken lassen und kraulte Jossels Ohren.

»Du bist spät dran. Aber wenn ich fertig bin, kannst du einen Tee haben.« Sie fegte ein bisschen schneller.

»Ehrlich gesagt, bin ich in Eile. Ich muss Sammy zum Kindergarten bringen.«

»Du bist immer in Eile. Wenn du dich überhaupt einmal sehen lässt.«

Conrad seufzte. »Erinnerst du dich an Dienstag? Du weißt, ich liebe Rhabarberkuchen. Und der am Dienstag war phantastisch.«

»Selbstverständlich erinnere ich mich. Oder denkst du, ich wäre ein bisschen ...« Sie wedelte mit der Hand vor ihrem Gesicht.

»Ein wenig vergesslicher als früher bist du schon.«

»Kommt jetzt wieder die Leier mit dem Altenheim? Das kannst du dir sparen, Conrad. Es geht mir gut. Es geht mir so gut hier wie nie in meinem Leben.«

»Ich weiß. Ich kann dich auch verstehen. Gut sogar. Aber glaubst du, dass du das alles ...« Er machte eine ausladende Bewegung mit dem rechten Arm, die das Haus, den Garten, das Leben hier draußen einschloss, »... noch in ein oder zwei Jahren bewirtschaften kannst?«

»Hast du etwas auszusetzen?« Maria schob das Kinn ein wenig nach vorn. Sie hatten diese Diskussion schon tausend Mal geführt.

»Am Garten nicht. Aber hast du heute schon mal in den Spiegel geschaut?« Das hatte Conrad eigentlich gar nicht sagen wollen.

Seine Mutter sah an sich hinab. »Ich weiß nicht, was du meinst.«

»Du siehst ein bisschen ...«, er machte eine Pause, um zu retten, was zu retten war, »... seltsam aus.«

»Seltsam.« Maria schwieg einen Augenblick. »Findest du?«

»Früher warst du die eleganteste Frau, die ich kannte.« Vielleicht ging es doch gut.

»Früher hätte mir Professor Kamps den Kopf abgerissen, wenn ich nicht in Kostüm und Hochhackigen erschienen wäre. Heutzutage kommen ja sogar die Chefsekretärinnen bauchfrei ins Büro. Jetzt trage ich, was ich will, und tue, was ich will, ob es dir passt oder nicht.«

Es war besser, wenn Conrad das Thema wechselte. »Das Seniorenheim hat sehr freundliche, helle Zimmer, und mit einigen der Bewohner habe ich mich wirklich nett unterhalten.«

Maria winkte ab und schob das Häuflein, das sie zusammengefegt hatte, an den Wegrand. »Alles alte Leute.«

»Was erwartest du? Aber ich mache mir Sorgen, verstehst du das denn nicht? Was soll denn werden, wenn …«

Sie schnitt ihm das Wort ab. »Nein. Ich finde, dass du dich um deinen Kram sorgen solltest.«

Conrads Handy klingelte. Er hielt sich das Handy ans Ohr. Sein Blick wanderte über die berankte Fassade. Feiner Rauch quoll aus einem Spalt zwischen Haustür und Rahmen. »Ja, verdammt. Ich komme gleich«, sagte er und sprintete ins Haus. Sekunden später hastete er wieder hinaus und warf fluchend einen Topf ins Beet.

»Oh, das waren die dicken Bohnen.« Ungerührt schob Maria den Kehricht auf eine Schaufel.

»So geht das nicht weiter. Du wirst dich noch umbringen.«

»Bloß weil einmal mein Essen anbrennt?« Sie tätschelte Jossel den Kopf. »Wie stellst du dir das vor? Was soll denn aus dem Hund werden?«

»Wenn ich wiederkomme, nehme ich dich mit zum Seniorenheim. Sieh es dir wenigstens an. Versprich es mir.«

»Niemals! Mir reicht's.« Sie wandte sich um und stolzierte ins Haus. Das Küchenfenster ging auf und entließ eine Wolke Rauch.

»So was von Starrsinn! Mir reicht's schon lange!« Mit fliegendem Mantel stampfte Conrad den Gartenweg zurück zu seinem Wagen, als schon wieder das Telefon klingelte. Er riss es aus der Tasche, brüllte »Böse« hinein.

3

Irina wusste nicht, wie lange sie so dagesessen hatte. Die Zeit dehnte sich zwischen den Sonnenflecken auf dem Schreibtisch. Nachdem zwei Uniformierte ihr Fragen gestellt und ihre Personalien aufgenommen hatten, bugsierte man sie in das angrenzende Büro des stellvertretenden Geschäftsführers. Es war still, bis auf die Stimmen, die vom Flur hereindrangen. Immer mehr waren es geworden, und sie vereinten sich zu einem gleichmäßigen Geräusch wie das Rauschen der Buchenblätter vor dem halb geöffneten Fenster, die ein milder Wind bewegte. Irina war so in Gedanken, dass sie die junge Frau mit dem wilden Lockenkopf erst bemerkte, als die sich auf einem Besucherstuhl vor dem Schreibtisch niederließ.

»Frau Glück?«

Irina nickte mechanisch. Die Frau lächelte. Ein schönes Gesicht mit mandelförmigen Augen und hohen Jochbögen, Gesichtszüge slawischer Herkunft?, fragte Irina sich.

»Kriminalpolizei. Morgenstern«, stellte sich die Frau vor. »Sie haben den Toten gefunden?«

»Ja.«

Der Name war nicht slawisch, aber was hieß das schon? Es war auch völlig gleichgültig. Sie war Polizistin. Irina spürte, wie sich ihr Magen zusammenzog.

»Können Sie erzählen, wie es dazu kam?«

Dankbar registrierte Irina das Mitgefühl im Gesicht der Frau. Sie erzählte, langsam und stockend, nicht, weil sie die Sprache nicht beherrschte, das tat sie perfekt, sondern weil die Worte auf ihrer Zunge klebten wie Honig, nur bitterer. Als ihr Bericht den Moment erreichte, in dem sie die Tür des Büros öffnete, verstummte sie.

Die Beamtin hob den Blick von ihrem Notizblock.

Irina wusste, dass sie weiterreden musste, aber es fiel ihr schwer, unsagbar schwer. »Ich konnte mich nicht bewegen«, sagte sie schließlich. »Das Blut, das viele Blut.« Sie starrte auf die zierlichen Hände der jungen Beamtin, die neben dem Notizblock ruhten.

»Haben Sie den Toten berührt?«

Irina schüttelte den Kopf und würgte an dem Kloß in ihrer Kehle. »Ich hab den Anzug gesehen. Da wusste ich, wer es ist.«

»So gut kannten Sie ihn?«

»Ich habe ihn von der Reinigung geholt. Gestern. Den Anzug.«

»Sie machen private Besorgungen für Ihren Arbeitgeber?« Die Morgenstern hob die linke Braue.

»Ich führe den Haushalt, privat, bei den Freitags zu Hause, meine ich.«

Jetzt war es heraus. Man würde ihr das Visum entziehen und sie nie wieder einreisen lassen. Irina ließ die kräftigen Schultern hängen.

»Sie arbeiten schwarz.«

Das war keine Frage, aber auch kein Vorwurf. Irina nickte und fügte sich in ihr Schicksal. Die Morgenstern holte tief Luft.

»Wir beschäftigen uns nicht mit arbeitsrechtlichen Fragen, und es interessiert uns nicht, ob Sie Ihre Steuern zahlen. Das Einzige, was wir hier zu klären haben ...« Die Morgenstern schüttelte den Kopf. »Möglicherweise werden Sie Probleme bekommen. Sie müssen uns trotzdem sagen, was Sie wissen.«

»Ja«, sagte Irina resigniert. »Ich bin bei meiner Cousine zu Besuch, verstehen Sie. Sie hat zwei Kinder und wenig Geld. Ihr Mann ist arbeitslos, seit sie nach Deutschland gekommen sind. Ich helfe ihnen. Deshalb.«

Die Morgenstern nickte. Sie verstand offenbar, kannte vielleicht die Motive der Menschen, die ohne Steuerkarte arbeiteten, jedenfalls hoffte Irina das. Es waren oft Leute mit schlechter Ausbildung und einem so geringen Einkommen, dass sie ihre Familien nicht ernähren konnten. Oder Bauarbeiter, die sich mit harter Arbeit ein Zubrot verdienten. Oder welche, die von den staatlichen Zuwendungen ihre Schulden nicht bezahlen konnten. Oder welche wie Irina selbst, die in ihrer Heimat nicht das Nötigste zum Leben verdienten. Irina hatte einige dieser Leute kennengelernt. Jeder hatte seine Gründe.

»Ist Ihnen im Büro von Herrn Freitag etwas aufgefallen, was Ihnen seltsam vorkam, irgendetwas, abgesehen von dem Toten?«

Irina dachte nach. Widerwillig richtete sie ihren Blick auf die Szene, die sie am liebsten aus ihrem Gedächtnis getilgt hätte. »Das Telefon lag auf dem Boden«, begann sie. »Ein paar Unterlagen auf dem Schreibtisch waren durcheinander. Herr Freitag war immer sehr ordentlich, wissen Sie. Sonst ist mir nichts aufgefallen.«

»Hätte nicht jemand schon früher oder von draußen erkennen können …«, Julia Morgenstern unterbrach sich, »dass etwas passiert ist«, sagte sie schließlich.

Irina schüttelte wieder den Kopf. »Die alten Leute haben nur bis achtzehn Uhr Ausgang. Danach ist niemand mehr im Garten, und um zwanzig Uhr gehen die Rollläden herunter, von selbst.«

»Und sie gehen auch automatisch wieder hoch?«

»Um sechs Uhr morgens, bevor ich komme.«

Julia Morgenstern notierte sich die Zeiten und erhob sich. »Haben Sie eine Idee, wer Herrn Freitag das angetan haben könnte?«

Irina zuckte die Schultern, verharrte einen Moment, bevor sie antwortete. »Er war nicht sehr beliebt. Es gab Beschwerden von Angehörigen, manchmal Streit mit Herrn Eck. Warum, weiß ich nicht. Herr Eck ist der zweite Chef.«

Dass Uwe Eck die Position des stellvertretenden Geschäftsführers innehatte, war dem Schild an der Bürotür zu entnehmen.

»Ist das alles?« Die Beamtin wartete.

Irina zupfte an ihrer Strickjacke und vermied den Blickkontakt. »Es gab viel Streit mit Frau Freitag, auch mit den Kindern«, sagte sie. »Aber die waren es nicht. Bestimmt nicht«, fügte sie hastig hinzu.

Julia Morgenstern runzelte die Brauen. Es entstand nur eine winzige Falte auf ihrer glatten Stirn. »Wie können Sie so sicher sein?«

Irinas Gesicht hellte sich auf und legte ihr offenes Wesen frei. »Es sind gute Menschen«, behauptete sie voller Inbrunst, sagte einfach, was sie glaubte.

Julia Morgenstern reichte ihr die Hand. Ein fester, trockener Händedruck. »Sie können jetzt gehen, Frau Glück. Wir werden sicher noch einmal mit Ihnen sprechen müssen. Haben Sie eine Telefonnummer?«

Irina gab sie ihr. Unbehaglich folgte sie der Beamtin zur Tür. Sie hätte sie gern noch gefragt, was passierte, wenn man ohne gültiges Visum erwischt würde, doch sie traute sich nicht recht.

Julia Morgenstern sah sie fragend an, merkte, dass sie zögerte. Aber Irina reagierte nicht. So sagte sie: »Auf Wiedersehen, Frau Glück.« Es klang wie ein Befehl.

4

Conrad klingelte zweimal und wartete. Abwesend betrachtete er das Namensschild, das er einmal im Kindergarten mit Sammy gebastelt hatte. Ein Oval aus gebranntem Ton, himmelblau lackiert, die Namen dunkel abgesetzt »Anke, Conrad & Samuel Böse«. Anke hatte es mitgenommen, als die beiden ausgezogen waren, und angebracht, wahrscheinlich weil Sammy darauf bestanden hatte. Es dauerte eine ganze Weile, bis die Tür aufgestoßen wurde. Keine Begrüßung.

Conrad sah Ankes reizvolle Rückseite über den Flur ins Kinderzimmer stöckeln. Ein neues Kostüm in anthrazit, dachte er. Oder hatte sie es schon früher besessen? Sie hatte sich immer darüber aufgeregt, dass er nicht bemerkte, wenn sie etwas Neues trug oder beim Friseur gewesen war. Sie hatte es stets so eilig, dass er kaum dazu kam, ihre aparte Erscheinung ausführlich zu betrachten, egal wie gerne er das auch getan hätte. Früher. Irgendwann hatte das aufgehört. Nach dieser … Sache hatte eigentlich alles aufgehört. Sie hatten es trotzdem beieinander ausgehalten, jahrelang. Dann kam Samuel. Sammy. Conrad lächelte die Bitterkeit weg. Er folgte Anke durch den leeren Flur ins Kinderzimmer. Umzugskartons standen herum, Sammys Bett voller Plüschtiere, an der Wand ein Poster von Mickey Mouse, das Conrad ihm geschenkt hatte.

»Nun mach schon. Zieh deine Schuhe an.« Anke packte T-Shirts und Jeans in Sammys Rucksack. Obendrauf schnürte sie den Clown, den der Junge seit seiner Geburt besaß und »Lala« getauft hatte, bevor er sprechen konnte.

»Hi, Pa«, sagte Sammy, hob die Hand zum Gruß und baute an seinem Legoturm weiter.

»Sammy! Es wird Zeit. Räum die verdammten Bausteine ein! Ich muss los.«

»Hi, Großer. Auf in den Kindergarten!« Conrad wuschelte durch Sammys dunkelblonden Schopf. Der Junge sammelte winzige Steinchen aus einer Kiste und klickte sie an sein Bauwerk.

»Du bist wie dein Vater.« Anke warf den Rucksack aufs Bett und wandte sich an Conrad. »Wieso bist du so spät? Du weißt, dass ich den Flieger kriegen muss.«

»Ich weiß. Bei meiner Mutter hat es gebrannt.«

Anke sah Conrad erschrocken an. Aber der ließ sich neben seinem Sohn nieder und vervollständigte die Kuppel des Turms.

»So schlimm scheint es ja nicht gewesen zu sein. Würdet ihr euch mal entschließen, in den Kindergarten aufzubrechen? Oder soll ich meine Mutter fragen, ob sie sich um Sammy kümmert?«

»Fang nicht wieder damit an. Wenn du deinen Job und Sammy nicht auf die Reihe bekommst, kann er besser bei mir wohnen. Das ewige Hin und Her tut ihm sowieso nicht gut. Vielleicht würde es auch helfen, wenn dein Reinhard etwas mehr Verständnis für deine familiäre Situation aufbringen könnte.« Conrad stand auf und nahm den Rucksack.

»Hast du das in einem deiner schlauen Psychoratgeber gelesen, oder was? Da steht doch bestimmt auch drin, wie gut es für ein Kind ist, die Nächte allein zu verbringen, während sein Vater gegen die Mächte des Bösen kämpft.«

»Hör auf damit! Ich lese keine Psychoratgeber.« Seine Stimme hörte sich lauter an, als er wollte. Sammy blickte aus aufgerissenen Augen. »Das hatten wir schon. Du weißt ganz genau …«

Anke winkte ab. »Eben.«

»Sammy, die Schuhe.« Conrad nahm die Jacke vom Haken. Sammy schob sich der Länge nach unter den Schrank.

»Mach jetzt keinen Unsinn. Lass uns gehen. Du siehst ja, Mama hat es eilig.«

»Sie sind weg.« Mit feuchten Augen starrte das Kind seinen Vater an.

»Sie können nicht weg sein. Oder denkst du, der große Schuhwegnehmer ist gekommen und hat sie geholt?« Conrad wurde ungeduldig und Sammy schluckte. Schließlich brachte Anke ein Paar aus dem Flur. Sammy schlüpfte hinein, umarmte die Mutter zum Abschied und schob seine kleine Hand in Conrads.

»Darf ich vorn sitzen?«, fragte Sammy, erhielt aber nur den Du-weißt-dass-das-nicht-geht-Blick von seinem Vater. Das schlechte Gewissen blieb Conrad. Auf dem Weg zum Kindergarten schwiegen sie, nur die Morgenfröhlichkeit von Radio Kiepenkerl erfüllte das Wageninnere, bis das Handy wieder klingelte.

»Ich schmeiße das verdammte Ding aus dem Fenster«, knurrte Conrad und nahm ab. »Hat das nicht noch eine halbe Stunde Zeit?« Er lauschte in den Hörer. »Okay. Ich komme.« Zu Sammy sagte er: »Wir müssen einen kleinen Umweg machen.«

»Warum?«

»Meine Arbeit.«

»Nimmst du mich mit zu deiner Arbeit?« Der Junge zappelte aufgeregt auf seinem Kindersitz hin und her.

»Ja, aber nur ganz kurz. Du musst im Auto bleiben. Versprichst du mir das?«

»Nö … Ich will mit.«

»Das geht nicht.« Conrad quetschte seinen Wagen zwischen den anderen Autos in der Auffahrt von »Haus Abendsonne« hindurch und hielt hinter dem Van der KTU. Das Fahrzeug der Abteilung für kriminaltechnische Untersuchungen verdeckte den Eingang fast völlig.

»Sammy, warte hier. Bitte. Es ist wichtig! Ich mache dich zu meinem persönlichen Beobachter. Das ist eine Mission«, meinte Conrad verschwörerisch.

»Was ist eine Mission?« Sammy schmollte.

»Eine Aufgabe.«

»Aufgaben sind doof.«

»Eine Mission ist aber eine ganz besondere, eine super wichtige Aufgabe. Und diese hier ist auch noch geheim.«

»Was soll ich denn beobachten?« Sammy löste seinen Gurt, interessiert, aber nicht völlig versöhnt.

»Verdächtige natürlich. Abgemacht?«

»Was sind Verdächtigte? Solche, wie der da.« Er zeigte auf einen alten Mann mit Hut und einem Stumpen im Mundwinkel, der abseits von einem Trupp Schaulustiger stand.

»Ja, so ähnliche.«

»Na gut.« Conrad hörte den Missmut in der Stimme des Kindes, aber er konnte es nicht ändern, jetzt nicht. Er lächelte ihm zu und wollte aussteigen.

»Und was kriege ich dafür?«, fragte Sammy, bevor Conrad die Tür öffnen konnte.

»Eine Verfolgungsjagd.« Schlawiner, dachte er und stieg aus.

Die Anlagen vor dem neuen Bau wirkten gepflegt. Vergissmeinnicht und Ranunkel reckten ihre Blüten in die Morgensonne. Der Winter war lang und eisig gewesen, plötzlich und mit Wucht war es Frühling geworden. Einen Moment dachte er an seine Mutter. Hübsch hätte sie es hier. Kurz spürte er einen Druck in der Brust, dann betrat er das Foyer.

Sammy wartete, bis sein Vater im Hauseingang verschwunden war, öffnete die Wagentür und kletterte hinaus. Ein alter Mann mit so einem Gestell zum Laufen steuerte auf ihn zu und stellte das Wägelchen vor ihm ab.

»Na, Großer, wo willst du denn hin?«

»Verdächtige beobachten.« Sammy blickte zu dem Alten hoch und reckte sich. »Ich habe eine Mission.«

»Eine Mission. Oh.« Der Alte machte ein wichtiges Gesicht. »Kann man das nicht besser, wenn einen keiner sieht?«

Sammy überlegte. Er betrachtete den Alten genau, seine gebeugte Haltung, die Runzeln im Gesicht, die von Flecken übersäten Hände, eine Narbe, die die Unterlippe teilte. Im Augenblick schien es ihm nicht ratsam zu widersprechen. Deshalb schwieg er.

»Also früher, als ich noch im Dienst war, haben wir die Verdächtigen immer vom Auto aus beobachtet.«

»Du bist Polizist?« Sammy staunte.

»Ich war es. Hauptkommissar.« Der Alte lächelte. Er winkte Sammy hinter ein großes Auto. Sammy zögerte, folgte ihm dann aber Schritt für Schritt.

»Hier ist ein ausgezeichneter Platz.«

Irgendwie fand Sammy das auch. Neugierig linste er in Richtung Eingang, aber es war nichts zu sehen als hin und her huschende Gestalten in weißen Overalls, die Taschen und Koffer schleppten.

5

Conrad Böse stürmte mit wehendem Trenchcoat und dem Handy am Ohr auf Julia Morgenstern zu. Sein Atem ging schwer, als sei er den Weg zum Seniorenheim gelaufen. »Lilly. Ich wollte dich anrufen. Bestimmt.« Dann lauschte er eine Weile. »Nein.« Wieder eine Pause. »Ich kann jetzt nicht. Aber wir können morgen ... Es geht jetzt wirklich nicht. Ich muss arbeiten. Kannst du dir nicht vorstellen, dass ...? Lilly?« Als er bei Julia ankam, ließ er das Handy sinken.

»Ich muss Sammy in den Kindergarten bringen. Er hat seinen Turm nicht fertig bekommen und die Schuhe nicht gefunden«, entschuldigte sich Conrad. Er sah Julia mit dem braunen Blick eines Labradors an. Obwohl sie erst seit wenigen Monaten mit ihm zusammenarbeitete, kannte sie seine Masche, das sah er ihr an.

Wegen Personalmangels hatte man Julia aus Düsseldorf in die Dienststelle Coesfeld versetzt, ohne Conrad über ihr Erscheinen zu informieren. Eines Morgens war sie plötzlich da gewesen und hatte sich an seinem Schreibtisch ausgebreitet. Es hatte einige Zeit gebraucht, bis klar war, wer wann was zu tun und zu sagen hatte. Von da an ging es. Sie mochten sich auf eine schroffe Weise.

Julia wies mit dem Finger auf Conrads Brust. »Hat Sammy dir auch das Hemd zugeknöpft? Dann muss er noch ein bisschen üben.«

Conrad blickte an sich hinab und beeilte sich, seine Kleidung in Ordnung zu bringen. Es hatte schnell gehen müssen heute Morgen, wie immer eigentlich, wenn seine Ex unterwegs und er für den sechsjährigen Samuel verantwortlich war. Im August würde Sammy eingeschult und dann würde alles noch schwieriger werden, besonders wenn sich Anke mehr um ihre Arbeit, ihre zahlreichen Freizeitaktivitäten und um ihren Neuen als um den Jungen kümmerte.

»Hast du schon was?«, wechselte er das Thema und wich einem Kollegen im Overall aus. »Moment!«, rief er ihm nach. Doch der Mann reagierte nicht. Julia hielt Conrad am Ärmel fest, bevor er ihm nachjagen konnte.

»Sie sind noch nicht fertig. Es gibt unzählige Spuren. Das dauert, das weißt du doch. Du hättest in aller Ruhe noch eine Tasse Kakao mit Sammy trinken können«, neckte sie ihn.

Conrad warf einen Blick in Freitags Büro – ein ansprechender, funktionaler Raum mit hellen Möbeln und überfüllt mit Menschen. Über die Schulter der Notärztin hinweg erkannte er das Formular des Totenscheins auf dem Klemmbrett. Ein Blitzlicht leuchtete auf. Der Leichnam wirkte falsch zwischen dem lebendigen Treiben. Conrad Böse betrachtete den Toten eine Weile. Das war nicht der Mann, den er vor vielleicht sechs Wochen gesprochen hatte, um seiner Mutter einen Heimplatz zu besorgen. Konnte er nicht sein. Der Mann hatte ein Gesicht gehabt. Ein ganzes, richtiges Gesicht. Um die Leiche herum war eine Unzahl von Kärtchen mit Ziffern aufgestellt. Zwei Vermummte hockten daneben, in ihre Arbeit vertieft.

»Vor heute Nachmittag erfahren wir sowieso nichts von denen«, sagte Julia. »Lass uns nach Hause fahren.«

Conrad wusste, dass sie mit »nach Hause« nicht ihre oder seine Wohnung, sondern die Dienststelle meinte. In den letzten Wochen hatten sie die nämlich häufiger gesehen als den heimischen Herd.

»Und wozu habe ich mich dann so abgehetzt«, murrte er, sah sein freies Wochenende schwinden und trottete hinter Julia her. Sie zuckte die Schultern, was irgendwie hübsch aussah, weil ihre Locken darauf wippten. In einer seiner Taschen gab sein Handy knatternde Geräusche von sich. Er sah auf das Display. Eine SMS von Lilly.

»Du liebst mich nicht.«

Das hatte ihm gerade noch gefehlt. Nicht jetzt, dachte er. Jetzt ist das wirklich ganz schlecht. Er kannte Lilly seit Monaten, hatte sich an ihr gewärmt, nachdem er sich von Anke getrennt hatte. Sie war freundlich und unkompliziert. Das hatte er jedenfalls bisher geglaubt.

Draußen nahm Conrad einen tiefen Zug von der klaren Luft. Eine Amsel sang ein Morgenlied in ihrem melancholischen Alt. Es roch nach Maiglöckchen.

»Hast du Sven schon angerufen?«, fragte Conrad, während sie zu seinem Wagen gingen. Lilly. Was war nur plötzlich los mit ihr? Conrad musste seine Gedanken einfangen.

»Unser Sven Bentrup Pferdegebiss wird begeistert sein, wenn er sich mit unseren Sachen befassen soll und nicht seinen Computerkriminellen hinterherhacken kann.« Nur mit einem Ohr hörte Conrad Julia zu. Diese Scheißumstrukturierung, dachte er. Irgendwann stehe ich hier ganz alleine. Julia gab die Namen von Gottfried Freitag und Irina Glück per Handy an Bentrup weiter.

Ein Alter, auf sein Gehwägelchen gestützt, beobachtete sie beide aus einiger Entfernung. An irgendwen erinnerte Conrad dieser Mann, doch er konnte sich nicht entsinnen. Lilly. Im Laufe des Tages würde er sie anrufen und fragen, was das sollte. Nur jetzt nicht, jetzt war keine Zeit.

Conrad und Julia fanden Sammy hinter dem Van. Der Alte humpelte auf sie zu.

»Sie erinnern sich nicht? August Ostendarp, Hauptkommissar a. D. Ich hab mir erlaubt, den jungen Detektiv zu unterstützen. Er war versucht, vorzeitig seine Überwachungsaufgabe abzubrechen und zu Ihnen zu stürmen. Aber ich konnte ihn überzeugen, dass er hier seinen Platz einnehmen muss.« Ostendarp lächelte. Die Narbe an seiner Lippe lächelte mit.

»Einen Verdächtigen haben wir genau beobachtet. Er hatte einen Hut und ...« Sammy plapperte aufgeregt los. Julia zauste ihm das Haar und schlug in seine Hand ein, die er hochhielt. Sie mochte den Jungen sehr, das wusste Conrad.

»Ich danke Ihnen, Herr Ostendarp«, sagte Conrad verlegen. Julia trat einen Schritt zurück, verschränkte die Arme vor der Brust und grinste. Jetzt fiel ihm auch wieder ein, woher er den Mann kannte. Er war gerade in Pension gegangen, als Conrad seinen Dienst angetreten hatte. Er hatte ihn nur kurz kennengelernt, später aber viel von ihm gehört. Der alte Ostendarp war eine Art Legende.

»Wie wär's, Frau Kollegin, wenn du dich eine Weile mit dem Hauptkommissar unterhalten würdest, während ich unseren kleinen Detektiv an seinen neuen Einsatzort fahre. Er muss jetzt im Kindergarten ermitteln.«

Julia grinste weiter. »Aber ein Vergnügen wäre mir das, verehrter Herr Ermittlungsleiter.«

»Du brauchst vielleicht nicht ganz so dick aufzutragen«, zischte Conrad.

Julia wandte sich an Ostendarp. »Wissen Sie, wo man einen guten Kaffee bekommt und sich ungestört unterhalten kann?«

»Ganz in der Nähe ist ein winziges Café. Das letzte seiner Art in Coesfeld. Die Guten sterben eben immer zuerst.« Ostendarps Gesicht legte sich in feine Fältchen, die buschigen, weißen Brauen hoben sich belustigt. Er wendete seinen Gehwagen und wackelte Julia voraus.

Das Café lag keine dreihundert Meter entfernt und bewirtete wohl die meisten gehfähigen Heimbewohner. Eine Wolke weißen Haars schwebte über den Tischen. Sie fanden einen Platz am Fenster.

»Freitag war ein Mistkerl.« Ostendarp nippte an seinem Kaffee.

»Und Sie haben sich dennoch für einen Heimplatz bei ihm entschieden?«

»Die Mistkerle dieser Welt verraten nicht sofort, dass sie Mistkerle sind.«

»Sonst wären wir ja überflüssig, nicht wahr.« Julia lehnte sich zurück.

»Vielleicht habe ich etwas für Sie. Ich weiß natürlich nicht, ob es etwas mit dem Mord zu tun hat, aber interessant ist es schon.«

»Sie können es nicht lassen, oder?«

»Ach, wissen Sie, man hat doch sehr, sehr viel Zeit in meinem Alter. Und es gibt sehr, sehr wenig Spannendes in so einem Heim. Wobei wir schon bei der Sache wären.«

»Ihnen fehlt die Abwechslung?«

»In der Tat. Sie fehlt besonders, wenn man sie schon bezahlt hat und sie dann nicht bekommt.«

»So?« Julia fragte sich, ob es sinnvoll gewesen war, den alten Hauptkommissar zu begleiten. Viel Arbeit wartete, und sie saß hier herum und würde sich Geschichten über die Tristesse des Alltags im Altenheim anhören müssen.

»Das ist vielleicht nicht das Wichtigste. Ein paar Ausflüge, die gebucht und bezahlt wurden, aber nie stattfanden. Viel interessanter ist es, dass etwa alle drei Monate das Personal beinahe komplett ausgewechselt wird.« Ostendarps Augen blitzten. Er beugte sich zu Julia über den Tisch. »Kasachinnen, Sloweninnen, Lettinnen. Manchmal auch Deutsche, alleinerziehende Mütter mit schlechter Ausbildung und sogar einem Ein-Euro-Job vom Arbeitsamt. Sie kommen und gehen.«

»Ja«, sagte Julia und verstand nicht.

»Freitag hatte einmal die Tür zu seinem Büro offen gelassen. Das tat er sonst nie. Da war er sehr penibel. Man konnte ihn nicht einfach besuchen. Man musste sich durch eine Pflegerin anmelden lassen. Ich hörte ihn im Raum nebenan mit Eck streiten. So habe ich mir erlaubt, einzutreten. Ein verwirrter alter Mann kann sich schon mal in der Tür irren. Und bei der Gelegenheit fielen mir ein paar Dokumente in die Hand. Ich dachte, es wäre ganz nützlich, sie zu kopieren.« Ostendarps Narbe verzog sich auf skurrile Weise.

»Sie sind mir ja einer.« Julia lächelte interessiert zurück. »Und was für Dokumente sind das?«

»Abrechnungen.«

»Abrechnungen?«

»Ja.«

»Nun machen Sie es doch nicht so spannend, Herr Ostendarp.«

»Ein bisschen Spaß müssen Sie mir schon gönnen, geschätzte Kollegin. Ich darf Sie doch so nennen?«

»Es ist mir eine Ehre.« Julia stellte die Kaffeetasse ab. »Und?«

»Es sind Abrechnungen über Leistungen. Nahrungsmittel, Wasser, Fruchtsäfte, Dinge des täglichen Lebens. Nur, dass diese Leistungen nicht erbracht worden sind. Ich habe ein Tagebuch darüber geführt, was es zum Abendessen gab. Hab mich mit anderen Bewohnern unterhalten. Die Diabetiker sind besonders schlecht dran.« Ostendarp schob sich eine Gabel mit Apfelkuchen in den Mund und kaute genüsslich.

»Hm«, machte Julia. Sie begriff noch immer nicht. Ostendarp nuschelte zwischen zwei Happen: »Das sieht nach nicht viel aus. Aber wenn man mal überlegt, was es ausmacht, wenn man vierundneunzig Bewohnern Saft berechnet, aber Leitungswasser serviert, dann kommt einiges zusammen. Und wenn man die anderen Einsparungen dazuzählt ...«

Jetzt kapierte Julia endlich. »Die *Einsparung* hat sich Freitag in die Tasche gesteckt.«

Ostendarp nickte. »Das ist ja noch nicht alles. Ich habe es ja schon angesprochen: das ständig wechselnde Personal. Ein paar der jungen Frauen hatte ich wirklich gern. Und es hat einige Zeit gedauert, bis ich begriff, dass sie nicht wiederkommen würden. Dann habe ich mir das genauer angesehen.«

Eine rundliche Kellnerin trat an den Tisch. »Darf's noch etwas sein, Herr Ostendarp?«

»Aber gerne, meine Liebe. Herrensahne wäre nicht schlecht.« Der alte Mann schob sich das letzte Stück Apfelkuchen in den Mund. »Für Sie auch?«

Julia hob die Hand. »Danke, nein.«

Der Pferdeschwanz der Kellnerin wippte lustig hinter ihr her.

»Seit ich im Heim wohne, habe ich immer Hunger.«

»Das ist ja schrecklich.«

»Eben. Also, das Personal. Ich habe mit der klugen Irina Glück gesprochen. Anfangs war sie sehr zurückhaltend. Aber schließlich konnte ich ihr Vertrauen gewinnen.« Ostendarp zwinkerte Julia zu. Sie hatte keinen Zweifel daran, dass ihm das gelungen war.

»Irina hat mir erzählt, dass sie sehr, sehr wenig verdient.«

»Diese Jobs werden wirklich zu schlecht bezahlt.«

»Das auch. Aber besonders schlecht ist es, wenn man das im Schweiße seines Angesichts verdiente Geld auch noch an seinen Chef abgeben muss.«

Julia kniff die Augen zusammen. »Und dafür haben Sie Beweise?«

Die Torte kam, und Ostendarp schaute dem Pferdeschwanz nach. Dann rammte er die Gabel in die Sahne, teilte die Torte in mundgerechte Stücke, bis ein unansehnlicher Haufen auf seinem Teller entstanden war. Er ermordet sein Essen, dachte Julia.

»Nein«, sagte Ostendarp. »Beweise habe ich dafür leider nicht. Diese Art von Dokumenten hat Freitag nicht offen herumliegen lassen. Ich hoffe, Sie finden welche, wenn Sie wissen, wonach Sie suchen müssen.«

»Zumindest einen Hinweis. Denken Sie denn, dass eine der Mitarbeiterinnen Freitag erstochen hat?«

Ostendarp leckte sich einen Krümel von der Lippe. »Ich weiß es nicht. Auszuschließen ist nichts. Die Streitigkeiten mit Eck waren allerdings kein Geheimnis. Obwohl man sich das von Eck schwer vorstellen kann. Aber wem traut man schon einen Mord zu?«

»Ja, wem traut man schon einen Mord zu.« Julia sah auf Ostendarps Kuchenteller, der sich zu zwei Dritteln geleert hatte. »Ich danke Ihnen, Herr Kollege. Könnten Sie uns Ihre Unterlagen zur Verfügung stellen?«

»Hm.« Ostendarp blickte Julia eindringlich an. »Eine Kopie von meiner Kopie können Sie haben. Ich gebe meine eigenen nicht gerne aus der Hand. Nicht einmal der Polizei. Reicht Ihnen das?«

»Vollkommen.« Julia rutschte auf ihrem Stuhl herum.

»Gehen Sie ruhig, Frau Morgenstern. Ich bleibe noch eine Weile. Auf mich wartet ja niemand. Wenn ich jemanden fände, der mich ins Konzerttheater begleiten würde. Die Fledermaus, wissen Sie.« Dabei blickte Ostendarp zur Kellnerin hinüber, die ihm ihr fröhliches Lächeln schenkte. Julia war froh, dass sie der »Fledermaus« entkommen konnte.

Als Conrad vom Kindergarten zurück war, fand er Julia blass und niedergeschlagen in dem Golf, den sie als Dienstwagen nutzte.

»Hat dich ganz schön mitgenommen, was?«, sagte Conrad.

»Ein bisschen«, gab sie zu. Sie war keine, die ihre Befindlichkeit verbergen konnte, und wollte es auch nicht, wenn er richtig verstand.

»Gottfried Freitag war der Geschäftsführer von Haus Abendsonne. Wieso wird so einer ermordet? Er war vielleicht kein Guter, vielleicht sogar ein Kotzbrocken. Aber so?« Julia schüttelte den Kopf. Ihre Hände lagen tatenlos auf dem Lenkrad.

»Sieht nach Hass aus, nach viel Hass. Du hast die Stichverletzungen ja gesehen, alle am Oberkörper. Die eine am Hals hat sicher für das Blutbad gesorgt. Und das Gesicht … Warum die Augen? Das ist Hass – und noch etwas anderes.« Einen Moment hing er seinen Gedanken nach.

»Ich habe mal einen Fall erlebt, eine türkische Frau mit elf Stichverletzungen. Ihr Mann hatte sie so zugerichtet. Sie hat knapp überlebt, weil sie ziemlich dick war. Das war ihr Glück. Und er kam mit ein paar Jahren wegen Körperverletzung davon.« Conrad legte den Gurt an.

Man hatte ihn und seinen Kollegen an das Krankenbett auf der Intensivstation gerufen. Es gab nichts zu sehen außer dem gewölbten Laken über dem massigen Leib und den Schläuchen, die die Frau mit Atem und Flüssigkeit versorgten. Die Ermittlungen verliefen unproblematisch und waren rasch abgeschlossen. Dennoch hatte der Fall ihn bis in den Schlaf verfolgt, und er konnte sich nicht erklären, weshalb.

»Es ging um die Ehre, hat der Ehemann gesagt. Aber ich habe gesehen, wie er sie angeschaut hat. Er hat sie gehasst. Abgrundtief.«

»Dann fahren wir erst zur Familie?« Julia hatte sich gefasst. Sie stieß die Luft aus. »Die Putzfrau hat behauptet, dass es zwischen dem Opfer und der Ehefrau Streitigkeiten gegeben habe. Auch zwischen ihm und den Kindern. Allerdings traut sie keinem von ihnen einen Mord zu. Die wären zu gut dafür. So hat sie sich jedenfalls ausgedrückt. Übrigens arbeitet sie auch privat für die Freitags.«

»Was hältst du von ihr?«

»Wirkte ziemlich geschockt. Insgesamt ganz sympathisch. Irina Glück schien der Familie sehr zugetan.«

»Glück?«

»Nett, nicht? Sie ist Ukrainerin, wahrscheinlich mit deutschen Wurzeln. Macht sich Sorgen wegen ihres Aufenthalts.« Julia setzte Conrad über die Befragung ins Bild. Auch über die Unregelmäßigkeiten, die Ostendarp aufgedeckt zu haben glaubte, berichtete sie.

»Er ist ein alter Haudegen, der Ostendarp. Immer noch.« Conrad holte tief Luft. »Wollen wir?« Er hatte keine Lust, die Todesnachricht zu überbringen, auch wenn seine Kollegen ihm nachsagten, er ginge mit den Angehörigen von Opfern immer sehr einfühlsam um. Wahrscheinlich eine Schutzbehauptung, um selbst der unangenehmen Aufgabe zu entgehen. Da keine anderen Kollegen zur Verfügung standen, blieb es ihm ohnehin nicht erspart.

»Hast du die Adresse?«

Julia nickte und drehte den Zündschlüssel um.

6

Vom Haus Abendsonne in der Grimpingstraße zum Hexenweg brauchten sie nur wenige Minuten. Julia parkte den Golf in der Auffahrt hinter einem dunkelgrünen, blank geputzten Range Rover. Der Klinkerbau im Landhausstil lag zurückgesetzt auf einem Grundstück, das von Sträuchern und Büschen umgeben war und dessen Grenzen sich schlecht ausmachen ließen. Ein von Rosenrabatten gesäumter Kiesweg führte vom weißen Gartentörchen gerade auf die Eingangstür zu. Der Rasen war frisch geschnitten, und es duftete nach Heu.

»Ein hübsches Anwesen«, bemerkte Conrad. »Geerbtes oder angeheiratetes Geld, was meinst du?«

»Oder Altenheime sind einträglicher, als man sich gemeinhin vorstellt.« Julia wies auf das teure Fahrzeug vor ihnen.

Nachdem der elektronische Gong der Türglocke verhallt war, vergingen ein, zwei Minuten, bevor sich Schritte näherten und die Eichentür einen Spalt geöffnet wurde.

»Ja?« Das fein geschnittene, von Locken umrahmte Gesicht einer schmalen Frau nahm einen überraschten Ausdruck an, dann verschloss es sich.

»Morgenstern, Kriminalpolizei«, sagte Julia. Ihr schien unwohl zu sein bei dem Gedanken, welche Nachricht die Frau in dem einfach geschnittenen Leinenkleid erwartete. »Das ist mein Kollege Böse.«

Conrad lächelte knapp. »Wir würden gern mit Ihnen reden.« Plötzlich fiel ihm ein, dass sie keine Ahnung hatten, ob sie die Person vor sich hatten, für die die Nachricht bestimmt war. In Gedanken hatte er den Satz formuliert, umgestellt und neu formuliert. Den Satz, der das Dasein von Freitags Ehefrau grundlegend verändern würde. Er schalt sich für seine Unachtsamkeit.

»Frau Freitag?«

Die Frau sagte »Ja« und blieb mit hängenden Armen im Eingang stehen.

»Es ist vielleicht besser, wenn Sie uns einen Moment einlassen würden.« Conrads Stimme klang fürsorglich.

Als die Frau nicht reagierte, zog er seinen Ausweis aus der Manteltasche und hielt ihn hoch. Schnell streifte ihr Blick das Dokument. Dann trat sie zur Seite, machte ihnen den Weg in das Haus frei.

An den kurzen Flur, in dem einige Paar Schuhe akkurat nebeneinander standen, schloss sich eine weitläufige Diele an. Eine Treppe führte zur Empore hinauf, auf der mehrere Türen die oberen Räume verschlossen. Wie in einem Film aus den Sechzigern, dachte Conrad.

Hedwig Freitag schlang die Arme um den Körper, als sei ihr kalt. »Die Polizei? Ist irgendetwas passiert?« Ihre erstaunlich blauen Augen irrten von einem zum anderen. Tiefe Falten und der verhärmte Zug um den Mund ließen die Frau älter erscheinen, als sie vermutlich war.

»Vielleicht möchten Sie sich setzen?«, begann Conrad. Ihm war unbehaglich. Er hatte nicht den Eindruck, dass er geeigneter wäre als irgendein anderer, um schlechte Nachrichten zu überbringen.

Hedwig Freitag rührte sich nicht.

»Wir haben Ihren Mann tot aufgefunden«, sagte er schließlich, weil ihm keine schonende Formulierung einfallen wollte. Die gab es wohl nicht. Der Tod war der Tod, schonungslos und absolut.

»Tot.« Das war alles, was sie sagte. Nur ihre Augen weiteten sich. Dann drehte sie sich um und ging auf den Sessel neben einem Tischchen zu. Ein Telefontischchen, wie man es früher hatte, nur war es seiner ursprünglichen Aufgabe beraubt, da das Mobilteil der Telefonstation fehlte. Frau Freitag sank in den Sessel und sagte noch einmal »Tot«. Sie legte beide Hände vors Gesicht, alt waren sie, abgearbeitet mit verdickten Gelenken. Conrad nickte Julia aufmunternd zu, sich bereitzuhalten für eine mitfühlende Geste. Aber als die Hände in den Schoß sanken, war das Gesicht der Frau trocken und ausdruckslos. Irgendwo tickte eine Uhr. Julia und Conrad tauschten einen Blick.

»Was ist passiert?«, fragte Hedwig Freitag mit einer Stimme so fahl wie ihr Kleid.

»Er ist ermordet worden.« Conrad ließ die Frau nicht aus den Augen, konnte aber nicht die geringste Regung erkennen.

»Ermordet.«

Julia und Conrad sahen eine Weile zu, wie sie vor sich hin starrte. Dann wurde es Julia zu viel: »Frau Freitag …«

»Darf ich Ihnen einen Kaffee anbieten?« Hedwig Freitag erhob sich abrupt und steuerte auf die Küche zu, die sich rechts an die Diele anschloss. Sie waren gezwungen, ihr zu folgen, wenn sie nicht idiotisch in der Diele herumstehen wollten. Von hinten wirkte die Frau noch kleiner und zarter.

Die Küche, ein großer, freundlicher Raum mit Möbeln aus Holz und einem zentralen Kochplatz, über dem kupferne Töpfe und Pfannen am Dunstabzug hingen, blitzte so sauber wie die eines

Musterhauses. Es roch nach Putzmittel. Vor dem Fenster stand ein Fliederstrauß auf einem restaurierten Eichentisch. Frau Freitag bot ihnen mit einer eleganten Geste, die nicht zu ihr passen wollte, Platz an. Sie befüllte einen chromglänzenden Kaffeeautomaten und stellte Tassen unter die Düsen.

»Wie?«, fragte sie kaum hörbar gegen den Küchenschrank.

»Er ist erstochen worden.« Conrad wünschte sich, das Gesicht der Frau sehen zu können. Sie tat ihm den Gefallen. Der Leere war ein Ausdruck von Sachlichkeit gefolgt.

Geschäftig räumte sie Tassen, Zucker und Sahne auf den Tisch. Schließlich ließ sie sich an der Stirnseite des Tisches nieder und verschränkte die Finger ineinander, löste sie wieder und zupfte an einem Nagelhäutchen.

»Sie halten mich sicher für herzlos, weil ich nicht in Tränen ausbreche. Es ist auch nicht so, dass es mir nicht leid tut. Gottfried war siebenundfünfzig.« Sie machte eine Pause und blickte Julia gerade ins Gesicht. Eine Locke fiel ihr in die Stirn. »Wir haben uns wohl auseinandergelebt mit den Jahren.«

Conrad beobachtete, wie sie versuchte, die Locke hinters Ohr zu schieben. »Was meinen Sie damit?«

»Ich meine, dass ich gewünscht hätte, die Kraft zu haben, mich von ihm zu trennen. Aber ich hatte sie nicht. Nicht, als die Kinder klein waren, und auch später nicht.«

»Spielte eine andere Frau eine Rolle?«, fragte Julia.

»Eine andere Frau!« Sie wandte den Kopf und stieß die Luft aus. »Ehrlich gesagt, habe ich seine Affären nicht gezählt. Das war mir wirklich egal. Wirklich.«

Conrad kostete den Kaffee. Er war heiß und stark und wärmte. Es war so kalt in diesem Haus, als ob die Fensterscheiben alle Wärme der schon so heißen Frühlingssonne absorbierten. Hedwig Freitag zupfte ein Stück Nagelhaut ab. Ein winziger Blutstropfen quoll aus der Wunde. Sie verbarg ihre Hände im Schoß.

»Es ist nicht so, dass er nicht für uns gesorgt hätte, für die Kinder und mich. Er hat hart gearbeitet, kam oft spät nach Hause und brachte am Wochenende Berge von Akten mit.«

»Deshalb haben Sie sich nicht getrennt?«

Sie hob den Blick von der Tischplatte und richtete ihn auf Conrad, als hätte sie eben erst seine Anwesenheit bemerkt. Eine Spur von Abscheu huschte über ihr Gesicht, bevor sie es unter Kontrolle brachte.

»Vielleicht. Sollte ich mich deshalb schämen? Wie hätte ich denn leben sollen, allein mit den beiden Kindern und ohne richtigen Beruf?« Sie schob das Kinn ganz kurz nach vorn, was einem Gefühlsausbruch gleichkam auf diesem starren, leeren Gesicht.

»Frau Freitag, wir sind hier, um den Mord an Ihrem Mann aufzuklären.« Julia wollte das Beziehungsthema offensichtlich fallen lassen. Was für ein blödsinniger Satz, dachte Conrad. Immer hält sie sich am Selbstverständlichen fest, wenn sie sich unsicher fühlt. Und dann kommen so blödsinnige Sätze heraus. Diese Frau verwirrt sie. Aber warum?

»Können Sie sich vorstellen, wer dafür verantwortlich sein könnte?«

Hedwig Freitag sah auf ihre Finger, die das nächste Nagelbett malträtierten. Langsam schüttelte sie den Kopf. »Er war nicht gerade beliebt. Hat sich immer wieder mit den Leuten angelegt.«

»Was für Leuten?«, hakte Conrad nach.

Sie hob die Schultern. »Mit allen. Den Nachbarn, dem Gärtner, dem Banker.«

»Hatte er Freunde?«

»Nicht viele.« Hedwig Freitag überlegte einen Moment. »Eigentlich gar keinen mehr, seit …« Sie verstummte.

»Seit?«

»Seit dem Streit mit Eck.«

»Uwe Eck, seinem Stellvertreter?«

»Ja.«

Conrad holte Luft. Musste die Frau sich jedes Wort aus der Nase ziehen lassen? »Wissen Sie, worum es bei dem Streit ging?«

Hedwig Freitag stand auf und sammelte die Kaffeetassen ein. »Worum soll es schon gegangen sein? Um Geld natürlich. Geht es nicht immer um Geld? Vielleicht hätte es sich ja auch wieder eingerenkt.«

Conrad und Julia sahen sich an, während Hedwig Freitag die Tassen in der Spülmaschine verstaute.

»Soviel ich weiß, gab es einen Vertrag zwischen ihnen. Uwe Eck kam hereingestürmt und pfefferte ihn auf den Küchentisch, als wir gerade beim Abendessen saßen. Er fluchte und sagte etwas wie: das Papier nicht wert, auf dem er geschrieben ist. Mein Mann sprang auf und schob ihn in den Flur. Ich hörte sie heftig diskutieren, verstand sie aber nicht genau. Dann stritten sie in Gottfrieds Arbeitszimmer weiter.«

»Wann war das?«, wollte Julia wissen.

»Am Mittwoch. Als Herr Eck weg war, kam Gottfried wieder herein. Er war sehr blass. Als ich ihn fragte, was los gewesen sei, herrschte er mich an, ich solle mich um meinen eigenen Kram kümmern und ob ich nichts zu tun hätte, als ihn zu belauschen.«

Plötzlich sammelte sich Feuchtigkeit in ihren tiefblauen Augen. Sie blinzelte und lief eine Entschuldigung murmelnd in die Diele.

Schritte tappten die Stufen herab. Dann war bis in die Küche zu hören: »Wo willst du hin?«

Eine jugendliche Stimme antwortete. »Seit wann interessiert dich das?«

»Es hat mich immer interessiert. Das weißt du, Sophie. Und solange du in diesem Haus …«

»Übernimmst du heute Papas Sprüche?«

»Dein Vater ist tot.« Hedwig Freitags Stimme kippte. Schweigen. Eine Uhr schlug. Dann hörten sie Sophies Schluchzen, tief und elementar.

Nach einer Weile führte Hedwig Freitag ihre Tochter in die Küche. Die junge Frau ließ die runden Schultern hängen. Blondierte, spröde Strähnen fielen ihr ins Gesicht. Unter den violett geschminkten Lidern hervor bahnte sich eine Träne ihren Weg, durch eine Schicht von viel zu dunklem Make-up. Hedwig Freitag drückte ihre Tochter auf einen Stuhl und stellte ein Glas Wasser vor sie hin. Sophie rührte sich nicht.

»Das ist Sophie. Sie wusste es noch nicht«, sagte Hedwig Freitag unnötigerweise.

Conrad musterte die Tochter des Ermordeten, wie sie dasaß mit gesenktem Kopf, in ihrem verwaschenen, ehemals schwarzen T-Shirt, ihren großen Körper zwischen Stuhllehne und Tischplatte gezwängt. Sie mochte um die Zwanzig sein, aber ihr fehlte alles Jugendliche.

»Wir möchten Ihnen unser Beileid aussprechen«, begann Julia.

Sophie hob ruckartig den Kopf und starrte Julia feindselig an. Strandgut, dachte Conrad. Ein Blick wie Strandgut.

»Geben Sie sich keine Mühe«, brach es aus ihr heraus. »Ich habe ihn gehasst.«

Mit einer heftigen Bewegung wischte sie das Glas vom Tisch, sprang auf, der Stuhl kippte nach hinten. An der Tür verharrte sie. »Und ich fahre zu Tom, ob es dir passt oder nicht«, sagte sie über die Schulter. Dann stampfte sie nach oben. Kurz darauf donnerte Black Metal über ihren Köpfen.

Hedwig Freitag hob entschuldigend die Schultern.

»Sie macht gerade eine schwere Phase durch. Hat die Lehrstelle geschmissen, die Gottfried ihr besorgt hatte. Haben Sie Kinder?«

Die kleine Frau durchbohrte Julia mit ihrem Blick. Julia öffnete den Mund, um zu antworten, dann schloss sie ihn wieder. Julia hatte keine Kinder, sie hätte gerne welche. Einen Mann, ein Häuschen im Grünen und Kinder. Zwar hatte sie einmal gesagt, sie sei nicht zur Polizei gegangen, um dann zu Hause zu versauern. Conrad wusste aber, dass das nur eine Wahrheit war. Sie war ganz vernarrt in Kinder. Ein-, zweimal hatte Conrad Sammy mit in die Dienststelle nehmen müssen, weil Anke wieder einmal kurzfristig verreisen wollte. Julia hatte zwei Stunden mit dem Jungen unter dem Schreibtisch verbracht und »Ausbruch aus dem Gefängnis« gespielt. Sammy war begeistert, bis Stefan Fels dem Spiel ein Ende machte und Sammy und Conrad nach Hause schickte. Conrad hatte sich am nächsten Tag einiges von seinem Chef anhören müssen. Aber Julia und Sammy waren seitdem Freunde. Conrad wäre auch gern Julias Freund geworden, hatte er damals gedacht. Aber es hatte sich nicht ergeben. »Wir müssen mit Ihrer Tochter sprechen. Bitte sagen Sie ihr das, wenn sie sich wieder gefangen hat.« Julia erhob sich.

»Sie sagten, Sie hätten zwei Kinder?« Conrad gab der Frau die Hand.

»Henry.« Hedwig Freitag lächelte ein abwesendes Lächeln.

Hoffentlich machte Henry gerade keine schwere Phase durch. Wenn er seinen Vater so mochte wie seine Schwester, würde auch ihm die Todesnachricht keine schlaflosen Nächte bescheren, dachte Conrad.

»Mit Ihrem Sohn müssten wir natürlich auch reden.«

»Natürlich. Ich gebe Ihnen die Adresse.«

»Und die Telefonnummer, wenn Sie so nett wären«, fügte Julia hinzu, bevor die Frau die Küche verließ.

»Warte«, sagte Conrad, als Julias Schritte auf dem Kiesweg knirschten. »Ich hab was vergessen.«

Er klingelte erneut, diesmal öffnete Hedwig Freitag unmittelbar.

»Noch was?«

»Ja.« Conrad sah das Misstrauen im Gesicht der Frau. »Wer ist Tom?«

»Das geht Sie nichts an.«

»Frau Freitag …«

»Ich will nicht, dass Sophie zu ihm fährt. Er ist kein Umgang für sie.«

»Wer ist es?«

Hedwig Freitag überlegte, dann seufzte sie. »Das Ergebnis einer der zahlreichen Affären meines Mannes. Allerdings vor meiner Zeit.«

»Name? Adresse? Telefonnummer?«

Sie hob die Schultern. »Da kann ich Ihnen nicht helfen. Sind Sie die Polizei oder ich? Ich weiß nur, dass er irgendwo in Brandenburg wohnt. Den Nachnamen habe ich vergessen.«

»Ihre Tochter wird uns sicher Auskunft geben können.«

»Lassen Sie Sophie aus dem Spiel. Sie hat schon genug …« Die Frau machte eine Pause. »Sie ist nicht ganz gesund.«

Conrad nickte. Fürs Erste wollte er es dabei bewenden lassen.

Claire

Wie satte Katzen lagen die Ortschaften an meinem Weg. Vor allem aber lagen sie hinter mir. Ich hielt auf dem sandigen Seitenstreifen, weil ich dringend Wasser nachfüllen musste, die Frontscheibe war mit Insekten und Staub bedeckt. Eine Kontrolllampe leuchtete. Das war irgendwo zwischen Brandenburg und dem Meer.

Ich zog den Schlüssel ab. Es war still, bis auf das Klicken des heißen Motors. Die Landstraße verlor sich im Tunnel der Bäume, dem ich kilometerweit gefolgt war. Ich war müde. Mein Tag hatte weit vor dem Morgen begonnen. Beim Aussteigen wirbelte mein Rocksaum warmen Sand auf. Das Backsteinhaus am Straßenrand beherbergte einen kleinen Laden. Niemand hatte sich die Mühe gemacht, ein verrottetes »Konsum«-Schild abzunehmen; daneben eine Coca-Cola-Reklame. Ich sah mich um. Es war das einzige Haus weit und breit. Eine milde Brise wehte den Duft von Lindenblüten heran. Ich stieg zwei Stufen hinauf. Der Geruch wechselte, Harzkäse und welker Kohl. Ein Glöckchen bimmelte, als ich durch die Tür trat. Zwei Alte tranken Wein an einem Plastiktisch. Irritiert musterten sie mich und sanken einander wieder in die Augen. Ich fühlte, wie sich Schweiß zwischen meinen Schulterblättern sammelte.

»Schönes Auto. Was, Belle?« Der brünette Typ in T-Shirt und Jeans blickte durch die blinden Scheiben. Er stand hinter einer Kühltheke, die nicht mehr als zwei Salamis und eine Schale mit Gehacktem enthielt, und sprühte Wasser auf die Blätter der gigantischen Topfpflanze im Schaufenster.

»Ciroën DS 23. Einer der Letzten, die vom Band gelaufen sind.« Mein Vater hatte mir die »Göttin« zusammen mit seiner kleinen Werkstatt vererbt. Wir hatten quasi am selben Tag Geburtstag. Seit seinem Tod reparierte ich sie. So hatte er es gewollt.

»Du bekommst sofort etwas.« Er lächelte, aber er schien nicht mich zu meinen. Mit zwei Fingern zupfte er ein wenig Rinderhack ab und ließ es in die Kelche der Pflanze gleiten.

»Kann ich bei Ihnen einen Kaffee bekommen?«

»Nein. Nimm Platz.«

Verwirrt starrte ich ihn an. Als er schwieg, ließ ich mich auf einer Kiste nahe dem Eingang nieder. Einen Moment lang schloss ich die Augen. Erst jetzt stellte ich fest, wie erschöpft ich war.

»Sie mag nur Mageres. Fettes verträgt sie nicht.« Der Typ betrachtete liebevoll das Gestrüpp aus wachsartigen Blättern und Blüten wie rote Henkeltöpfchen. Dann hob er den Kopf.

Bevor ich etwas erwidern konnte, verschwand er. Die Schnüre des Perlenvorhangs klimperten. Ich fragte mich, wen er angesprochen hatte, und sah mich um; hinter mir die Tür; dahinter flirrende Hitze. Plötzlich war er wieder da und reichte mir ein großes, beschlagenes Glas mit Zitronenlimonade und Eis. Bis dahin war mir nicht aufgefallen, wie durstig ich war. Die letzte längere Pause hatte ich in den frühen Morgenstunden an der Ruhr gemacht. Weil ich fror und mein Nacken schmerzte, war ich aus einem kurzen Schlaf erwacht und nach Osten weitergefahren. Ich trank in langen, gierigen Zügen.

»Tom, bringst du uns noch eine Flasche?« Aus ihren Augen zwischen unzähligen Fältchen blitzte ein wacher Verstand. Die Hand der Alten lag in der ihres Begleiters. Sein Blick ruhte auf ihr, als könne er sich nicht sattsehen an der Fülle weißen Haars, das sie zu einem wilden Knoten aufgesteckt hatte. Tom entkorkte eine Flasche Müller-Thurgau.

»Von der Unstrut.« Er schlurfte zu den beiden hinüber. Seine Hose hing auf knochigen Hüften und sein T-Shirt gab einen Streifen Haut frei, als er einschenkte. Auf dem Rückweg ordnete er einen Stapel Kekspackungen in einem Regal und pflückte ein trockenes Blatt vom Blumenkohl.

Dankbar stellte ich das Glas ab. »Ein Päckchen Tabak, bitte«, sagte ich.

»Das ist Circe. Sie ist meine älteste Kannenpflanze. Ich hatte sie schon als Kind.« Tom beschäftigte sich wieder mit dem fremdartigen Gewächs.

»Interessant.« Ich musste weiter. »Was macht das?«

»Wenn du willst, zeige ich dir die anderen.« Diesmal sah er mir ins Gesicht. Das Blau seiner Iris verschlug mir den Atem. Ohne mich aus den Augen zu lassen, hob er die Hand und wies mit dem Daumen hinter sich.

»Lacht der Wind im Korn …« Die Greisin summte in einem samtigen Alt. Ihr Begleiter strich über ihre Wange.

Tom nahm meine Hand; ich fühlte seine schmalen, kühlen Finger. Er zog mich hinter sich her. Das Glöckchen bimmelte. Die Härchen in seinem Nacken waren beinahe blond.

Hinterm Haus ein glitzernder Weiher, Kiefern und angelegte Senken voller Sumpf. Feingliedriger Sonnentau zwischen Venusfalle und Aronstab. Zierliches Taublatt neben Sauerklee und Bärlapp. Am Rande des weitläufigen Grundstücks kauerte ein Gewächshaus. Die Tür quietschte. Eine Amsel flog zeternd davon. Aus dem Inneren schlug uns Schwüle, süß und erdschwer, entgegen, darunter ein Geruch nach … Es wollte mir nicht einfallen. Augenblicklich klebte meine Bluse am Rücken. Wasser tropfte von den Scheiben … Verwesung? Zwischen dem Blattwerk lauerten prächtige Kelche und schlauchartige Gebilde in Rot, Orange und Hellgrün auf ihre Beute. Ich schrie auf, als ich in einem von ihnen einen winzigen, toten Nager entdeckte.

»Meine Mutter hat sie gesammelt. Sogar Leute aus den botanischen Gärten kamen her. Wir waren ziemlich bekannt. Als kleiner Junge fing ich Fliegen für unsere Gewächse. Mutter hat mir gezeigt, wie man die Pflanzen pflegt und vermehrt.« Tom schwieg. Wasser tropfte. Rinnsale von Schweiß kitzelten in meinen Kniekehlen.

»Und dann …?« Sumpfgewächse mitten im märkischen Sand. Was auch immer diesen seltsamen Ort hervorgebracht haben mochte, ich wollte es wissen. Ich würde die Geschichte zusammen mit einer großen Wasserflasche einpacken und mit ans Meer nehmen. Das Meer! Wenn ich erst dort wäre, würde ich ein Haus kaufen, Tomaten pflanzen und auf ein Kind warten. Ich wollte schon immer ans Meer. Tom stand so nah bei mir, dass ich die Einstiche in seiner linken Ellenbeuge erkennen konnte, als er eine Ranke zur Seite schob. Ein Schweißtropfen hinterließ eine feuchte Spur auf seinem Hals.

»Und was ist dann passiert?« Meine Stimme fühlte sich rau an, ich musste schlucken.

»Es wurde wirklich Zeit …« Er schien wieder in Gedanken, besann sich. »Sie ist gestorben.«

»Das tut mir leid.«

»Das muss es nicht. In allem, was du hier siehst«, er machte eine umfassende Armbewegung, »lebt sie weiter.«

Mich schauderte plötzlich. Tom betätigte einen Hebel und ein Oberlicht öffnete sich. Frische Luft strömte herein. Ich nahm einen tiefen Zug. Als er mir die Tür aufhielt, war er wieder da, dieser Blick. Ich schlüpfte an ihm vorbei und lehnte mich an die trockene Borke einer Kiefer.

»Gehen wir rein.« Er sah zum Himmel. »Es wird ein heißer Tag.« Die Hintertür stand offen. Aber Tom führte mich um das Haus herum. Er winkte den beiden Alten zu, die Hand in Hand in den Sandweg einbogen, der zwischen den Feldern hindurchführte. »Sie kommen immer hierher. Tag für Tag.« Eine Weile schaute er ihnen nach.

Das Glöckchen bimmelte wieder. Die Weinflasche auf dem Plastiktisch war noch halb voll. Tom holte frische Gläser, gab Mineralwasser, Eis und Zitrone hinein und füllte sie mit Wein auf. Eines drückte er mir in die Hand. Es war kühl und verlockend.

»Auf dich! Auf das Leben!« Sein Blick bohrte sich dorthin, wo ich lange niemanden mehr hingelassen hatte. Ich spürte den Schmerz und hob mein Glas. Dann räumte er zwei Stühle und das Tischchen vor die Tür. Wind trocknete meine Haut.

»Ich bin froh, dass du da bist.«

»Aber du konntest doch gar nicht wissen, dass ich komme. Ich wusste es ja selbst nicht. Und du kennst noch nicht mal meinen Namen.«

Er lehnte sich zurück und ließ die Lider ein wenig sinken.

»Dann sag ihn mir.«

»Claire.«

Er grinste. Eine Pause trat ein.

»Na und, Claire?« Aus seinem Mund klang mein Name wie ein Pseudonym. »Bleibst du?«

»Hier?« Ich sah mich um.

Tom nickte und wartete.

»Aber ich muss …«

»Was?«

»Weiter …«

»Wenn du sie erst kennst, wirst du nicht mehr von ihnen lassen können. Ich weiß, dass du sie verstehst.« Wieder schoss er einen seiner Blicke auf mein Inneres ab. »Wer, wenn nicht du?«

Er schenkte nach und erzählte eine Geschichte, ein Stück seiner Geschichte. Ich fühlte mich beschwingt und ein wenig verwirrt, als ich mich erhob. Zeit zu reisen, dachte ich. Ich gab Tom einen Kuss neben sein Ohrläppchen.

Im Auto roch es nach Leder und kaltem Rauch, nicht gut, aber vertraut. Die Kontrolllampe leuchtete auf. Verdammt! Ich wusste, was das bedeutete. Ich hatte einfach nicht mehr daran gedacht. Natürlich hätte ich hier ohnehin keinen Keilriemen kaufen können. Also raffte ich meinen Rock und streifte den rechten Strumpf ab. Es war schade um das teure Paar, aber provisorisch würde er den Keilriemen ersetzen.

Tom öffnete die Fahrertür und sah mich an, mit Augen schwarz wie Obsidian. Ich ließ den Strumpf durch meine Hände gleiten. Das Meer hatte so lange auf mich gewartet; jahrelang. Auf ein paar Stunden mehr oder weniger kam es nicht an. Oder doch?

Ich würde später weiterfahren.

Wahrscheinlich.

7

Als Julia sich hinters Steuer des Golfs schob, hob sie den Blick. Eine Gardine an einem Fenster der oberen Etage bewegte sich.

»Was jetzt?«, wollte Conrad wissen.

»Erst mal weg hier, bevor ich kotze.« Julia startete den Motor und setzte den Wagen mit Schwung aus der Auffahrt.

Sie schwiegen auf dem Weg ins Präsidium. Offensichtlich hatte die Atmosphäre im Freitagschen Haus Julia fast genauso zugesetzt wie der Anblick der Leiche im Altenheim. Conrad starrte durch die Windschutzscheibe auf die Straße. Der junge Frühlingstag hatte einen Grauschleier bekommen. Eigentlich war Conrad keiner, der unablässig reden musste, doch dieses Schweigen drückte.

Also fragte er, weil ihm nichts Besseres einfiel: »Was machst du am Wochenende?«

Julia setzte den Blinker und bog ab, erwiderte aber nichts.

»Hey, lebst du noch?«

»Ja.«

»Also, was machst du am Wochenende?«

Sie hielt an der Ampel und blickte Conrad an. »Das willst du nicht wissen.«

»Nein. Sag es mir trotzdem.«

»Ich guck mir einen Krimi an.«

»Tatort? Der dauert nicht das ganze Wochenende.«

»Das ist ja größtenteils schon verplant, oder denkst du, wir haben den Fall bis heute Abend im Sack?«

»Eher nicht«, gab Conrad zu. Die Ampel sprang auf Grün und Julia fuhr an.

»Ich seh mir den *Verdacht* an. Hab endlich mal Karten im Konzerttheater bekommen. Die sind ja sonst schon weg, bevor der Spielplan raus ist. Ich weiß auch nicht, wer die immer kriegt. Wahrscheinlich der Stadtrat, die Schützenkönige und Karnevalsprinzen.«

»Oh, Kultur. Wusste gar nicht, dass du so eine bist.« Conrad grinste, und auch Julias Lippen verzogen sich leicht.

»Du weißt eben manches nicht von mir.«

»Aber muss es denn unbedingt ein Krimi sein? Haben wir davon nicht genug, Tag für Tag?«

»Aber keinen von Dürrenmatt.«

»Mit wem gehst du hin?«

»Das möchtest du jetzt gerne wissen, was?«

Julia zwängte den Wagen in eine Lücke zwischen zwei Streifenwagen auf dem Hof der Dienststelle. Sie stiegen aus, und das

Gespräch brach ab, dabei hätte Conrad tatsächlich gerne gewusst, mit wem Julia ihre Abende verbrachte.

Das Gebäude aus den Achtzigern mit schmutzig-grünen Fensterrahmen und Flachdach wirkte wenig einladend, war aber gut in Schuss. Auf den Gängen herrschte geschäftiges Treiben. Ein Uniformierter klopfte Conrad freundschaftlich auf die Schulter. »Wie isset?«

»Und selbst?« Conrad hob die Hand zum Gruß.

Es roch nach Hektik, Schweiß und Staub.

Conrad öffnete die Bürotür und ließ Julia den Vortritt. Sven Bentrup saß allein im Büro vor seinem PC, hatte das Fenster weit geöffnet, und Conrad beobachtete, wie er mit einer raschen Bewegung den Aschenbecher in der oberen Schreibtischschublade verschwinden ließ. Ein milder Geruch nach Zigarettenrauch hing noch im Raum. Julia grinste. Seit es verboten war, in öffentlichen Gebäuden zu rauchen, hatte es Bentrup schwer mit seinem Laster.

Das Büro war vollgestopft mit Möbeln. Ein massiger Schreibtisch, beladen mit Drucker, Ordnern, Kaffeetassen, okkupierte die Zimmermitte, Aktenschränke verdeckten die Wände. Auf das Stück Putz zwischen den beiden Fenstern hatte jemand einen inzwischen vergilbten Stadtplan geklebt.

Als Julia und Conrad eintraten, schwang Sven seinen Bürostuhl herum und schenkte ihnen mit einem Lächeln einen Blick auf seine großen, gelblichen Zähne. Er war ein freundlicher Kerl, und es machte ihm nichts aus, dass seine Kollegen ihn hinter seinem Rücken »Pferdegebiss« nannten.

»Wie isset?«, tönte auch er und schälte einen Schokoriegel aus der Verpackung. Seine Vorliebe für Süßes konnte man ihm nicht ansehen. Die Jeans umschlotterte seine langen Beine und aus seinem T-Shirt ragten knochige Arme und ein sehniger Hals.

»Und selbst?« Conrad warf seinen Trenchcoat über die Stuhllehne und pflanzte sich auf die Sitzfläche.

»Über die Freitags hab ich nichts Interessantes gefunden. Hab dann bei der Stadt nachgefragt, und der Typ vom Meldeamt kannte den Toten persönlich.« Bentrup schwieg.

»Ja, und?« Julia hatte sich den zweiten Besucherstuhl geschnappt und sich rittlings darauf platziert. Gereizt kippelte sie vor und zurück.

»Kannst du mal anhalten? Du machst mich ganz kribbelig.«

Augenblicklich krachte der Stuhl auf das Linoleum und Julia verschränkte die Arme auf der Lehne.

»Was ist denn eigentlich los?« Bentrup biss in seinen Schokoriegel und kräuselte die hellen Brauen.

»Ach, nichts. Diese Frau Freitag ist ein ganz besonderes Herzchen. Sieht aus, als könnte sie keiner Fliege ein Bein ausreißen. Typ schwächliches Hausmütterchen. Aber meinst du, sie hat auch nur mit der Wimper gezuckt, als sie vom Tod ihres Mannes erfahren hat?«

»Jeder reagiert eben anders«, beschwichtigte Conrad.

»Sicher«, räumte Julia wenig überzeugt ein.

»Also«, Bentrup lehnte sich zurück. »Der Typ vom Einwohnermeldeamt hat seine Oma in dem Altenheim von Freitag. Daher kennt er ihn. Er war nicht besonders gut auf ihn zu sprechen, weil es da wohl Unregelmäßigkeiten mit den Leistungen gegeben haben soll. War ziemlich redselig, der Gute – dass man sie nicht aus dem Bett herausholt, dass sie abends nichts zu essen kriegt, und so weiter. Ich habe mir das bestimmt zehn Minuten anhören müssen, bevor ich ein Wort dazwischenbekam.«

Julia nickte. »Von Unregelmäßigkeiten hab ich auch schon gehört.«

»Gab's sonst noch was?« Conrad gähnte verstohlen.

»Die Familie ist Coesfelder Urgestein. Das Haus am Hexenweg haben schon die Eltern von Freitag bewohnt. Die sind aber seit über zwanzig Jahren tot.« Bentrup stand auf und ging zur Kaffeemaschine hinüber. »Hat jemand meine Tasse gesehen?«

Julia reichte ihm einen blau-weiß gepunkteten Pott, der dringend einer Reinigung bedurfte. Bentrup füllte ihn mit dem schwarzen Gebräu, das stundenlang vor sich hin geköchelt hatte.

»Auch einen?« Er hob die Glaskanne. Angeekelt schüttelte Julia den Kopf. Sie legte den Zettel mit der Adresse von Henry

Freitag auf den Schreibtisch. »Kannst du den mal durchlaufen lassen?«

Bentrup nippte an seinem Kaffee, ohne eine Miene zu verziehen. Seine Finger huschten über die Tastatur. Er starrte einen Augenblick auf den Bildschirm, dann schüttelte er den Kopf. »Nichts.«

»Wäre ja auch zu einfach, wenn wir die Mörder schon in der Datenbank hätten. Dann kämst du ja nie mehr raus hier.« Conrad erhob sich. »Damit es schneller geht, können wir uns aufteilen.«

»Dann macht das mal.« Bentrup wandte sich wieder seinem Bildschirm zu.

Julia war Conrad zur Tür gefolgt. Beide verharrten eine Weile und sahen zu Bentrup hinüber. Endlich drehte der sich um.

»Worauf wartet ihr?«

»Auf dich.« Julia grinste.

Bentrup blickte verwirrt. »Auf mich? Wieso auf mich? Ich habe zu tun.« Er drehte sich mit seinem Stuhl dem Bildschirm zu.

»Zu Uwe Eck musst du mit Conrad. Ich geh zu Henry Freitag.« Julia wartete.

»Uwe Eck?«

»Der stellvertretende Geschäftsführer«, erklärte Conrad.

»Von dem höre ich zum ersten Mal.«

Conrad sah Julia an. Die hob die Schultern. Den hatten sie wohl unterschlagen.

»Moment! Sagtet ihr Eck?« Bentrup fuhr sich durch sein rötliches Haar, das im Nacken zu einem Pferdeschwanz gebunden war. »Wartet mal. Da klingelt was.« In rasantem Tempo fütterte er seinen Rechner, las, scrollte weiter. »Da. Ich wusste es.«

Uwe Eck war vor fünf Jahren zu einer Bewährungsstrafe von sechs Monaten wegen Steuerhinterziehung verurteilt worden. Damals war Bentrup neu in der Dienststelle und der Fall gehörte zu seinen ersten. Deshalb und weil er ohnehin über ein verblüffendes Namensgedächtnis verfügte, war Uwe Eck in Bentrups Erinnerung haften geblieben.

»Auf geht's.« Conrad klopfte Bentrup auf die Schulter. »Wenn du ihn schon kennst, ist das«, er zeigte auf den unteren Rand des Bildschirms: »deine Zieladresse.«

»Hey!«

Conrad hielt Julia die Tür auf. »Was denn noch?«

»Ich kann doch nicht …«, druckste Bentrup.

Er hasste es zutiefst, wenn er seinen Schreibtisch verlassen musste, um mit Zeugen zu sprechen. Er hasste es überhaupt mit Leuten zu sprechen, die er nicht gut kannte. Aber seit vier Beamte auf umliegende Kommissariate verteilt worden waren, blieb ihm immer häufiger nichts anderes übrig.

»Ihr könnt mich doch nicht in die Walachei schicken«, empörte er sich.

»Die Walachei wird von den meisten Coesfeldern als Innenstadt bezeichnet«, sagte Conrad. »Und du bist ja nicht ganz allein. Ich warte unten.«

Aus den Augenwinkeln nahm Julia wahr, wie Bentrup verzweifelt nach seinen Zigaretten fahndete.

8

Ein Streifen grauen Lichts fiel auf Claires schmutzigen Fuß. Sie schlief, atmete leise.

Ein plötzlicher Regen hatte Tom und Claire ins Haus getrieben. Für einen Moment hatten sie nass und ernst und nah beieinander gestanden, bis Tom »ich gehe nach oben« gesagt und ihr einen Platz auf dem Sofa angeboten hatte. Sie war so erschöpft, dass sie angenommen hatte und sofort eingeschlafen war.

Und jetzt? Eine dunkelblonde Locke kringelte sich an Claires Hals. Es drängte Tom, sie zu den anderen zu streichen, aber er ließ es sein, stattdessen brühte er Kaffee.

»Ich werd' dann mal.« Claires Stimme war rissig vom Schlaf, als sie in der Küchentür erschien. »Dürfte ich einen Kaffee und …«, sie sah an sich hinab auf ihre Füße, »eine Dusche?«

Tom zeigte ihr das Bad. Eine Weile hörte er Wasser rauschen, dann war sie zurück und nahm dankbar den dampfenden Kaffee entgegen.

»Und, wo genau willst du ankommen?« Er lehnte am offenen Fenster. Die Luft war regenschwer; eine Amsel klagte. Bangigkeit stieg in ihm auf, eine, die er fast vergessen hatte. Claire drehte die Handflächen nach außen und lächelte.

»Egal, wenn ich heute noch das Meer zu sehen bekomme.« Ihre Augen hatten die Farbe von Heidehonig, bis Nachdenklichkeit den Ton ein wenig vertiefte. »Es war wirklich hübsch hier, Tom. Sehr. Du warst so ...« Sie zog die Unterlippe ein.

»Wir könnten im See baden, wenn du magst.« Er wollte nicht, dass sie wegfuhr.

»... fürsorglich.« Auf ihrer Lippe blieb der Abdruck eines Zahns zurück.

Er konnte sie nicht aufhalten, wozu auch? Aber ihr Lachen klang noch nach in seinem Ohr. Das würde sie mitnehmen und dann wäre es still, bis auf die Amsel. Endlos hatte er mit der Stille gelebt; mit ihr und den Pflanzen, dem Lädchen und den beiden Alten, die kamen und gingen wie die Tageszeiten, ihren Wein tranken und schwiegen. Bis vor einiger Zeit hatten sie herumgealbert oder polternd gestritten, hatten mit blitzenden Klingen um die Macht gefochten. Nach und nach waren sie verstummt; seltsamerweise schien ihnen das nichts auszumachen. Sicherlich würden sie eine Weile auf das Lädchen achten und auf die Karnivoren natürlich.

»Wir könnten ...« Tom stellte die Tasse ab, seine Hand zitterte leicht. Zeit für die »kleine Dosis«, die er sich ein- oder zweimal am Tag erlaubte; ein wenig, mehr nicht; das ging; seit Jahren. Eigentlich war es fast nichts. »Wir könnten den Rest des Tages zusammen verbringen und morgen fährst du weiter.«

»Ich bin spät dran.«

»Das Meer hat keine Öffnungszeiten.« Seine Mundwinkel taten etwas, das, als er noch in Übung war, zu einem Lächeln geführt hatte, aber sein Herz hämmerte. Claire senkte den Kopf, ihr Atem ging schneller. Als sie aufsah, lag eine Spur Zweifel in ihrem Blick.

»Ich muss los.« Ihr schmaler Finger berührte flüchtig Toms Arm. »Vielleicht komme ich auf dem Rückweg …« Sie ließ den Satz in der Luft hängen. Und da blieb er, bis Tom unglücklich die abgesplitterte Stelle am Küchentisch anstarrte. Er hatte keine Ahnung, warum er wollte, dass Claire blieb. Sie war mit ihrem klapprigen Citroën aufgetaucht, sie hatten geredet und gelacht und nun wollte sie weiter. Das war alles. Blütenduft wehte herein und machte ihm das Herz schwer; das Zittern nahm zu.

»Ich könnte den Keilriemen bestellen, in ein paar Tagen ist der da. Wir haben hier ein paar klare Seen in der Nähe, sehr nett. Du gehst kein Risiko ein.« Das war natürlich Unsinn. Sie konnte genauso gut mit einem ihrer Nylons weiterfahren bis sie die nächste Werkstatt fand. Sie konnte alles Mögliche tun. Aber er wollte nicht, dass sie alles Mögliche tat. Schweiß trat auf seine Stirn; er musste dringend etwas unternehmen.

»Kannst du warten? Ganz kurz? Bitte …«, bis das verdammte Zittern endlich aufhört, dachte er. Sie sah ihn mit einem Blick an, den er nicht deuten konnte, aber es war höchste Zeit. Im Bad hing ihr Duft noch in der Feuchtigkeit. Tom handelte schnell und routiniert. Augenblicklich beruhigte sich sein Puls, der Schweiß troknete. Er schöpfte Luft, während er seinen linken Ärmel herabstreifte und die Utensilien verstaute. Er hörte die Stufen der Stiege knarren. Eilig sprang er auf und erreichte Claire, als sie sich fluchend unter die Motorhaube beugte.

»Verdammte Hacke! Muss das am entlegensten Ort passieren, den ich im letzten Jahrhundert durchquert habe?« Ihre Hände waren schwarz von Dreck und Öl. Als sie sich mit dem Handrücken eine Strähne aus der Stirn strich, blieb ein dunkler Streifen zurück.

»Was ist?« Tom wartete. Sie war nicht gefahren; nicht, ohne Adieu zu sagen.

»Die Batterie.« An einem groben Tuch wischte sie sich die Hände ab. »Ich hätte viel früher anhalten müssen. Du hast kein Ladegerät, oder?« Zornig krachte sie die Motorhaube zu. »Sicher nicht. Und jetzt?«

Tom machte ein teilnehmendes Gesicht, aber er konnte nicht verhehlen, dass sein Herz einen kleinen Hüpfer tat.

»Ich könnte recherchieren, wo wir den Keilriemen bestellen könnten.«

»Und die Batterie? So eine bekommt man nicht so ohne Weiteres.«

Claire nestelte Tabak aus ihrer Rocktasche und drehte eine Zigarette. Frustriert ließ sie sich auf den Fahrersitz fallen. Tom setzte sich in den Sand zu ihren Füßen.

»Du musst wirklich weiter, was?« Das Ausmaß seiner Enttäuschung überraschte ihn selbst.

Sie nickte, ohne ihn anzusehen. »Ich weiß nur nicht, wie.«

»Und warum heute? Was macht es so eilig, ans Meer zu kommen?«

»Dass ich es mir vorgenommen habe. Und weil ich tue, was ich mir vorgenommen habe.«

Tom lachte auf und erhob sich. »Na dann …«.

Zorn raubte ihm die Worte. Er spürte ihren verwunderten Blick im Rücken. Aber er spürte auch einen unerwarteten Schmerz, einen, den er gern mit einer weiteren, kleinen Dosis gelindert hätte.

»Könntest du …«, ihre Stimme wurde so weich, dass er sich umdrehte, »… mich zur nächsten Werkstatt bringen?«

Nicht nur, weil er über eine Lösung nachdenken musste, sondern weil er eine Weile ihre aparte Gestalt betrachten wollte, ließ er sich Zeit, bevor er antwortete. »Womit?«, fragte er schließlich. »Mit dem Handwagen?«

Claire lächelte mutlos, und es tat ihm leid.

»Ich hätte da noch … Aber sie fährt nicht.«

Ein Glitzern trat in Claires Augen.

»Eine Enduro.« Verletzt beobachtete Tom die Hoffnung in Claires Gesicht.

»Du fährst Motorrad? Wenn das keine Herausforderung ist!«

Tom ging schweigend voraus und öffnete die Tür zum Schuppen. Im trüben Licht des engen Raums stand eine verstaubte R80 GS; jedenfalls das, was von ihr übrig war – der Rahmen, der Tank. Die Räder lagerten einzeln auf dem Boden.

Claire sah Tom von der Seite an. »Das ist nicht dein Ernst?«

»Ich sag doch, sie fährt nicht. Seit Jahren nicht. Ich weiß auch nicht, wer sich inzwischen an ihr zu schaffen gemacht hat. Hier laufen die seltsamsten Gestalten herum.«

»Tatsächlich?« Claire klang wenig überzeugt. »Da ist nichts zu machen. Sämtliche Teile bräuchte ich schon, wenn ich sie fahrbereit kriegen wollte.«

»Und jetzt?«

Claire zuckte die Schultern. Sie ging zurück zum Wagen und nahm ihre Tasche aus dem Kofferraum.

»Dann gehe ich zu Fuß.«

»Ans Meer?«

Sie grinste. »Erst mal bis zur nächsten Werkstatt.«

»Das sind an die fünfzehn Kilometer.«

»Ich bin gut zu Fuß.« Sie fixierte Tom einen Moment. »Du kannst mich ja hinbringen.«

»Hinbringen …« Er zitterte ein wenig und dachte an die »kleine Dosis«. Aber es hatte nichts damit zu tun, das wusste er, nicht direkt jedenfalls. Es hatte mit allem zu tun, dem Lädchen und den Alten und den Pflanzen; mit allem, was war. Claire stand da und tat nichts. Tom entdeckte ein winziges Muttermal über ihrem rechten Schlüsselbein, ein elegantes Fleckchen, das ihn interessierte. Er hätte sich gewünscht, dass sie lächelte. Aber das tat sie nicht. Schließlich holte er Luft und sagte: »Wenn wir meinen Weg nehmen …«

9

Julia hatte »Kappenberg« in ihr Navigationsgerät eingegeben und hielt nun vor einem Haus aus den Fünfzigern, dessen Eingang auf der weinberankten Rückseite lag. Es dauerte eine Zeit, bis Henry Freitag die Tür öffnete. Er fuhr sich mit der Hand durchs Haar.

»Ja?« Das Auffälligste an dem Mann war nicht sein kantiges Gesicht mit klassischen Zügen, es waren die Schatten unter seinen Augen, die beinahe so dunkel waren wie sein Haar.

»Julia Morgenstern, Kriminalpolizei.« Julia hielt ihren Ausweis hoch.

»Bitte, treten Sie ein.« Henry Freitag ging voraus in ein einfach, aber geschmackvoll möbliertes Wohnzimmer. Deckenhohe Bücherregale, eine Couch, in der man gerne versinken würde, Wände und Boden in warmen Cremetönen. Mit ausgestreckter Hand bot er Julia Platz an. Sie wählte einen Sessel. Henry setzte sich auf die Couch und lehnte sich zurück.

»Ich weiß es schon.«

»Mein Beileid, Herr Freitag«, sagte Julia und entdeckte erstaunt ein Zucken um Henrys Lippen, das sie fast für ein Lächeln gehalten hätte.

»Danke. Bemühen Sie sich nicht. Man hat Ihnen sicher schon gesagt, dass mein Vater kein ganz einfacher Mensch gewesen ist.« Abrupt stand er auf und wanderte durch den Raum. Julia beobachtete die Anspannung in seiner Haltung.

»Und es stimmt, er war wirklich kein einfacher Mensch.« Henry blieb stehen und sah Julia ins Gesicht. Die Farbe seiner Augen hatte die gleiche Intensität wie bei seiner Mutter.

Julia nickte, sagte aber: »Und wie muss ich das verstehen?

Er nahm seine Wanderung wieder auf, blieb erneut stehen, schob die Hände in die Taschen seiner Jeans und sah aus dem Fenster. »Möchten Sie einen Kaffee?«, fragte er hinaus auf den Balkon. Julia schüttelte den Kopf, erst als er sich umdrehte, sagte sie: »Nein.«

»Ich kann nicht viel über ihn sagen. Ich habe lange keinen Kontakt zu ihm gehabt. Seit ich die Begegnung mit ihm vermeiden konnte, habe ich das getan. Wir hatten kein besonders gutes Verhältnis.«

Julia nickte wieder.

»Mit Fünfzehn war ich eigentlich schon weg. Danach gab's nicht mehr viel, was uns verbunden hätte.«

»Und vorher?«

Henry lachte auf, ein heiserer, unfroher Ton, und setzte sich wieder. »Meine Mutter hat wohl nichts gesagt, was?«

»Was hätte sie denn sagen sollen?«

»Ach, nichts. Natürlich, nichts.« Er winkte ab.

»Würden Sie es mir denn erzählen? Immerhin ist Ihr Vater auf brutale Weise ums Leben gekommen.«

Henry beugte sich nach vorn und fixierte Julia, deren Herz sich sinnlos beschleunigte. »Er ist gestorben, wie er lebte, Frau Morgenstern.«

»Sie meinen, er hat es nicht anders verdient?«

»Ich bin sicher kein religiöser Mensch. Aber wenn es einen gerechten Gott gibt ...« Er lehnte sich zurück und rieb sich die Augen.

»Und haben Sie eine Idee, wer in diesem Falle Gottes Werkzeug gewesen sein könnte?«

Henry schüttelte den Kopf. »Ich kann Ihnen nicht weiterhelfen. Ich sagte ja, wir hatten kaum Kontakt, seit er mich mit fünfzehn endlich ins Internat verfrachten konnte.«

»Sie wollten nicht dorthin?«

»Ich wollte auf meine Mutter aufpassen. Ich hatte Angst, dass er sie eines Tages erschlägt.«

»Dass er sie ...« Julia musste Luft schöpfen.

»Er war ein gewalttätiger Dreckskerl, wenn Sie es wissen wollen. Als ich alt genug war, hab ich mich gewehrt, und Gottfried musste ein paar Tage sein gebrochenes Jochbein im Krankenhaus behandeln lassen.« In dieses müde, angespannte Gesicht trat eine Art Genugtuung.

»Danach hat man Sie ins Internat geschickt?«

»Der Alte wollte mich schon Jahre früher aus dem Haus haben. Aber ich wollte nicht. Wegen Mutter wollte ich nicht und wegen Sophie und wegen ...« Sein Blick heftete sich auf ein Bild an der Wand zwischen den beiden Fenstern, eine gerahmte Zeichnung, unbeholfen, aber nicht schlecht. Die Zeichnung eines noch nicht ausgereiften Talents.

Marie, dachte Henry. Wegen Marie wollte ich vor allem nicht. Nicht, bis zu diesem Tag ...

Der Himmel wölbte sich blau über den Wipfeln. Sonne flimmerte durch die Blätter. Ein Tag wie Seide. Henry schloss die Augen und atmete ein. Es roch nach spätem Flieder. Er spürte ein Flirren im Bauch, in der Brust, überall. Marie. Ein Gefühl wie … Es war unvergleichlich, neu und einzigartig. Marie wollte ihn sehen. Heute. Alles in ihm jubelte.

»Henry?« Seine Mutter. Konnte sie ihn nicht einfach in Ruhe lassen?

Ein Schatten hatte auf Maries Gesicht gelegen, als sie ihm in der Pause den Zettel zuschob. »Am Sonntag um drei. Du weißt ja, wo.« Er streichelte das oft gelesene Papier in seiner Hosentasche.

»Henry, kommst du?«

Was wollte sie nur? Er sprang auf die Füße und schlenderte durch den weitläufigen Garten zum Haus.

»Wasch dir wenigstens die Hände.« Hedwig Freitag warf einen missbilligenden Blick auf sein Äußeres. »Dann können wir.« Sie prüfte ihre Frisur im Spiegel.

»Dann können wir – was?«

»Über den Coesfelder Berg wandern und am Kloster Gerleve einkehren.«

»Jetzt?« Die Uhr zeigte zwei. Es würde eine Ewigkeit dauern, bis sie zurück wären. Das ging nicht. Marie.

»Dein Vater hat dir etwas Wichtiges zu sagen. Wir fanden, dass ein kleiner Ausflug der passende Rahmen wäre. Außerdem …« Sie machte eine Pause. »Er will dir verzeihen.« Wieder eine Pause. Sie lächelte vage. »Denke ich.«

»Aber Mama, heute ist Sonntag.«

»Eben.« Sie legte sich die Kette mit dem goldenen Kreuz um den Hals.

»Ich kann nicht.«

»Was kannst du nicht?« Henry hatte ihn nicht kommen hören. Sein Vater trug einen seiner grauen Anzüge und seine Stimme schnarrte scharf. Er duldete keinen Widerspruch. Das tat er nie. Henry wusste, dass er seine Ansichten durchsetzte, immer und mit allen Mitteln. Er versuchte es trotzdem. Diesmal war es zu wichtig. Der Bluterguss unter Vaters linkem Auge, der sich inzwischen gelbgrün verfärbt hatte, gab ihm Mut. Mut, ja. Aber …

»Ich kann nicht mit«, sagte Henry. »Ich habe etwas vor.«

»Was du auch vorhast, es kann nicht so bedeutend sein, dass es nicht verschoben werden könnte. Heute! Am Sonntag!«

Aber es konnte nicht verschoben werden. Nichts, was mit Marie zu tun hatte, konnte verschoben werden. Nur würde Henry das seinem Vater kaum sagen können. Der wusste ja nichts von Marie. Niemals würde Henry es zulassen, dass sein Vater von ihr erfuhr. Was blieb ihm also übrig, als Marie eine SMS zu senden und sich in sein Schicksal zu fügen?

Er schlurfte ins Bad, ließ Wasser laufen und setzte sich auf den Wannenrand. Verzagt tippte er die Botschaft ins Handy, bat sie, das Treffen um eine Stunde zu verschieben, würde sie Zeit haben?

Der Weg vorbei an blühenden Gärten, hinaus in die Wiesen, mit dümmlich mampfenden Schafen, schien endlos. Hoch über den Feldern schlug eine Lerche. Unter Henrys Füßen knirschte Kies. Vater und Mutter verschwanden gut hundert Meter voraus, hinter der nächsten Biegung. Er überlegte, ob er sich kurzerhand davonmachen sollte. Das war natürlich idiotisch. Sie würden es mitbekommen, lange bevor sie das Café am Kloster erreichten. Er war sich sicher, dass sein Vater sich das nicht bieten ließe. Plötzlich brannte die Haut auf seinem Rücken, als hätte sie erst gestern die Striemen vom Gürtel des Vaters abbekommen. Dabei lag das schon zwei Wochen zurück. Es war das letzte Mal! Das allerletzte! Da war er sicher.

Marie. Was hatte ihre hellen Augen so traurig gemacht, als sie ihm den Zettel zusteckte, fragte er sich. Und nun musste er hinter seinen Alten hertrotten, statt sein Gesicht in ihrem Haar zu vergraben. Vielleicht hatte sie seine SMS nicht bekommen und wartete unter der Rotbuche am Pius. Allein und enttäuscht. Von ihrem Treffpunkt hinter dem Gymnasium wusste niemand. Niemand außer Jonas, und der hielt den Mund.

Der Feldweg war in einen asphaltierten Wirtschaftsweg übergegangen. Ein Lüftchen trug den Duft von Holunderblüten heran, süß und sommerlich. Das Ziehen in seiner Brust wurde fast unerträglich. Marie. Henry hob einen Stock vom Wegrand auf und drosch ihn in die Brennnesseln. Die beiden Gestalten vor ihm schritten die Einfahrt zum Kloster hinauf. Wehrhaft ragten die zwei Sandsteintürme in den Himmel.

Hedwig Freitag hatte einen Tisch unter einem der gelben Sonnenschirme ergattert und winkte Henry heran. Nachdem eine Kellnerin Kaffee und Limonade vor ihnen abgestellt hatte, lehnte sich der Vater zurück.

»Vater will dir etwas sagen«, lächelte seine Mutter und schaute wie um Beifall heischend schnell zu ihrem Mann hinüber, erntete aber einen Blick, der sie zum Schweigen zwang.

»Gestern haben wir die Bestätigung bekommen«, begann der Vater.

Henry sah verständnislos von einem zum anderen.

»Mit dem nächsten Schuljahr wirst du im Schloss Buldern aufgenommen.« Der Vater blickte zufrieden.

Henry brauchte einen Moment, um zu verstehen. Er öffnete den Mund. »Aber …«

»Schön, nicht.« Die Stimme seiner Mutter schwankte.

»Aber ihr könnt mich doch nicht auf ein Internat schicken.« Sein Mund wurde trocken.

»Mach dir keine Sorgen, Henry. Du wohnst ja weiter zu Hause. Du wirst als Externer angenommen.« Seine Mutter drückte ihm den Arm, ihre Hand war kalt und feucht.

Henry fühlte sich wie vor den Kopf geschlagen. Das also sollte die Neuigkeit sein, die einen besonderen Rahmen brauchte, um mitgeteilt zu werden? Nur ein einziges Wort wirbelte durch die Leere in seinem Hirn. Marie. Er hätte schreien mögen.

»Du freust dich ja gar nicht.« In den Augen der Mutter meldete sich Sorge.

»So, jetzt pass mal gut auf, du! Es war schwierig genug, dich dort unterzubringen, mit deinen Zeugnissen und deinem Verhalten. Es wird mich eine Stange Geld kosten. Und aus diesem Grunde wirst du alle Angebote dort nutzen. Du wirst also in Buldern wohnen.«

»Gottfried!?« Die Mutter riss die Augen auf.

»Halt den Mund. Es ist besser so.«

Henry sah die Falte zwischen den Brauen seines Vaters. Mutter war in sich zusammengesunken, malträtierte ein Nagelbett und schwieg. Aber es interessierte ihn nicht. Jetzt nicht. Marie, die Schöne, die Einzige. Seine Marie. Er würde nie mehr heimlich ihren Arm streifen können, nie mehr ihren Nacken mit den Augen nachzeichnen, in der Religionsstunde. Zorn erfasste ihn so unvermittelt, dass er aufsprang und seinen Stuhl umriss. Er funkelte seinen Vater an.

»Nie! Niemals! Von mir aus kannst du selber auf das verfickte Internat gehen.« Er drehte sich um und schoss davon. Dann rannte er. Rannte. Die Auffahrt hinab, die Straße zwischen den Büschen entlang, den Feldweg, bis seine Beine zitterten. Tränen strömten über sein Gesicht. Wut und Hilflosigkeit. Er stieß einen Schrei aus, und die Lerche schwieg. Verzweiflung lähmte seinen Schritt. Mühsam schleppte er sich den Häusern entgegen. Er würde niemals auf das verdammte Internat gehen. Lieber packte er seine Klamotten und haute ab. Aber wohin? Vielleicht würde Jonas ihn aufnehmen. Sicher würde er das. Er packte am besten sofort. Der kleine Lichtblick trieb ihn an.

Als er in den Hexenweg einbog, sah er ihre zierliche Gestalt von weitem. Marie. Er spurtete auf sie zu, wischte sich die Wangen trocken und stoppte unvermittelt.

»Hallo.« Marie lächelte vage und senkte den Kopf.

»Hallo.« Er mühte sich, seinen Atem zu zügeln.

Die blonde Mähne verbarg ihr Gesicht. »Ich muss es dir doch sagen. Heute. Morgen fahren wir in Urlaub.« Als sie aufsah, lag Trostlosigkeit in ihrem Blick.

Henrys Herz zitterte.

»Ab August muss ich nach Buldern, auf das bekloppte Internat.«

Henry hob sanft ihr Kinn. Einen Moment sahen sie sich in die Augen.

»Ich auch«, sagte er und nahm sie in die Arme.

Henry Freitag wandte sich von der Zeichnung ab. »Ich wäre Ihnen dankbar, wenn Sie jetzt gehen würden, Frau Morgenstern. Ich komme aus dem Nachtdienst, und der ist auf der Geschlossenen kein Zuckerschlecken.«

»Seit wann arbeiten Sie in der psychiatrischen Abteilung?« Julia hatte noch Fragen, viele Fragen.

»Seit zwei Jahren.« Henry erhob sich. »Wenn ich Sie jetzt bitten dürfte.«

»Ein paar Fragen sind noch offen. Die hätte ich Ihnen gern gestellt.«

»Ich stehe Ihnen zur Verfügung. Morgen.« Henry hielt ihr die Tür auf. Julia zögerte. Einen Moment lang dachte sie daran, dass sie sich ihren Samstag anders vorgestellt hatte. Aber was half es?

»Also gut. Dann morgen im Präsidium. Aber vergessen Sie nicht zu kommen.«

»Wie könnte ich?«

Das Letzte, was Julia wahrnahm, bevor sie ging, waren die Schatten unter seinen Augen, die noch einen Deut dunkler geworden zu sein schienen.

10

Conrad betrachtete Uwe Ecks blasses Gesicht. Es hatte die Farbe verloren, als er erfuhr, dass Gottfried Freitag ermordet worden war. Bleich hob es sich vom schwarzen Rollkragen und der in dunklem Grün gestrichenen Wand hinter ihm ab.

Ecks Lebensgefährtin Susanne Eichler, eine dralle Brünette mit einem winzigen Näschen, hatte ihn auf einen Stuhl gedrückt und ein Glas Wasser vor ihn hingestellt, das er in kleinen Schlucken trank.

»Wie?«, fragte Eck tonlos. Sven Bentrup stand nahe der Tür und wippte mit dem Fuß, während er dem viel zu engen Rock von Susanne Eichler hinterhersah, als sie in der Küche verschwand. Lila stand ihr nicht.

»Was für ein Verhältnis hatten Sie zu Herrn Freitag?«, fragte Conrad. Eck war der Erste, der zeigte, dass Freitags Tod ihn berührte, auf welche Weise auch immer.

»Er war mein Geschäftspartner. Ganz einfach.« Eck sah auf, aber seine Augen fanden keinen Halt. »Wie ist es passiert?«

»Zwischen Ihnen und Herrn Freitag soll es Streit gegeben haben.«

»Wer sagt das?« Die Dralle kam mit einem Tablett mit Kaffee und Plätzchen zurück. Conrad schwieg und schaute zu, wie sie mit energischen Bewegungen Tassen und Teller auf den Tisch räumte.

»Das war bestimmt die Freitag. Die mochte Uwe noch nie. Sie ist so eine Verkniffene, Luftgetrocknete.« Eck hob die Hand einige Zentimeter vom Tisch, um ihrem Wortschwall Einhalt zu gebieten. Eine fade, kraftlose Geste. Frau Eichler protestierte, indem sie die Luft ausstieß.

»Mit Hedwig hat das nichts zu tun. Es war rein geschäftlich. Und Streit kann man das Ganze auch nicht nennen. Wir waren nicht immer einer Meinung. Das ist richtig«, sagte Eck.

»Milch und Zucker?« Mit einem Blick, der keinen Widerspruch duldete, drückte die Eichler Sven eine Tasse in die Hand.

»Danke, schwarz.« Sven nahm ihr die Tasse ab und bezog wieder seinen Posten an der Tür.

»Nicht immer einer Meinung. Ts!« Das Gesicht der Eichler wurde einige Nuancen dunkler. »Er hat dich beschissen, Uwe. Von Anfang an.«

»Hat er das?«, hakte Sven nach.

»Wir hatten unterschiedliche Auffassungen vom Umgang mit den Ressourcen.« Ecks Blässe wich ein wenig, nachdem er seine Tasse ausgetrunken hatte. Wahrscheinlich war er der blasse Typ, das rotblonde Haar und die Sommersprossen sprachen dafür. Herbsttyp, hätte Anke gesagt. Wieso ihm das gerade einfiel, konnte sich Conrad nicht erklären. Bei der Gelegenheit erinnerte er sich, dass er Lilly hatte anrufen wollen und sein Herz stolperte, wie es das neuerdings häufiger tat. Er schüttelte sein schlechtes Gewissen ab und versuchte, sich zu konzentrieren. Er starrte auf

Ecks Hände, die reglos neben seiner Tasse lagen, schmale Hände mit langen Fingern und sorgfältig manikürten Nägeln.

»Wie ich gehört habe, ging es um einen Vertrag, dem nicht entsprochen worden ist.« Conrad riss seinen Blick von den Händen los und sah Eck ins Gesicht.

Eck wirkte verhältnismäßig gelassen, offensichtlich hatte er sich gefasst und war auf sicheres Terrain zurückgekehrt.

»Die Verträge, die Uwe mit Freitag geschlossen hat, sind samt und sonders nichtig!« Die Hand der Eichler krachte auf den Tisch wie eine Guillotine. Röte stieg ihr ins Gesicht, und eine Ader trat an der Schläfe hervor. Conrad machte sich Sorgen um den Blutdruck der Frau. Die ganze Sache schien sie deutlich mehr aufzuregen als Eck selbst.

»Gottfried war nicht gerade der Sympathieträger schlechthin. Die meisten Gespräche mit Verwandten der Bewohner führte ich deshalb. Er kümmerte sich mehr um administrative Aufgaben. Manchmal hatten wir kleinere Differenzen wegen der Arbeitsverteilung.«

»Dass Gottfried Freitag wenig Sympathie entgegengebracht worden ist, haben wir schon festgestellt. Wie haben Sie sich denn kennengelernt?« Conrad schob seine Tasse von sich.

»Sie waren die allerbesten …«

Eck fiel ihr ins Wort. »Susanne! Ich würde mich jetzt gern allein mit den beiden Herren unterhalten. Dir war doch vorhin nach einem Einkaufsbummel. Könntest du ihn nicht schon einmal ohne mich beginnen? Ich ruf dich dann an, und wir treffen uns irgendwo in der Stadt. Und …«, er überlegte einen Moment: »… könntest du meinen Anzug aus der Reinigung abholen? Ich brauche ihn dringend.«

Susanne Eichler starrte ihren Lebenspartner an, die Augen aufgerissen in stummem Zorn. »Bitte«, fügte Eck fast hilflos hinzu. Dann stapfte sie wortlos davon. Die drei Männer schwiegen, bis die Wohnungstür ins Schloss fiel.

»Gottfried hat einen Projektmanager gesucht und mich gefunden. Nicht, dass wir Freunde geworden wären. Aber wir kamen gut miteinander aus, bis Haus Abendsonne stand. In der täglichen

Routine kam es dann immer mal zu Reibereien, nichts Ernstes, wie ich schon sagte.«

Sven schlenderte zum Tisch und setzte sich neben Conrad. »Ich verstehe immer noch nicht richtig, worin die Differenzen bestanden«, sagte er.

»In nichts Besonderem.« Eck stand auf und räumte das Geschirr zusammen. »Er wollte eine Pflegerin einstellen, die ich unpassend fand. Ich wollte ein neues Konzept für die Behandlung von Demenzkranken, dem er nicht zustimmte. So etwas. Alltag eben. Ganz normaler Alltag.« Er nahm das Tablett und trug es in die Küche. »Ich weiß gar nicht, was Sie von mir wollen«, rief er aus der Küche. Geschirr klapperte, dann stand Eck mit hängenden Armen in der Tür. »Wie ist er gestorben?«

»Dazu können wir Ihnen nichts sagen.« Conrad meinte, etwas Gequältes in seinem Gesicht wahrzunehmen, worauf es sich bezog, blieb ihm verborgen. Andererseits konnte er ihm nachfühlen, dass der Mord an seinem Geschäftspartner ihn mitnahm.

»Wo waren Sie eigentlich Donnerstagnacht?« Svens Gespür für die Befindlichkeiten von Menschen war wieder einmal phänomenal.

»Sie wollen doch nicht sagen …«

»Herr Eck«, sagte Conrad und blitzte Sven an, der zuckte nur die Schultern. »Natürlich nicht. Aber Sie werden einsehen, dass wir alle im Umkreis des Opfers fragen müssen. Alle. Ausnahmslos.«

»Ich bringe doch nicht meinen Geschäftspartner um. Ich bringe überhaupt keine Leute um.«

»Bitte, Herr Eck. Das glauben wir auch.« Conrad würde Sven die Mayonnaise von seinen Pommes in die Haare schmieren, wenn er gleich mit ihm in die Imbissbude einfiel. Er merkte, wie sein Magen knurrte.

Eck beruhigte sich etwas. »Ich war hier. Wo soll ich sonst gewesen sein? Das kann Susanne, Frau Eichler, bestätigen.«

»Danke für Ihre Auskünfte. Wir werden sicher noch einmal auf Ihre Hilfe zurückgreifen müssen.« Conrad erhob sich, Sven blieb sitzen. Er streckte den rechten Zeigefinger in die Luft und öffnete den Mund.

»Wir finden allein hinaus. Kommst du?« Conrad trat von einem Bein aufs andere. Sven schloss den Mund wieder und blickte ratlos umher, bevor er aufstand und seinem Kollegen in den Flur folgte. Eck blieb hinter ihnen, als hätten sie vor, sich heimlich ins Schlafzimmer zu verdrücken. Conrads Hand lag auf der Klinke, als die Tür aufsprang und Susanne Eichler hereinspazierte. Eck küsste sie auf die Wange. »Schon zurück?«

»Ich hab die Kreditkarte liegenlassen. Wenn ich nur wüsste, wo.« Sie zog eine Schublade des Garderobenschrankes auf. Sven hob wieder den Zeigefinger und wedelte damit herum. »Wo war Herr Eck in der Nacht vom Donnerstag auf den Freitag?«

Er konnte es nicht lassen. Conrad verdrehte die Augen.

»Ich sagte doch schon, dass ich hier war«, beeilte sich Eck.

Susanne Eichler kramte in der Schublade. Ohne aufzublicken sagte sie: »Wir haben Tatort geguckt, eine Wiederholung im Dritten, und was wir anschließend getan haben, wollen Sie nicht wissen.« Mit einer Flinkheit, die man ihrer Fülle nicht zugetraut hätte, drehte sie sich um und starrte Sven ins Gesicht. Der errötete augenblicklich.

»Ja, dann …«, stotterte er und war so schnell aus der Tür, dass Conrad ihm kaum folgen konnte.

Die Fußgängerzone war belebt, Mütter mit Kinderwagen und quengelnden Kleinkindern, Schüler, telefonierende Angestellte, tratschende Hausfrauen. An den Tischen vor einer Bäckerei sonnten sich kichernde Teenager und pensionierte Beamte. Conrad fragte sich, wer eigentlich in diesem Land arbeitete, wenn sich so viele Menschen auf der Straße aufhielten. Er hatte Hunger. Meist kaufte er sich irgendwo ein belegtes Brötchen, das er im Wagen oder im Büro hinunterschlang, aber wenn sie schon einmal zu zweit unterwegs waren, konnten sie sich auch eine Mittagspause gönnen. Er ging auf einen Schnellimbiss zu, der völlig zu Unrecht »dreckiger Löffel« genannt wurde.

»Ein halbes Hähnchen?« Hier gab es die besten Brathähnchen in der ganzen Stadt, fand Conrad.

»Gibt's da auch Nachtisch zum Mitnehmen?«

»Keine Ahnung.«

»Dann spring ich rasch beim Bäcker rein. Wir treffen uns auf den Bänken vor der Jacobi-Kirche.« Damit schlüpfte Sven in die Bäckerei und schaute in der Auslage nach einem leckeren Teilchen.

Conrad ließ sich neben Sven nieder und stellte seine Schale mit Pommes und Currywurst neben sich, auf die Hähnchen hätte er warten müssen. Eine dicke Frau mit zwei Kleinkindern hatte eine endlose Bestellung aufgegeben und ihm das letzte vor der Nase weggeschnappt. Einen Moment hielt er sein Gesicht in die Sonne. Was für ein Tag! Zwischen zwei Happen Rosinenschnecke nuschelte Sven: »Was war denn vorhin los mit dir? Darf man neuerdings nicht mehr nach dem Alibi fragen?«

Conrad spießte ein Kartoffelstäbchen auf. »Klar darf man, muss man sogar. Nur hielt ich das für keinen sehr guten Zeitpunkt.«

»Weil?«

»Weil ich gerne ein paar Informationen von Eck gehabt hätte, die er uns nur geben wird, wenn er uns vertraut. Und wenn er sich verdächtigt fühlt, ist das Vertrauensverhältnis etwas gestört.«

Sven brach ein Puddingteilchen in zwei Hälften und hielt Conrad eine davon hin. Der schüttelte den Kopf und stupste ein Stück Wurst in die Soße.

»Was denn für Informationen?«

»So richtig rausgerückt ist er ja nicht damit, woher sich die beiden kennen. Er hat die Eichler weggeschickt, damit sie nichts ausplaudert. Außerdem würde ich ganz gern etwas über die finanzielle Situation des Altenheims wissen.«

»Na, dazu brauchen wir ihn ja nicht fragen. Der wird uns wohl kaum Auskunft geben, wenn er nicht muss.« Sven kramte eine Sonnenbrille aus seiner Jeansjacke. Als er sie aufsetzte, wirkte er wie eine Mischung aus Modeschöpfer und Geheimdienstler.

»Und wen willst du dann fragen?«

Sven grinste. Seine Zähne sahen unter dem Brillenmonstrum gefährlich aus. »Meinen besten Freund natürlich.«

»Und wie willst du an die Genehmigungen kommen? Bis wir die haben, sind wir …« Conrad hegte den Verdacht, dass es Sven zurück an seinen Computer trieb, um dem lästigen zwischenmenschlichen Kontakt zu entgehen.

»Ich will ja nur mal reinschauen. Rein interessehalber. Wenn wir etwas finden, kann ich immer noch die Mühlen der Bürokratie anleiern.« Sven schnappte sich die zweite Hälfte vom Puddingteilchen. Die Sonnenbrille sah Conrad erwartungsvoll von der Seite an.

»Aber du weißt schon, dass das strafbar ist?«

»Die Scheiße ist, dass die Guten immer erst den ganzen Papierkrieg erledigen müssen, und die Bösen in der Zeit längst über alle Berge sind.«

Conrad kaute und schaute einem kurzen Rock und zwei langen Beinen auf hohen Hacken hinterher.

»Wo willst du anfangen?«

Sven folgte seinem Blick.

»Beim Finanzamt können wir eine ganz offizielle Anfrage stellen. In die Konten würde ich so mal reinschauen. Die Bankverbindungen stehen ja auf dem Briefpapier. Ob es noch andere gibt, die da nicht draufstehen, müssen wir eben herausfinden.«

Conrad stand auf und ließ die Reste seines Mahls in den Papierkorb fallen. Die Glocken der Jacobi-Kirche begannen zu läuten.

»Lass dich nicht erwischen. Und ...« Er drehte sich zu Sven um und blickte eindringlich auf die schwarzen Gläser. »Ich weiß von nix.«

11

»Conrad?« Julia hielt das Handy ans Ohr und stieg aus dem Wagen. »Ich verstehe dich ganz schlecht.« Sie ging ein paar Schritte auf den Eingang zu. Der Bewegungsmelder öffnete die Glastür.

»Ah, jetzt.« Sie blieb stehen, um nicht zu riskieren, dass der Funkkontakt wieder abbrach. »Ich bin am Altenheim. Ich will mich hier noch mal umsehen. Vielleicht treffe ich auch ein paar Leute, die etwas mitbekommen haben. Ist das okay?« Sie wartete die Antwort ab, nickte und sagte: »Dann bis später.«

In einer Sitzgruppe im Eingangsbereich saßen zwei Frauen und ein Mann. Sie starrten aneinander vorbei und schwiegen, Julias Gruß blieb unbeantwortet. Leise dudelte Musik, es war heiß und stickig. Das Klacken ihrer Absätze auf den Fliesen hallte im leeren Flur wider. Aus einem angrenzenden Zimmer war das Jammern einer Frau zu hören. Die Tür von Freitags Büro war versiegelt wie auch die seines Stellvertreters. Weiter hinten stand eine Tür offen, und Sonne flutete in den Gang. Julia klopfte an den Türrahmen, während sie auf den Rücken einer üppigen Blondine blickte, die am Tisch des Personalraums saß.

»Guten Tag.«

Die Blondine drehte sich um.

»Julia Morgenstern. Kriminalpolizei.« Sie trat in den Raum. Ein frischer Luftzug wehte zum Fenster herein.

»Was wollen Sie? Ich hatte Urlaub, ich weiß nichts. Ihr Kollege hat das alles schon aufgeschrieben.« Die Altenpflegerin hatte ein grobes Bulldoggengesicht. Ihr Kittel spannte über der Brust.

Julia hielt ihr kurz ihren Ausweis unter die Nase und ließ ihn wieder in die Tasche gleiten. »Ich würde gern etwas mehr über Herrn Freitag erfahren«, sagte sie freundlich.

»Er war mein Chef. Sonst weiß ich nichts von ihm.« Die Pflegerin stellte ein paar Plastikdosen in den Kühlschrank, in denen sie wohl ihr mitgebrachtes Mittagessen aufbewahrte.

»Und wie war er so als Chef?« Julia verlagerte ihr Gewicht.

Die Angesprochene ließ sich nicht stören. »Fragen Sie doch die Pflegedienstleitung. Ich hatte nicht viel mit ihm zu tun.«

Eine Lampe leuchtete neben der Tür auf und ein Summton ertönte.

»Ich muss dann mal.« Damit ließ die Pflegerin Julia stehen und verschwand im Flur.

»Und wo find ich die?«, rief Julia ihr nach, erhielt aber keine Antwort. Ihr war mehr nach Mittagessen als nach Pflegedienstleitung zumute, seufzend machte sie sich auf die Suche. Als sie das Büro mit der passenden Aufschrift betrat, klingelte das Telefon.

Eine schlanke Mittfünfzigerin mit rot gefärbtem Haar und tiefen Furchen um den Mund hob ab. »Pflegedienstleitung Haus Abendsonne, Sie sprechen mit Monika Heinrich.« Sie nickte Julia zu, schrieb etwas auf einen Zettel und sagte »ja« und »hm« und »er ist nicht da ... Nein, momentan kann ich Ihnen nicht sagen, wann er zurück sein wird.« Pause. »Nein. Sie können auch keinen Termin ausmachen.« Nachdem sie aufgelegt hatte, schrieb sie etwas in ein Büchlein. Ohne aufzublicken, sagte sie: »Herr Freitag ist nicht da. Ich kann Ihnen leider nicht helfen.«

Julia blieb vor ihrem Schreibtisch stehen und wartete. Die Hand der Frau hatte kurze, gedrungene Nägel, die sicher von ihren Zähnen manikürt worden waren.

Es dauerte eine ganze Weile bis Monika Heinrich aufsah. »Was wollen Sie noch? Ich sagte doch schon ...«

Julia schob ihr wortlos ihren Ausweis über den Tisch.

»Die Polizei hat schon mit mir gesprochen.«

»Es wird sicher nicht das letzte Mal sein, dass man Ihnen Fragen stellt, Frau Heinrich.«

»Deswegen werden Sie auch keine anderen Antworten bekommen. Von uns hat ihn niemand umgebracht. Vielleicht sollten Sie anfangen, Ihren Mörder an der richtigen Stelle zu suchen.«

Julia zog einen Besucherstuhl heran und setzte sich. »Und wo ist Ihrer Meinung nach die richtige Stelle?«

Monika Heinrichs Augen wurden schmal, was ihr einen beinahe verschlagenen Ausdruck verlieh. »Wenn ich so viel verdienen würde wie Sie, wüsste ich das.«

»Altenpflegerinnen werden nicht gut bezahlt. Das ist wirklich ungerecht bei den Anforderungen in dem Job.« Julia streckte die Beine aus.

»Was wissen Sie denn schon? Wir machen hier die Drecksarbeit, und Ihresgleichen gibt die ach so geliebten Eltern bei uns ab und tschüss.«

Das Telefon klingelte erneut. Bevor Monika Heinrich abheben konnte, legte Julia ihre Hand auf den Apparat.

»Na, hören Sie mal …«

Nach einem zögerlichen Klopfen öffnete sich die Tür, und eine winzige Person lugte durch den Spalt. Indien oder Pakistan, vermutete Julia.

»Jetzt ist es gerade schlecht. Wenn Sie später wiederkommen wollen.« Julia warf der jungen Frau einen Blick zu, der keinen Widerspruch duldete.

Das Geschöpf riss die ohnehin schon riesigen Augen noch weiter auf und zog die Tür wieder zu. Die Pflegedienstleiterin sprang auf.

»Jetzt reicht es aber! Was bilden Sie sich ein? Gehen Sie! Ich habe wirklich genug am Hals, seit …«

Julia erhob sich ebenfalls und stützte sich auf den Tisch. »Möglicherweise mochten Sie Herrn Freitag nicht sehr. Er soll ja nicht gerade vor Charme gesprüht haben. Aber in Ihrem Haus ist ein Mord geschehen. Um den aufzuklären, bin ich hier. Und Sie werden mir jetzt Auskunft geben oder Sie werden es auf dem Präsidium tun. Dann wird Ihre Arbeit sicher etwas länger warten müssen.«

Die Rothaarige presste die Lippen aufeinander und blähte die Nasenflügel. Dann setzte sie sich wieder und Julia auch. Mit gesenktem Kopf schob sie Ordner hin und her, steckte einen Kugelschreiber in einen Becher, sammelte Büroklammern ein.

»Also, was wollen Sie von dem wissen, was ich sowieso nicht weiß?«

Na, endlich, dachte Julia.

»Was war Herr Freitag für ein Mensch?«

»Ganz normal war er. Er kam morgens zur Arbeit und ging abends wieder nach Hause.«

»Gab es Konflikte mit Mitarbeitern oder Bewohnern, vielleicht auch mit Angehörigen?«

»Sicher. Immer mal wieder. Nichts Besonderes.« Monika Heinrichs Hände spielten unruhig mit einem Kugelschreiber, bis er hinunterfiel. Sie bückte sich, und Julia warf einen Blick auf einen Ordner auf dem in gedrungener, akkurater Handschrift »Stationstagebuch« stand. Gerne hätte sie sich den Inhalt näher angeschaut.

»Ganz normal also? Zwischen dem Toten und Herrn Eck hat eine harmonische Beziehung bestanden. Das Personal war zufrieden, und die Bewohner und Angehörigen erfreuten sich an der liebevollen Zuwendung.«

»In einer Einrichtung wie unserer gibt es natürlich Konflikte«, räumte Monika Heinrich ein.

»Die da wären?«

»Manchmal schmeckt das Essen nicht, ein andermal beklagt sich eine Tochter darüber, dass ihre Mutter eine Strumpfhose nicht findet. Das Personal streitet schon mal über Urlaubswünsche. Und ja, Herr Eck und Herr Freitag verstanden sich gut. Wollen Sie noch etwas wissen?«

»Ganz sicher. Aber im Moment reicht es. Vielen Dank, Frau Heinrich. Sie haben mir sehr geholfen.« Julia stand auf und lächelte die Frau an. Das Telefon klingelte wieder, die Pflegedienstleiterin legte die Hand auf den Hörer, schien aber auf die Zustimmung von Julia zu warten, um das Gespräch anzunehmen.

Plötzlich fiel Julia noch etwas ein. »Was sagen Sie dazu, dass Ihre Mitarbeiterinnen in der Regel kaum länger als ein Vierteljahr bei Ihnen arbeiten?«

Das Telefon klingelte weiter, ohne dass die Rothaarige abhob. Dann hörte es auf.

»Wer hat Ihnen das gesagt?«

»Ist das ein Geheimnis?«

Monika Heinrich schüttelte den Kopf. »Es ist nicht meine Aufgabe, Herrn Freitags und Herrn Ecks Personalpolitik zu kritisieren.«

»Aber Sie haben doch sicher eine Meinung dazu. Immerhin müssen immer wieder neue Mitarbeiterinnen eingearbeitet werden. Das ist bestimmt nicht einfach.«

»Ich tue hier meine Arbeit. Die Einarbeitung der Kolleginnen gehört eben dazu.« Energisch nahm sie den Hörer vom Telefon und wählte. »Wenn Sie mich jetzt entschuldigen wollen?«

Wütend stapfte Julia den Flur entlang, als sie hinter sich eine bekannte Stimme hörte.

»Wie immer in Eile, was?« August Ostendarp wackelte mit seinem Gehwägelchen hinter ihr her. Julia blieb stehen und wartete, bis der alte Mann bei ihr war.

»Na, was sagt die von uns allen verehrte Frau Pflegedienstleiterin?«

»Genauso viel wie Bulldoggengesicht. Alles in Butter im Haus.«

Ostendarp lachte. »Oh, Sie haben Schwester Waltraud gesprochen.«

»Wie sie heißt, weiß ich nicht, aber dass sie angeblich in Urlaub war – und mich einfach stehen lassen hat. Sie ist Krankenschwester?« Julia ging langsam neben Ostendarp her.

»War sie. Bis man sie wegen ihres Alkoholkonsums entließ.«

»Was Sie alles wissen ...«

Die Narbe an seiner Lippe zerschnitt das spitzbübische Lächeln Ostendarps in zwei Teile.

»Und ich weiß noch mehr, wie ich Ihnen sagte. Wenn Sie einen Moment Zeit haben, kann ich Ihnen die Kopien meiner Recherchen geben.«

Wenigstens etwas, dachte Julia. So musste sie nicht völlig unverrichteter Dinge nach Hause gehen. In Gedanken strich sie »nach Hause« und fügte »zur Dienststelle« ein.

»Wir nehmen den Fahrstuhl«, sagte Ostendarp und wies zum Ende des Ganges. Als sie an der Tür von Freitags Büro vorbeikamen, fühlte Julia Übelkeit aufsteigen. Auch Kripobeamte sahen so schlimm zugerichtete Leichen nicht jeden Tag. Und Julia war immer bemüht, solchen Erfahrungen aus dem Wege zu gehen, um nicht zu sagen, sich davor zu drücken.

Ostendarps Zimmer enthielt die Standardeinrichtung des Altenheims: Ein Pflegebett, einen Schrank, eine kleine Sitzgruppe mit drei Stühlen am Fenster, das war alles.

»Nicht sehr individuell. Meine Möbel musste ich abgeben. Aber immerhin bin ich allein auf dem Zimmer, was nicht ganz umsonst ist, aber erhebliche Vorteile hat.« Ostendarp war Julias Blick gefolgt. Er stellte umständlich seinen Wagen ab und wies auf einen Stuhl.

»Alles in Ordnung mit Ihnen?«

»Ja, sicher. Freitags Leiche, sie sah … Die Bilder kommen immer wieder.« Julia ließ sich auf den Stuhl fallen, spürte Kälte im Gesicht.

»Ihre erste?«

Sie schüttelte den Kopf. »Aber meine schrecklichste.«

»Ich hatte auch ein paar schlimme Fälle, aber sie haben mir keine Alpträume bereitet. Einen Schluck Wasser? Sie sehen furchtbar aus.«

Julia blickte in sein besorgtes Gesicht. »Danke, nein. Geht schon.« Sie atmete ein paar Mal tief durch und schwieg. Plötzlich erinnerte sie sich an einen Fall, bei dem sie den Anblick der Leiche erfolgreich umgehen konnte, deren Fotos ihr aber bis heute zusetzten. »Vielleicht bin ich einfach nicht gemacht für den Beruf.«

»Haben Sie schon mal darüber nachgedacht, etwas anderes zu machen?«

»Ich habe nichts anderes gelernt.« Und traue mir auch nicht zu, es noch zu tun, setzte sie mehr für sich hinzu.

»Sie war Medizinerin«, begann Julia, weil sie das Foto, das Bild, das sie im Kopf hatte, nicht losließ, und sie plötzlich das Bedürfnis verspürte, dem alten Kommissar davon zu erzählen. »Da sollte man doch glauben …« Das Bild in ihrem Kopf zeigte eine Brutalität, die sie niemandem und einer Ärztin schon gar nicht zugetraut hätte. »Jedenfalls war es einer meiner ersten Fälle, und ich habe gekniffen. Aber es hat nichts genützt. Später flatterten die Fotos auf meinen Schreibtisch.«

Ostendarp stellte seine Füße auf ein Bänkchen und verschränkte die Arme vor der Brust. Als er sie aufmerksam anschaute, begann Julia zu erzählen.

»Es war im Spätherbst …«

Im Vernehmungsraum hatte fast dieselbe Temperatur geherrscht wie draußen. Ausgerechnet bei Wintereinbruch war in der gesamten Dienststelle die Heizung ausgefallen. Julia zog den Mantel enger um den Körper. Die Frau vor dem Schreibtisch sah aus wie das Hausmuttchen von nebenan, grau melierte Locken über dem

Rollkragen eines Pullovers, der ihren kleinen, fülligen Körper verhüllte.

»Frau Dr. Helena Weiss.«

»Und Sie sind …?« Braune Knopfaugen blitzten hinter Brillengläsern auf.

»Julia Morgenstern, Ermittlungsleiterin in der Mordsache um Ihren Mann. Wie wär's, wenn wir es kurz machen und Sie ein Geständnis ablegen?«

»Was glauben Sie, wie das wäre?« Sie lächelte gutmütig.

»Es wäre klug von Ihnen in Anbetracht der Beweislage.« Julia beugte sich über den Schreibtisch. »Sie sind doch eine kluge Frau?«

»Und Sie, sind Sie eine? Oder sind Sie eine Spielerin?«

»Und wie wäre es, wenn Sie nicht jede Frage mit einer Gegenfrage beantworten würden?«

»Hätten Sie dann Freude an unserem Gespräch?«

Julia holte tief Luft. Eigentlich brauchte sie schon jetzt einen Kaffee, am besten einen mit Kognak drin. »Frau Dr. Weiss. In Ihrer Garage ist der Leichnam Ihres Ehemannes gefunden worden. Daneben eine Anzahl chirurgischer Instrumente. Sie sind doch Chirurgin?«

»Wenn Sie Neurochirurginnen zu den Chirurgen zählen?«

Lange würde Julia das nicht aushalten. Sie würde sich ablösen lassen, sobald ihre Kollegen von der Hausdurchsuchung zurück waren.

»Was glauben Sie, wie er da hingekommen ist?«

»Wer?«

»Ihr Mann!«

Dr. Weiss knetete ihre Hände, auch ihr war kalt. »Er ist gegangen.«

»Wohin?«

»In die Garage.«

Die Garage war hell und sauber gewesen, nur der zugedeckte Leichnam verschandelte den Eindruck von Ordnung und Sorgsamkeit, erinnerte sich Julia. Nachdem die Beweise gesichert waren, wollte niemand mehr sehen, was mit ihm geschehen war, und Julia am allerwenigsten. Die Erhebung der Kunststoffplane wirkte klein, zu klein für einen erwachsenen Mann darunter. Julia hatte nur von der Tür aus einen Blick auf die Szenerie geworfen.

Sie war dankbar, dass sie nicht als Erste am Einsatzort gewesen war. Um den Anblick der Tatortfotos würde sie allerdings nicht herumkommen.

Julia verbannte den Gedanken.

»Sie werden des Mordes an Ihrem Mann beschuldigt, Frau Doktor. Möchten Sie nicht etwas ausführlicher sein?«

»Möchten Sie nicht noch ein paar Fragen stellen?« Dr. Weiss legte den Kopf schief und lächelte wieder. Eigentlich nett. Wenn sie Julias Nachbarin wäre, hätte sie dieser liebenswürdigen Erscheinung ohne zu zögern ihren Hund anvertraut.

»Er ist also in die Garage gegangen?«

»Ja.«

»Und wo war er vorher?«

»Im Haus.«

»Mit wem?«

»Mit mir.

»Was haben Sie getan?«

»Ich habe gekocht. Nierenragout mit Reis.«

»Und was hat Ihr Mann getan?« Musste sie sich jeden Satz abringen lassen?

»Er hat gearbeitet, wie immer.«

»Was tat er genau?«

»Er saß am Schreibtisch und schrieb an seinem Buch.«

»Er war Schriftsteller?« Davon wusste Julia bisher nichts.

Dr. Weiss lachte. Die Haut in ihrem Gesicht faltete sich fröhlich, und ihr Busen hüpfte auf und ab. »Nein.« Sie wischte sich eine Träne aus dem Augenwinkel. »Nein, bestimmt nicht. Er arbeitete an einer Abhandlung über die linguistischen Besonderheiten bei neurotischen Erkrankungen im Vergleich zu formalen Denkstörungen bei Psychosen.«

»Ah.«

»Ja.«

»Und während er so dasitzt und über die Denkstörungen nachdenkt, haben Sie gesagt: Komm, Schatz, wir gehen in die Garage, und ich erschieße dich ein bisschen?«

»Nein.«

»Was dann?«

»Ich habe ihn gefragt: Traust du mir eigentlich einen Mord zu, Richard?«

Julia schwieg. Die andere auch. Dann wurde Julia ungeduldig.

»Ja, und? Was hat er dazu gesagt?«

»Süß-sauer, wie immer.«

»Süß-sauer, wie immer? Was ist denn das für eine Antwort?«

»Eine typische.«

»Wie meinen Sie das?«

»Er hörte mir nicht zu, schon lange nicht mehr.« Dr. Weiss sah aus dem Fenster. Aber ihr Blick reichte nur bis zu den Eisblumen, die daran rankten.

»Er kam aus der Uni nach Hause, setzte sich an den Schreibtisch und arbeitete, bis es Schlafenszeit war. Wir gingen nicht aus, wir hatten keine Freunde und wenn ich sagte: Richard, das ist kein Leben. Mir geht es nicht gut, sagte er: Rede mit deinem Psychiater. Als ob ich keinen im Haus gehabt hätte.« Nach einer Pause fuhr sie fort. »Wenn ich ihm von mir erzählte, sagte er nichts. Wenn ich ihm meine Gedichte vorlas …«

»Sie schreiben Gedichte?«

Dr. Weiss nickte. »Seit ich den Leuten in die Köpfe schaue. Wenn ich ihn anschrie, schloss er sich samt Laptop im Keller ein.«

Es klopfte. Ein Beamter mit zwei Kaffeebechern trat ein und stellte sie auf dem Schreibtisch ab. Dr. Weiss nahm einen und wärmte ihre Hände daran.

»Früher war das anders. Wir haben diskutiert und gestritten. Über meine Fälle, über seine Arbeiten und über das Leben. Ich liebte seinen klaren Verstand.« Sie sagte das gleichmütig, ohne Zorn und ohne Wehmut.

Julia empfand etwas wie Mitgefühl für die Frau. Dann schüttelte sie es ab und nahm einen Schluck Kaffee. »Ihre Beziehung ist in die Jahre gekommen. Sie hatten nicht mehr viele Gemeinsamkeiten. Gut. Aber deshalb bringt man doch keinen Menschen um. Man kann sich scheiden lassen.«

»Daran habe ich oft gedacht. Immer, wenn ich erschöpft aus der Klinik kam und die Kälte im Haus spürte. Aber bevor ich den Gedanken zu Ende denken konnte, verwickelte er mich in eine Diskussion über Musik, über Bücher oder die neusten Ergebnisse der Hirnforschung.«

Hatte sie nicht gerade noch gesagt, sie hätten nicht mehr miteinander gesprochen? Julia konnte nicht nachhaken, jetzt ließ sich die Frau nicht mehr bremsen.

»Das war wunderbar.« Die Frau schien plötzlich schöner geworden; sie strahlte, von innen. »Ich bin nie dahintergekommen, woran er merkte, dass ich meine Sachen packen wollte. Aber er schaffte es immer, mich zu beschwichtigen. Doch dann kam der nächste Tag und der übernächste, stumm und frostig wie die davor.« Sie pustete auf ihren Kaffee. »Richard war im Grunde kein schlechter Mensch. Er war nur irgendwie ...«, sie suchte nach einem Wort, »... falsch zusammengesetzt.«

»Was meinen Sie damit, Dr. Weiss.«

Julia erhielt einen Blick, weich und warm wie die Wolljacke ihrer Großmutter. »Er hatte einen brillanten Kopf und ein eisiges Herz.«

»Deshalb haben sie ihn umgebracht.«

»Nein. So kann man das nicht sagen.«

Das Telefon klingelte. Julia nahm ab. »Ja?« Sie hörte eine Weile zu, sagte »Kühltruhe?« und legte auf. Julia kam es vor, als sei es noch kühler geworden im Raum, aber diese unscheinbare Person lächelte ihr warmes Lächeln. Sie musste sich zusammennehmen.

»Ihre Waffe ist gefunden worden. Woher hatten Sie die?«

»Ich habe keine Waffe.«

»Er ist erschossen worden.«

»Mag sein, aber nicht mit meiner Waffe. Ich habe nämlich keine. Ich hasse Waffen.«

Mein Gott, dachte Julia, ist das zäh. »Also es war nicht Ihre Waffe. Wem gehörte sie dann?«

»Richard. Er ging zur Jagd. Viele unserer freien Abende und Wochenenden verbrachte er damit. Ich konnte das nicht verstehen und ich mochte es nicht.«

»Sie nahmen also seine Waffe. Und dann?«

»Wissen Sie, ich finde die Details nicht so wichtig und wäre Ihnen dankbar, wenn wir nicht darüber reden müssten.«

»Es wird Ihnen kaum erspart bleiben, Dr. Weiss. Man hat ihn in Ihrer Garage gefunden.«

Dr. Weiss stellte den Becher ab. »Ja.«

Es fiel Julia schwer, es auszusprechen. Sie zögerte, dann sagte sie: »Sein Kopf war in Ihrer Kühltruhe.«

»Ja.«

Stille, nur ein leises Knacken.

»Warum?«

Die Frau hob die Schultern. »Ich wollte ihn behalten.«

Ein Zischen, dann ein Klopfen, Julia zuckte zusammen.

»Ich liebte seinen brillanten Kopf. Aber er hatte so ein eisiges Herz.«

Endlich das wohlige Geräusch von zirkulierendem Wasser, die Heizung war angesprungen.

»Ich habe nur das eine von dem anderen getrennt.«

Ostendarp wartete, bis Julia fortfuhr. »Die Fotos von der Leiche habe ich ein paar Stunden später gesehen. Sie werden sich denken können, was das für ein Anblick war. Mein lieber Kollege kannte meinen Abscheu vor solchen Bildern und neckte mich mit Vorliebe damit.«

»Sie fanden das nicht komisch.«

»Nein. Ich schämte mich. Ich schäme mich bis heute dafür, nicht in der Lage zu sein, mich mit diesen Dingen zu konfrontieren.« Noch nie hatte Julia in dieser Offenheit darüber gesprochen. Mit wem auch? In ihrer früheren Dienststelle in Düsseldorf hatten sich die Kollegen lustig gemacht über ihre Empfindlichkeit.

»Ich bin sicher nicht der Mann, der Ihnen Rat geben kann, nur den einen vielleicht doch. Ich würde es für mich behalten. Und von mir erfährt auch keiner etwas davon. Wer befasst sich schon mit einem senilen Alten, der nicht von seinem Beruf lassen kann?«

Julia war Ostendarp dankbar, dass er zugehört hatte und nicht mit dem Polizeipsychologen anfing.

Es piepte leise, dreimal.

»Oh, Zeit für meine Tabletten«, sagte Ostendarp. »Würden Sie mir das Kästchen herüberreichen?«

Julia stand auf und brachte es ihm.

»Und nehmen Sie sich den Umschlag, der darunter liegt. Das sind die Kopien.« Er öffnete ein Kläppchen und ließ eine Reihe von Pillen und Tabletten in die Hand kullern.

»Was stehen Sie da rum? Nun gehen Sie schon. Haben Sie denn nichts zu tun?«

Julia löste sich allmählich aus ihren Gedanken.

»Ja klar, habe ich. Danke. Also. Tschüss dann.« Sie drehte sich um.

»Und kommen Sie wieder«, rief Ostendarp ihr nach, bevor sie die Tür schloss.

Claire

Dunst lag über den Feldern, kniehoch stand der Weizen. Eine Weile gingen wir schweigend nebeneinander her. Der Weg war so schmal, dass wir uns fast berührten. Ich hatte nicht die geringste Ahnung, wo wir uns befanden. Gegen meine Gewohnheit hatte ich weder Karte noch Navi dabei, vielmehr hatte ich es Tom überlassen, wie wir zur nächsten Werkstatt fanden. Und nun waren wir hier, wo auch immer »hier« war. Durch das endlose Grün schlängelte sich der Weg hin zum Horizont. In der Ferne ragte ein Baum in den milchigen Himmel, der einzige Orientierungspunkt. Gute zwei Stunden waren wir unterwegs. Die Hitze lastete immer drückender auf mir. Ich blickte zur Seite und musterte Toms Profil, seine gerade Nase, das markante Kinn; er sah blass und angestrengt aus, aber er sagte nichts, genauso wenig wie ich, dabei hätte ich gern eine Pause gehabt. Früher war ich eine passable Läuferin, früher, bevor die Arbeit in der Werkstatt, die mein Leben zwischen anderer Leute Autos pferchte, mich an mein leeres Elternhaus festgezurrt hatte. Nun, das alles war nun vorbei.

»Willst du was trinken?«

»Eine eisgekühlte Coke bitte, wenn du die in deiner Handtasche findest.«

Ich kramte und reichte ihm ein Fläschchen mit lauwarmem Wasser. Er nahm es, trank, ohne stehen zu bleiben.

»Wie wäre es mit einer Pause.«

»Wir haben noch ein ganzes Stück vor uns. Ich darf dich daran erinnern, dass es deine Idee war, zu Fuß zu gehen.«

Er brauchte mich nicht daran zu erinnern. Ich nahm die Flasche und leerte sie. Ich sagte nicht, »du hättest ja nicht mitkommen müssen«, so was führte zu nichts. Ich wollte mich nur einen Moment ausruhen.

»An dem Baum dort setze ich mich ins Gras und gehe keinen Schritt weiter.«

Tom sah mich aus den Augenwinkeln an. »Gut zu Fuß, was?«

Ich schwieg. Tom hatte mir seine Geschichte erzählt. Es war eine lange, seltsam gewundene Geschichte, die ihn mit diesem einsamen Ort verwoben hatte. Ich wusste natürlich nicht, ob sie wirklich so war, wie er erzählt hatte. Aber was war schon wirklich? Nichts, nur der Sand unter meinen Füßen, und der war Sternenstaub wie mein Hirn.

Eine Ewigkeit später erreichten wir die Eiche, die letzte, die von dem Wald übrig geblieben war, der sich dereinst hier erstreckt haben mochte. Ich atmete die Kühle unter ihrer Krone und setzte mich neben einen Trupp zartvioletter Hornveilchen. Tom ließ sich zwei Handbreit neben mir nieder. Seine Nähe fühlte sich erstaunlich vertraut an.

»Wie weit ist es noch?«

»Je nachdem, wohin du willst.«

Ich sah ihn an und hatte eine ziemlich unangenehme Befürchtung. »Wie meinst du das?«

»Wolltest du nicht ans Meer?«

Sicher wollte ich das, nur mit Gepäck und Auto und auf gar keinen Fall zu Fuß. Tom ließ sich ins Gras fallen, schob die Hände unter den Kopf und blinzelte in die Blätter; Sonnentaler auf seinem Gesicht. Das tiefe Blau seiner Augen war einer lichteren Schattierung gewichen.

»Ans Meer …« Ich musste nachdenken. »Wie weit ist das?«

»Weit. Vier, fünf Tage nehme ich an. Natürlich kommen wir zuvor an einer Werkstatt vorbei. Wenn du willst …«

»Und du?«

»Ich besorge mir neue Turnschuhe.« Er wies auf das zweifelhafte Paar an seinen Füßen. »Und gehe weiter.«

»Deinen Weg.«

»Meinen Weg.«

Da saß ich nun unter einer Eiche irgendwo im Brandenburgischen und überlegte, wohin das Ganze führte. Das ist ein weites Feld, dachte ich und fragte mich, ob Fontane das so wörtlich gemeint hatte.

»Und was ist, wenn dein Weg der falsche ist?«

»Wie kann er das sein? Er ist da, wo ich bin.« Tom stützte sich auf seinen rechten Arm und sah mir ins Gesicht. Mir fiel die feine Narbe am Ende seiner linken Braue auf. Der absurde Wunsch, sie zu berühren, drängte sich auf.

»Aber er kann in die Irre führen.« Wieso wusste er plötzlich so genau, wohin er wollte? Am Morgen noch war ich den Eindruck nicht losgeworden, dass Tom den Rest seines Lebens zwischen dem Lädchen und dem Gewächshaus mit den fleischfressenden Pflanzen verbringen und den beiden Alten ihren Wein einschenken würde.

»Das werde ich wissen, wenn ich da bin.«

»Schreibst du mir eine Karte?« Ich lächelte vorsichtshalber, aber ungläubig.

»Wenn du mir deine Adresse gibst.« Er nahm eine Haarsträhne von mir und zwirbelte sie um seinen Finger. Ich konnte nicht glauben, dass diese kleine Geste meinen Herzschlag beschleunigte, so wenig, wie ich glauben konnte, was seit heute Morgen geschehen war, alles wegen eines defekten Keilriemens, einer so simplen Panne, dass es schon fast lächerlich war. Und was war geschehen? Nichts eigentlich. Ich hatte ein, zwei Stunden auf einem wenig bequemen Sofa verbracht, und nun war ich mit einem wildfremden Mann in einer Einöde unterwegs, einem Mann, der sehr weiche Lippen hatte, wie ich überrascht feststellte. Einen Moment lang hörte ich das Summen einer Hummel und spürte Sonnenstrahlen auf den Lidern. Dann legte ich ihm meine Hand auf die Brust und schob ihn sanft fort.

»Ich muss weiter.«

»Ja, du musst immer weiter, was? Ist es nicht gut hier? Wann hast du zuletzt auf der Erde gesessen, hm? Wo ist denn *weiter*? Und was erwartet dich dort, was du hier nicht findest?« Frustriert stand er auf und zupfte einen welken Halm von seinem Hemd. Langsam erhob auch ich mich, strich meinen Rock glatt und lauschte dem Echo seiner Fragen.

Sicher, ich hatte immer weiter gemusst – Vaters Werkstatt weiter betreiben, das Haus weiter instand und die Kunden weiter bei Laune halten … Aber hatte ich das nicht hinter mir gelassen? Ich war aufgebrochen, um ans Meer zu kommen, weil ich das wollte! Es war überhaupt das erste Mal, dass ich etwas wollte. Und eines wusste ich sicher – dass ich irgendwo bleiben wollte.

Ich schob den Riemen meiner Tasche über die Schulter, sie kam mir schwer vor, und folgte Toms Rücken.

Die nächste Stunde trabte ich Tom hinterher. Irgendwann erschien unter meinen Füßen ein altes Pflaster, dann Asphalt, dann wurde der Weg eine Straße und führte zwischen restaurierten Einfamilienhäusern hindurch in einen kleinen Ort, eher einen Flecken, mit einem Platz vor der Kirche, einem winzigen Gasthaus und tatsächlich auch einer Citroënwerkstatt. Ich konnte es nicht fassen!

Das Tor, dessen Anstrich dringend einer Auffrischung bedurfte, war weit geöffnet. Ein nagelneuer, schwarz glänzender C6 stand auf der Hebebühne. Es roch nach Öl und Kaffee; »Straßburg lag im Sonnenschein …«, plärrte es aus einem Transistorradio. Tom ging auf einen kahlköpfigen Hünen zu, dessen Vollbart seine untere Gesichtshälfte fast vollständig verdeckte. Über seinem beachtlichen Bauch spannte sich eine Latzhose. Als er Tom bemerkte, zogen sich seine Augen zu belustigten Schlitzen zusammen.

»Tom, Alter, was führt dich denn her?« Er schüttelte Tom die Hand und klopfte seine Pranke auf Toms Rücken. Ich stand etwas abseits, aber seine flinken Äuglein erfassten mich.

»Ich habe ein Problem«, sagte Tom.

Der Hüne ließ mich nicht aus den Augen. Ich trat von einem Bein aufs andere, so unwohl war mir. Schließlich kam der Mann mit ausgestreckter Hand auf mich zu.

»Warum hast du nicht angerufen? Ich hätte ein Bier kalt gestellt, wenn ich gewusst hätte, dass du endlich deine Frau mitbringst.«

Mir blieb der Mund offen. Ich sah das freundliche Lachen im Gesicht des Hünen. Ein, zwei Schritte ging ich rückwärts, dann schepperte es, und mein linker Fuß fühlte sich glitschig an. Das Lachen verschwand. Er drehte sich zu Tom um.

»Dass du allerdings eine nimmst, die sofort in meiner Altölschale landet, habe ich nicht gedacht.«

Die Männer lachten. Ich nicht.

12

Über Claires Gesicht huschten die Schatten, über ihnen tanzten die Blätter des Apfelbaums im Wind. Die Sonne stand tief und tauchte ihr Profil in ein warmes Licht. Lange betrachtete Tom ihre rechte Hand, die reglos auf dem Tisch lag. Kaum ein Wort hatte Claire gesprochen, während sie ihren Rock und die Sandale mit Waschlauge eingeschäumt hatte. Als sie in die Altölschale getappt war, hatte Anton sich ausgeschüttet vor Lachen, und Tom auch. Vielleicht war sie verärgert.

Nachdem Anton seine Werkstatt geschlossen hatte, nötigte er Tom, mit in den Garten hinterm Haus zu kommen und ihr Wiedersehen mit warmem Bier zu begießen. Claire schloss sich an, folgte den Gesprächen mit einem halben Lächeln und blieb in sich gekehrt, bis Anton aufstand und verkündete, dass er jetzt pinkeln ginge und danach ein paar Steaks auf den Grill hauen würde.

»Alles okay?«, fragte Tom.

»Schon.« Claire nahm einen Schluck aus der Flasche.

»Sieht aber nicht so aus.«

»Vielleicht ein bisschen müde.«

Tom nickte zweifelnd. »Ich könnte Anton fragen, ob du dich irgendwo hinlegen kannst. Vor morgen früh ist die Batterie sowieso nicht geladen.«

Breit grinsend und mit dem Stolz des Experten hatte Anton ihnen den Keilriemen, den Claire für ihre Göttin brauchte, und die passende Batterie präsentiert. Allerdings musste die Batterie aufgeladen werden, und das dauerte eben.

»Ja.« Claire blickte an Toms linkem Ohr vorbei. »Das wäre wohl gut.«

Anton brachte eine Steingutschale mit Steaks nach draußen, nachdem er Claire das Bett seiner Großeltern in der Dachkammer gerichtet hatte. Ein Fenster wurde geöffnet; Wind kam auf.

»Hast du deine ehemalige Kompanie eingeladen?«, fragte Tom. Es war beinahe mehr Fleisch, als er in der Kühlkammer seines Lädchens aufbewahrte. Für die wenigen Stammkunden genügte das, und der Zulieferer brachte einmal in der Woche frische Ware.

»Noch 'n Bier?« Anton legte einige Steaks auf den Rost. Ohne die Antwort abzuwarten, knallte er Tom eine Flasche auf den Tisch. Ein kleiner Schaumpilz quoll aus dem Flaschenhals.

»Was ist jetzt mit ihr? Warum hast du sie angeschleppt?« Anton wendete eine Fleischscheibe.

»Ich habe sie nicht angeschleppt. Sie hat mich mitgebracht.« Tom spürte, dass es Zeit war für seine »kleine Dosis«, ihn fror und sein Herz begann schneller zu schlagen.

»Hast du was da?«

»Du bist immer noch drauf, was? Nee, schon lange nicht mehr, das weißt du. Und von dir habe ich gedacht, dass du es hinter dir hast.«

Tom seufzte. Das würde er sich auch wünschen. Nun ärgerte er sich, dass er sein Besteck und den Rest des Stoffes zurückgelassen hatte. Vor ein paar Stunden noch sah alles so einfach aus, dachte er. Ich höre auf damit und fertig. So einfach war es aber nicht. Er nahm einen langen Zug und stellte die leere Flasche hinein in den Kasten. Alkohol würde den Entzug etwas mildern, jedenfalls redete er sich das ein.

»Da hast du ja eine Scheißnacht vor dir.« Es schien sich um Mitgefühl zu handeln, was in Antons Miene trat, soweit man den Ausdruck hinter dem Gewucher in seinem Gesicht sicher erkennen konnte.

»Soll ich dich nach Hause fahren?« Er war wirklich ein guter Freund, und es war verlockend. In wenigen Minuten würde er sich von den quälenden Gedanken, dem Zittern, dem Herzrasen, den Schweißausbrüchen befreien können.

»Nein«, sagte Tom und fragte sich, ob er noch bei Trost war. Anton schob ihm einen Teller hin, setzte sich und stach seine Gabel ins Fleisch. Er sah ihn lange an und schwieg. Dann steckte er ein großes Stück Fleisch in seinen Mund und kaute.

»Und warum hast du sie, wie heißt sie noch mal …«

»Claire.«

»… Claire dabei?«

»Sie hatte eine Panne.«

»Hm.« Anton kaute gemächlich und spülte mit Bier nach.

»Ich weiß es nicht«, antwortete Tom schließlich wahrheitsgemäß. Er hatte wirklich nicht die geringste Ahnung, was er da tat.

»Du hättest mich anrufen können.«

»Ich weiß.«

»Hast du aber nicht.«

»Nein.«

»Was ist mit Hannah?«

»Was soll mit ihr sein? Sie ist weg.«

Anton nickte dem Rest seines Steaks zu. »Stoff oder Liebe, stimmst?«

Tom schwieg. Das mit Hannah hatte ein paar Jahre gedauert, dann hatte sie es nicht mehr ausgehalten, nicht nur wegen der Dosis. Sie hatten irgendwie nicht zusammengehört, gestritten hatten sie sich aber nie. Eines Morgens war sie verschwunden, ohne auch nur ein Haar zurückzulassen, wohin, wusste Tom nicht. Vielleicht hatte sie nicht in die Gegend gepasst, nicht in sein Lädchen, und vor allem nicht zu seinem Gewächshaus voller fleischfressender Pflanzen. Anton hatte Hannah nie zu Gesicht bekommen. Es hatte sich einfach nicht ergeben.

Claire kam Tom anders vor. Claire …

»Ist sie jetzt deine Neue, oder nicht?«

»Mann, Anton, ich kenne sie doch gar nicht. Also ich kenne sie seit heute Morgen.«

»… und latschst mit ihr durch die Steppe und vergisst deinen Stoff. Alles klar.«

Anton hätte ihn nicht daran erinnern sollen. Für einen Moment hatte er nichts gefühlt.

»Ich hab was für dich. Das reicht über die Nacht.«

Tom machte große Augen.

»Nein, keinen Stoff, mach dir keine Hoffnungen. Pillen, die ich selbst damals genommen habe, um den Affen in Schach zu halten. Du kannst sie haben, wenn ich sie finde.«

»Okay.« Das war besser als nichts und besser als die Aussicht auf eine endlos verzweifelte Nacht, die andernfalls vor ihm liegen würde. Tom hatte das alles schon ein paar Mal durchgemacht.

Es dauerte beinahe eine Stunde, bis die Wirkung einsetzte, dann atmete Tom auf. Es war nicht dasselbe Gefühl, wie es die Dosis machte, nicht dasselbe.

»Du kannst oben pennen«, sagte Anton irgendwann.

»Oben? Da schläft Claire.«

»Ja, und?«

Tom beobachtete, wie sich die Dunkelheit zwischen die Bäume senkte.

»Meine Großeltern haben vierzig Jahre in diesem Bett geschlafen.«

»Die waren verheiratet.«

Anton grinste. »Wie bist du denn drauf und seit wann?«

»Mein Gott, Anton, ich kann mich doch nicht einfach neben sie legen und so tun, als wären wir vierzig Jahre verheiratet.«

»Davon würde ich dir auch abraten.« Anton sammelte die Bierflaschen ein, verstaute sie im Kasten, stapelte Teller aufeinander und schlurfte zur Tür.

»Mach was du willst, ich geh schlafen.« Damit verschwand er im Haus.

Der Wind wurde kühler und brachte den Geruch nach Regen mit, aber am Himmel glitzerten Sterne. Als ihm kalt genug war, erhob sich Tom unentschlossen. Irgendwann stieg er die Treppe hinauf. Die Stufen knarrten. Unzählige Male hatte er schon in der Dachkammer übernachtet, nach Feten und Sauftouren, oder früher, als er fortgelaufen war von zu Hause und Antons Großeltern noch lebten. Sie hatten ihn einige Tage bei sich behalten. Die Großmutter hatte Apfelmus gekocht. Das mochte er. Dann hatten sie ihn zurückgebracht.

Die Tür öffnete sich fast geräuschlos. Claires Locken breiteten sich über das Kissen, ihre Stirn und die geschlossenen Lider schimmerten im Mondlicht. Tom schlüpfte unter die Decke, die Laken fühlten sich kühl an. Das Bild mit den Engeln, das er als Junge gemocht hatte, war umgehängt worden. Sein Rahmen reflektierte das wenige Licht. Lange blickte er ins Dunkel.

»Erzähl mir eine Geschichte.« Claires Stimme fügte sich in den Wind, der draußen an den Blättern zerrte. Tom hatte gedacht, sie schliefe.

»Eine Geschichte.« Tom kannte einige. Manche von ihnen hatte er nie erzählt. Es hatte ihn auch nie jemand danach gefragt. Er lauschte Claires Atem.

»Ich hatte einen Freund, der hat mir eine erzählt. Es ist ziemlich lange her.« Er machte eine Pause. Das Fenster klapperte. Tom sah Claires Wimpern gegen das Mondlicht und ihre Augen glänzen.

»Der Freund war ein kleiner Junge, fünf oder sechs, als er mit seiner Mutter hierherzog. Er hieß Jan, sagte ich das schon? Sie wohnten außerhalb des Dorfes in einem alten Haus. Das Wohnungsamt hatte es ihnen zugewiesen. Jan sagte, man mochte sie nicht, von Anfang an nicht. Das war nicht leicht für ihn, weil er die Frau, die sich ihm als seine Mutter vorgestellt hatte, nicht kannte. Die Jahre zuvor hatte er in einem Kinderheim und sie in Bautzen verbracht.«

»In Bautzen?«

»Im Knast für politische Häftlinge. Kurz nach Jans Geburt hat sie versucht, mit ihm in einem Boot über die Ostsee in den Westen zu kommen. Das ist natürlich gescheitert, und dann ging alles seinen Gang. Sie wollte zu Jans Vater, und dann saß sie zuerst in Bautzen und später in diesem Nest fest. In Berlin hatten sie sich kennengelernt, aber die Mauer zwischen den Welten hat ihnen den Himmel geteilt. Jans Vater ist nach Münster zurückgekehrt, doch das ist eine andere Geschichte.« Er schwieg und hing seinen Gedanken nach.

»Jans Mutter arbeitete in einer LPG, fuhr Trecker und bediente die Melkmaschinen, nachts malte sie und trank. Jan ist mehrmals davongelaufen, aber sie haben ihn immer wieder zurückgebracht. Er war ein schlauer Typ und entgegen den Prognosen seiner Lehrer schaffte er sein Abitur und nahm ein Studium in Berlin auf. Biologie. Er fand das ungefährlich.«

Claire wandte sich ihm zu, sodass ihr Gesicht im Dunkeln lag. »Was ist aus ihm geworden?«

»Ein paar Semester ging es gut. Bis er Hannah traf.« Wieder verstummte er. Manchmal fragte er sich, ob es sie je gegeben hatte. »Sie war zart und exotisch, und ein paar Jahre älter als Jan. Ihr Geschichtsstudium hatte sie beendet, bevor Jan auch nur das Vordiplom in der Tasche hatte. Sie feilte an ihrer Promotion und fand, das sei eine gute Zeit zum Kinderkriegen. Jan war begeistert, Geld war allerdings keins da. Also zogen sie zu seiner Mutter, und Jan jobbte als dies und das. Kinder kamen keine, und Hannah war eines Tages fort.« Bis heute verstand er nicht, warum. Seine Mutter war inzwischen gestorben. Sie hatte kein leichtes Leben gehabt, stattdessen einen raschen, unspektakulären Tod.

»Das ist eine traurige Geschichte.«

»Ja, ein bisschen.«

Dafür, dass sie das gesagt hatte, mochte er Claire. Weich und warm kam sie ihm vor. Hannah war anders gewesen, ganz anders, zierlich und zäh wie eine junge Weide.

Das erste Mal hatten sie sich im Theater geliebt. Als Hannah sich entschloss, Geschichte zu studieren, etwas Solides, brach sie das Schauspielstudium in Leipzig ab. Einige kleine Rollen bekam sie weiterhin. Ganz zu Anfang ihrer Beziehung hatte sie ihn eines Abends in ihren Wagen gebeten und war mit einem vielsagenden Blick losgebraust. Sie fuhr schauderhaft. Gegen neun Uhr schlenderten sie durch die Leipziger Hainstraße, vorbei an restaurierten Passagen, probierten Wein in neu eröffneten Szenekneipen. Weit nach Mitternacht schloss Hannah den Hinteraufgang zur Probebühne des Schauspielhauses auf. Die Bühne war leer bis auf ein Klavier. Hannah spielte Bluesmusik und sang Balladen mit einer fremden, rauchigen Stimme. Tom stellte sich vor, wie es wäre, wenn plötzlich die Lichter aufflammten und der Vorhang sich teilte. Er linste in einen kleinen, leeren Zuschauerraum. Der letzte Ton verhallte, abrupt trat Stille ein. Hannah legte ihm die Arme um die Taille und den Kopf auf seinen Rücken. Die Bretter, die angeblich die Welt bedeuteten, waren grob geschliffen, und es roch nach Staub. Dann war alles sehr schnell gegangen. Sie schliefen einen kurzen Schlaf auf dem harten Boden, bis sie den Hausmeister poltern hörten, und waren lachend mit klopfenden Herzen die Flure entlang nach draußen geflüchtet.

Eine Krähe schrie, der Wind bauschte die Gardine auf. Claire nahm Toms Hand und küsste seinen Zeigefinger. War es die Unschuld in dieser Geste, die ihm den Schweiß auf die Stirn trieb? Oder eher die »kleine Dosis«, die er ausgelassen hatte? Aber spielte das eine Rolle? Claire hatte ihm zugehört, und er fühlte sich verletzlich. Er strich eine Strähne aus ihrem Gesicht und küsste sie lange. Ihre Lippen waren fest und warm, und es kam ihm vor, als ob sie lächle. Sein Mund fand seinen Weg ihren Hals hinab zum Schlüsselbein. Das winzige Muttermal, das ihn interessiert hatte, konnte er nicht sehen, aber es musste da irgendwo sein. Die Stelle roch nach der Seife aus Antons Badezimmer und nach etwas anderem, Magnolie vielleicht oder Iris. Er fühlte Claires Hände in seinem Haar; sie gab einen zufriedenen Ton von sich, bevor sie ihren Körper gegen seinen presste. Es erstaunte ihn, wie kräftig sie war, und auch, mit welcher Umsicht sie ihn auf den Rücken beförderte.

Der Vollmond war hinter den Wolken hervorgetreten und beleuchtete ihre Gestalt, die fülliger war, als er vermutet hatte. Claire zog ihr Top über den Kopf, ließ ihm noch Zeit festzustellen, dass sie reizvolle Brüste hatte, weich und voll. Der Ostwind schickte eine Böe ins Zimmer. Claires Küsse fühlten sich leicht und warm an auf seiner Haut, kleine Marken, auf einem Pfad, von dem er nicht wissen wollte, wo er entlangführte. Noch nicht. Die Zungenspitze, die sich von der Hüfte in seine Leiste tastete, ließ seinen Puls in die Höhe schnellen. Claire strich das Haar aus dem Gesicht, sah ihn nicht an. Tom überließ sich ihrem Tun, bis sie innehielt, dann hob er sie auf sich. Glitzernde Perlen auf ihrer Haut, ihr Atem ging schnell; verhaltene Laute lösten sich aus ihrer Kehle. Als sie kam, war es nichts Explosives, sondern eher etwas Getragenes von hoher Intensität. Mit einem Seufzen schmiegte sie schließlich ihr Gesicht in seine Halsbeuge. Eine Weile spürte Tom dem Hämmern in ihrer Brust nach und drehte sich dann behutsam mit ihr. Die Augen hielt sie geschlossen, passte sich seinem Rhythmus an. Claire …

»Sieh mich an«, flüsterte er, wie um sicher zu sein, und »du bist mein«, als sie die Lider hob. Sie lächelte entfernt. Er schob eine Hand unter ihr Kreuz und war ihr nahe, nicht lange, nur bis zu dem Anflug von Bitterkeit, den er nur zu gut kannte. Dann schloss er die Augen und folgte dem Film in seinem Kopf, der ihm einen Augenblick lang das Gefühl gab, ganz zu sein.

Als er sich von ihr löste, kühlte der Wind seine Haut. Das Zimmer lag im Dunkeln. Die ersten Tropfen fielen auf das Fensterbrett. Eine Zeit lagen sie still beieinander.

»Und nun?«, fragte Claire.

»Es regnet.«

»Ja.«

Tom dachte nach, aber er wusste es nicht. Er zog sie näher in seinen Arm.

»Wir warten einfach bis morgen.«

13

Eine schwere Wolkendecke schob sich über Himmel und Sonne, darunter staute sich die Nachmittagshitze, dabei war es erst Mai. Auf dem kurzen Weg vom Kindergarten ins Präsidium hatte die Klimaanlage den Innenraum von Conrads Wagen kaum kühlen können. Erschöpft trottete Sammy hinter Conrad her.

»Vielleicht ist Julia da und ihr könnt ein bisschen malen.« Conrad nahm die Hand seines Sohnes. Sie war klein und klebrig.

»Du wolltest mit mir spielen. Jeden Tag, wenn Mama weg ist. Du hast es mir versprochen.«

Conrad seufzte. Das hatte er.

»Und zum Streichelzoo wolltest du auch mit mir.«

»Ich weiß. Aber da ahnte ich nicht, dass ich so viel Arbeit haben würde. Ich habe mich auch schon auf die Nachmittage mit dir gefreut und auf das Hängebauchschwein und die jungen Ziegen auf dem Hof in Lette. Ehrlich.«

Sammy sagte nichts, wand nur seine Hand aus der des Vaters. Sie stiegen die wenigen Stufen zum Eingang des Präsidiums hoch.

»Willst du die Klingel drücken?«

Sammy schüttelte den Kopf. Der Diensthabende schaute aus dem Fenster und winkte. Der Türöffner brummte, und Conrad drückte die Tür auf. Im Gang standen die Bürotüren offen, das leise Summen von Ventilatoren war zu hören. Stefan Fels würde nicht begeistert sein, wenn Conrad schon wieder mit Sammy im Schlepptau ankam. Conrad legte einen Finger auf die Lippen, beugte sich zu Sammy hinunter und flüsterte: »Ab jetzt müssen wir sehr vorsichtig sein.«

»Warum?«

»Wir müssen uns an den Türen vorbeischleichen.«

»Warum?«

»Damit, wenn gerade ein Dieb im Zimmer sitzt, er uns nicht sieht.« Und damit uns vor allem der Dienststellenleiter nicht entdeckt und mir wieder die Hölle heiß macht, dachte Conrad.

»Warum nicht?«

»Weil er uns sonst erkennen würde, wenn wir ihn das nächste Mal verfolgen wollen.«

»Und warum darf er das nicht? Du bist doch die Polizei.«

»Wegen der geheimen Mission.«

»Aha.«

Conrad sah Sammy an, dass der nicht überzeugt war von seiner schlappen Erklärung, aber das machte nichts, solange sie ungesehen an Stefan Fels' Tür vorbeikamen. Er nahm Sammy an die Hand und schlich gebeugt und mit dem Finger auf den Lippen den Gang entlang. Vorsichtig lugte er in jede Tür und zog Sammy hinter sich her, wenn die Kollegen in den Zimmern gerade nicht aufblickten. Das Zimmer von Stefan Fels war leer. Die entgegenkommenden Polizisten schauten den beiden belustigt nach. Schließlich schlüpften sie in Conrads Büro. Der wischte sich den Schweiß von der Stirn und sagte: »Geschafft.«

Sammys Augen leuchteten. »Und was machen wir jetzt?«

Aus der untersten Schublade seines Schreibtisches holte Conrad Malstifte und Papier hervor.

»Am besten du setzt dich eine Weile her und malst.«

Sammy zog ein Gesicht. »Ich habe schon gemalt heute.«

»Ich muss nur kurz zur Dienstbesprechung, und dann fahren wir nach Hause. Einverstanden?«

»Wie lange ist kurz?« Sammy hatte schlechte Erfahrungen mit »kurz«.

»Eine halbe Stunde vielleicht.«

»Wie lange ist das?«

Conrad sah auf die Uhr. Halb fünf. Es würde ganz sicher länger als eine halbe Stunde dauern, bis sie die bisherigen Ermittlungsergebnisse zusammengetragen hatten. Er blickte auf Sammys Haar hinab. Was sollte er machen?

»Bis gleich.« Conrad wuschelte durch Sammys Schopf. Die Hand bereits auf der Klinke liegend, drehte er sich noch einmal um. Der Junge beugte sich übers Papier und tat nichts. Die Tür wurde aufgedrückt, und Sven steckte seinen Kopf durch den Spalt.

»Wo bleibst du?«

»Ich komme.«

»Hi, Sammy.« Sven trat ein. »Ich bin noch nicht ganz so weit. Noch ein paar Minuten, dann habe ich alles ausgedruckt«, wandte er sich an Conrad. Er streckte die Hand aus und zeigte auf Sammy. Conrad hob die Schultern.

»Willst du mit, Sammy?«

»Wo denn hin?«

»Ich zeige dir, wie man am Computer malen kann.«

»Malen ist doof.«

»Aber nicht am Computer. Meiner hat auch ein Spiel.«

»Was denn für eins?« Sammy schaute interessiert auf.

»Eins, das du noch nicht kennst.«

Sammy rutschte vom Stuhl.

»Du hast Computerspiele für Fünfjährige, ja?« Conrad hatte seine Zweifel.

»Ich war auch mal fünf.« Sven grinste ihn an und ließ sein Gebiss sehen.

»Meinetwegen. Aber keine Kanonen, keine Frauen und keine Aliens.«

»Versprochen!«

Auf dem Gang kam Conrad Stefan Fels entgegen, als Sven gerade mit Sammy in sein Büro abbog. Conrad atmete auf.

Stefan Fels mochte die fünfzig knapp überschritten haben, so genau ließ der kleine, rundliche Mann das niemanden wissen. Schweißperlen glänzten auf seiner hohen Stirn, die er mit dem wenigen Resthaar zu verdecken suchte. Es hieß, er habe eine Weile im Krankenhaus zubringen müssen, als er für Wochen nicht zum Dienst erschienen war. Herzinfarkt, munkelte man. Seitdem war er ausschließlich im Innendienst tätig gewesen, obwohl er die Karriereleiter ein paar Sprossen höher gefallen war.

»Und, habt ihr schon was?«

»Kommst du zur Dienstbesprechung?«, fragte Conrad.

»Leider nicht. Ich muss der Presse etwas erzählen. Sag mir Bescheid, wenn ihr soweit seid.«

Was Stefan Fels auszeichnete, er mischte sich nicht ein, wenn es nicht sein musste, und er stand für seine Truppe ein.

»Ich könnte ein paar Hände mehr gebrauchen, Stefan.«

Der Dienststellenleiter hob seine eigenen Hände, zwei Schaufeln wie die eines Maulwurfs. »Ich habe zwei, und die sind beschäftigt. Nichts zu machen.«

Conrad winkte ab, er hatte es sich gedacht.

Stefan Fels grüßte und wollte weiter. »Ach …«, sagte er und drehte sich noch einmal um. Das Klingeln von Conrads Telefon schnitt ihm das Wort ab, und er hob nur seine rechte Maulwurfsschaufel und ging davon.

»Ja?« Conrad hielt sich das Handy ans Ohr und strebte dem Besprechungsraum zu.

»Mama, was gibt's?« Das fehlte ihm gerade noch.

»Ich habe dich nicht angerufen, weil heute nicht dein Geburtstag ist.«

Im Besprechungszimmer waren fast alle versammelt, alle bis auf Sven. Also eigentlich Julia, und nun er. Drei Leute für einen Mordfall wie diesen, keine Sonderkommission, alles musste in der normalen Alltagsroutine geschehen.

»Nein, Mutter. Heute ist nicht der vierundzwanzigste Juni. Der ist erst … Verdammt, sieh doch auf den Kalender.« Conrad schwankte ungeduldig mit dem Oberkörper. »Ich hab zu tun.« Er schwieg einen Augenblick. »Ja, ich habe immer zu tun. Ich ARBEITE!« Er fühlte, wie sein Gesicht heiß wurde und ihm der Schweiß ausbrach, hörte, wie seine Stimme laut wurde, sagte noch »nein« und »ja«, legte auf und krachte das Handy auf den Tisch.

»Gute Laune?« Julias Hand stoppte das Gerät, das über den Tisch schlitterte.

»Ja.« Conrad pflanzte sich auf einen Stuhl. »Sven kommt gleich. Er will noch ein paar Sachen ausdrucken. Ich verstehe zwar nicht, warum er das nicht fertig hat, aber … Egal. Was hast du?«

»Puh, super gute Laune!«

Conrad sagte nichts. Sollten sie doch endlich anfangen, umso schneller kam er mit Sammy nach Hause.

Julia schlug eine Mappe auf.

»Also. Bei den Mitarbeiterinnen herrscht eisiges Schweigen, jedenfalls bei denen, die ich gesprochen habe. Die Pflegedienstleitung ist wenig kooperativ. Dafür habe ich August Ostendarp getroffen, der mir …«

»Julia, der alte Ostendarp kann's nicht lassen. Aber er ist seit Jahren pensioniert. Er ist Bewohner des Heims.«

»Schau dir die Sachen erst mal an, Conrad, bevor du urteilst.« Julia schob ihm die Mappe über den Tisch.

Sven trat ein, ließ sich auf einen Stuhl plumpsen und streckte seine langen Beine unter dem Tisch aus.

»Wo hast du Sammy?«

»Am Rechner. Dein Kleiner macht sich ganz gut. Wenn ich ihn unter meine Fittiche nehme, kann er uns helfen.«

»Stefan hat gesagt, wir kriegen kein zusätzliches Personal«, sagte Julia und grinste.

Conrad machte eine ungeduldige Handbewegung. »Du kannst doch das Kind nicht unbeaufsichtigt am Rechner sitzen lassen.« Er wollte aufspringen, aber Sven hielt ihn am Ärmel zurück.

»Nun mach mal nicht so 'n Aufstand. Sammy kann da nichts verkehrt machen. Oder glaubst du, ich lasse mein Schätzchen mit einem unkalkulierbaren Risiko allein?«

Conrad machte sich los. »Um deinen Rechner geht es mir weniger.«

»Lass uns weitermachen, Conrad. Svens Computer hat eine Kindersicherung und alles. Sammy ist für den Moment beschäftigt. Also …«, mischte sich Julia ein.

Wenig überzeugt setzte sich Conrad wieder und atmete durch. Er fuhr sich mit beiden Händen durchs Gesicht. In der letzten Nacht hatte er schlecht geschlafen, war gegen drei aus einem Traum erwacht und hatte bis zum Weckerklingeln kein Auge mehr zugetan. Wahrscheinlich war er einfach gestresst, und heiß war es außerdem. Er beugte sich nach rechts und schaltete den Ventilator ein, Julias Löckchen bewegten sich im Wind.

»August Ostendarp …«, sie sah Conrad eindringlich an, der sich vorerst in sein Schicksal fügte, auch wenn er an der Meinung des alten Kommissars wenig interessiert war, »… hat herausgefunden, dass bis auf die Pflegedienstleitung ausschließlich Frauen eingestellt werden, bei denen die Dauer der Mitarbeit höchst überschaubar ist. Sie bleiben zwischen drei und sechs Monaten, dann werden sie gegen andere ausgetauscht.« Julia schob Conrad und Sven eine von Ostendarps illegal kopierten Unterlagen zu. Aus dem Dokument ging hervor, an wen wie viel Gehalt gezahlt worden war. Daran war zunächst nichts auszusetzen. Allerdings wurde aus den Unterlagen auch die Beschäftigungsdauer ersichtlich, und die erwies sich tatsächlich als erstaunlich kurz.

»Ja, und? Sie beschäftigen Leute nicht lange. Das spricht nicht gerade für die Einrichtung, ist aber nicht strafbar«, sagte Conrad.

»Das sicher nicht. Jedenfalls nicht, wenn die Mitarbeiterinnen sozialversichert sind und Steuern zahlen«, gab Julia zu. »Aber seltsam ist es schon. Besonders, weil die Pflegedienstleitung so gar nichts dazu sagen wollte. Nicht einmal aufgeregt hat sich die Heinrich über die Mehrarbeit, die ständig neue Mitarbeiterinnen doch machen müssen. Und August Ostendarp fand es merkwürdig, dass es sich vorwiegend um Frauen aus Osteuropa handelt.«

»Du hast einen Narren an dem alten Ostendarp gefressen, was?« Conrad stand auf, ging zum Fenster und öffnete es. Es war dunkler geworden, Schwüle, kein Lüftchen, kein Regen. Im Hof pickte eine Taube an einem Brötchen.

»Ich habe keinen Narren an ihm gefressen, ich finde aber, dass wir dem nachgehen sollten. Immerhin war er ein sehr erfolgreicher Ermittler. Vielleicht gefällt dir das ja nicht, Conrad.« Sie starrte ihn an. Bevor er antworten konnte, hakte Sven ein.

»Von der KTU sind die ersten Untersuchungsergebnisse gekommen. Sie haben sehr gründlich gearbeitet. Es gibt wohl zwei Neue, die es ganz genau nehmen. Haben den gesamten Leichnam abgeklebt, vorn und hinten, und Millionen von Faserspuren gefunden.« Sven blätterte in einem Stapel Ausdrucke.

Conrad sah interessiert zu. »Ja, und?«

Die Tür sprang auf, und Stefan Fels rauschte herein. »Wir sind hier kein Kindergarten, Conrad. Kannst du endlich deine familiären Angelegenheiten da lösen, wo sie hingehören? Wenn hier jeder seine gesamte Verwandtschaft mitbringt, können wir gleich dicht machen. Außerdem habe ich bis jetzt noch kein einziges Ergebnis auf dem Tisch. Was macht ihr eigentlich, außer Kinder zu hüten?«

»Das ist meine Schuld«, half Sven aus. »Ich habe Sammy an den Rechner gesetzt.«

»Und hat er schon was über den Täter herausgefunden?«

So ungehalten hatten Conrad und seine beiden Kollegen ihren Vorgesetzten selten erlebt. Was war mit ihm los, fragte sich Conrad und ärgerte sich über sich selbst, dass er keine andere Möglichkeit für Sammy gefunden hatte. Sven stand auf und schlenderte zu Fels hinüber. Er überragte ihn fast um einen Kopf, das schien ihm unangenehm zu sein, denn er krümmte den Rücken und zog den Kopf ein.

»Die KTU hat Faserspuren gefunden.« Er wies auf die Blätter in seiner Hand.

»Ja, und? Schon verglichen?«

»Womit denn?«, fragte Julia.

»Mit den Kleidern seiner Familie zum Beispiel und mit denen anderer Leute aus seiner Umgebung, die als Täter in Frage kommen.«

»Dazu war noch keine Zeit«, verteidigte sich Conrad.

»Ist klar, wenn man Kindermädchen spielen muss.« Fels funkelte Conrad an. Sein Gesicht wurde rot und eine Ader trat hervor.

»Es sind unheimlich viele Faserspuren. Ich habe keine Ahnung, warum die so akribisch waren. Jedenfalls wird es eine Weile dauern, die zugehörigen Kleider ausfindig zu machen.«

Fels nahm Sven die Ausdrucke aus der Hand und überflog den Inhalt. Manchmal hatte Sven eine überraschend vermittelnde Art, fiel Conrad auf.

»Na, dann an die Arbeit.«

»Moment.« Sven durchsuchte seinen Stapel Ausdrucke erneut. »Ich hab noch etwas.« Als Conrad die Sonnenbrille in Svens Hemdtasche entdeckte, erinnerte er sich an Svens Idee zwischen Pommes und Rosinenschnecke und hatte eine böse Vorahnung. Deshalb langte er über den Tisch und legte die Hand auf die Papiere. »Darf ich mal?«

»Ich hab's gleich …« Sven wollte weiterblättern, aber Conrads Hand blieb liegen. Endlich sah Sven auf, und Conrad konnte ihm einen warnenden Blick zuwerfen. Er zog die Unterlagen zu sich heran und blätterte selbst, während er Fels noch einen anderen Köder hinwarf: »Julia hat Informationen, dass es Auffälligkeiten beim Personal gab. Man könnte den Stellvertreter dazu befragen. Eck müsste wissen, wer wann warum eingestellt worden ist.«

Julia öffnete den Mund, doch bevor sie sich äußern konnte, sagte Fels: »Ja, dann. Muss ich euch die Arbeit einteilen, oder was?« Fels' Handy klingelte, er sah aufs Display und steckte es wieder ein. »Morgen will ich etwas Konkretes.« Damit rauschte er in demselben Tempo davon, in dem er angekommen war.

»Ich dachte, du interessierst dich nicht für die Personalgeschichte.« Julia presste die Lippen aufeinander. »Oder wolltest du ein paar Pluspunkte sammeln?«

»Ich wollte vor allem vermeiden, dass Sven uns mit seinen illegalen Ermittlungsmethoden reinreitet.« Damit zog Conrad ein Blatt aus dem unteren Drittel des Stapels und schob es Julia zum Lesen hin. Sven wurde rot.

»Freitag hat das Geschäftskonto mal eben auf Null gestellt. Letzte Woche.« Ihre Mundwinkel hoben sich zu einem breiten Grinsen. »Sven, du bist ein Ass!«

»Wenn unser Computer-Ass die Schnauze halten würde vor Stefan, jedenfalls bis wir etwas Handfesteres haben oder wenigstens die Genehmigung der Staatsanwaltschaft zur Konteneinsicht.«

»Die Flaute in der Kasse könnte Eck nicht unerheblich geärgert haben. Zweihunderttausend Euro sind nicht gerade Peanuts. Es sind schon Leute für weniger gestorben. Aber das scheint dich ja nicht zu interessieren.« Beleidigt sammelte Sven die Blätter wieder ein.

»Jetzt hört schon auf.« Julia sah auf die Uhr. »Ich wollte nicht meinen gesamten Abend mit euch verbringen.«

»Ach, nicht? Mit wem denn dann?«, fragte Sven.

Conrad legte beide Hände auf den Tisch. »Eins vielleicht noch. Ich fand die Reaktion der Witwe auf den Tod ihres Gatten ziemlich zurückhaltend.«

»Die vom Sohn war auch nicht teilnahmsvoller.« Julia berichtete, was sie bei Henry Freitag erlebt hatte, und Conrad stützte nachdenklich sein Kinn in die eine Hand, mit der anderen breitete er die Tatortfotos über den Tisch.

»So viel Hass«, sagte er.

Julia wandte sich rasch ab und kramte in ihrer Umhängetasche. Conrad nahm keine Notiz von ihrem Unbehagen.

»Oder fällt euch ein Motiv ein, weshalb man jemandem die Augen aussticht?«

»Die Tochter wirkt nicht gerade unauffällig. Zwanzig und fett wie ein Walross. Und wenn ich mir den schlampigen Emo-Look angucke …« Mit einer Hand nahm Julia ihre Locken aus dem Nacken und hielt sie auf dem Scheitel fest.

Die Hitze quälte alle. Conrad wünschte sich ein kühles Bier auf seinem Balkon.

»Was ist ein Emo-Look, zur Hölle?«, fragte Sven.

»Nein, mit der Hölle hat es nichts zu tun. Es ist eine Musikrichtung, eine Weltanschauung, eine Kleiderordnung, wie man will. Vielleicht passt Sophie Freitag ganz gut in die Emo-Szene.«

»Du kennst dich auch mit jedem Teenie-Scheiß aus, was Julia? Was ist denn nun Emo?«

»Kannst du googeln«, sagte Julia eingeschnappt.

»Hey!« Conrad sammelte die Fotos wieder ein, und Julia entspannte sich etwas. »Sophie Freitag wirkt ziemlich schräg, finde ich. Sie sagt ganz offen, dass sie den Vater hasst, noch bevor er unter der Erde und sein Mörder im Knast ist. Sie scheint nicht auf den Gedanken zu kommen, dass sie sich verdächtig macht.«

»Jedenfalls stimmt bei denen allen irgendetwas nicht.« Auch wenn Sven nicht gerade der Experte für Zwischenmenschliches war, konnte ihm das nicht verborgen geblieben sein.

Julia stand auf. »Also ich hau jetzt ab. Ihr könnt ja machen, was ihr wollt.« Damit stopfte sie ihre Unterlagen in die Tasche und ging zur Tür. Dort blieb sie stehen, als Conrad sich nicht rührte.

»Ich nehme mir Sophie noch einmal vor und frage sie nach diesem ominösen Tom«, sagte er.

»Wer ist nun wieder Tom?«, wollte Sven wissen.

»Der uneheliche Sohn von Freitag. Er soll sich irgendwo im Osten rumtreiben.«

»Ich denke, das ist vertane Zeit. Wir sollten uns auf Eck und die realen Indizien konzentrieren. Und zwar schnell.« Die Ungeduld war Julia anzumerken.

»Was denn für Indizien? Die paar Zettel von deinem Freund Ostendarp?«

»Nicht zu vergessen, was Sven aus seiner Kiste geholt hat. Und er ist nicht mein Freund, sondern ein umsichtiger, erfahrener …«

»… pensionierter«, warf Conrad ein.

»… Polizist.«

»Ehemaliger Polizist. Die Kontobewegungen sind keine Indizien. Die haben wir offiziell gar nicht. Schon vergessen?«

»Ich weiß nicht, was du gegen ihn hast, Conrad.« Eine Falte bildete sich auf Julias glatter Stirn.

»Ich habe nichts gegen Ostendarp. Ich denke nur, dass wir mit Eck falsch liegen. Welchen Grund hätte er für einen solchen Hass?«

»Was hat dieser Tom, von fraglicher Existenz, für einen Grund?«

Das Telefon klingelte, aber niemand rührte sich. Eine Minute später trat die junge, neue Beamtin ein, deren Namen Conrad immer wieder vergaß, und sagte: »Der rechtsmedizinische Befund kommt nicht vor Montag. Münster hat gerade angerufen.« Sie blickte in die stumme Runde, lächelte unsicher und verschwand wieder. Sven schälte sich aus seinem Stuhl.

»Ich schaue mir mal die Eck-Daten an.« Er grinste über seinen Wortwitz. »Vielleicht findet sich ja eine nicht unerhebliche Summe auf seinem Konto wieder.«

»Du kannst dich nicht von hieraus in fremde Konten einhacken. Wir kommen in Teufels Küche.«

»Ich kann es auch von zu Hause aus tun, wenn du willst.«

»Ich will das überhaupt nicht, verstehst du? Das ist illegal.«

Sven hob die Schultern, machte aber keinen besonders reuigen Eindruck.

»Okay. Henry Freitag will ich noch einmal hier haben. Mal sehen, ob der was über seine Verwandtschaft sagt. Kannst du dich darum kümmern, Sven?« Die Uhr zeigte zwanzig nach fünf. Es wurde höchste Zeit, dass er mit Sammy nach Hause kam. Julia winkte ihnen zu und ging den Gang hinunter. Je näher sie dem Ausgang kam, umso schneller wurden ihre Schritte.

»Sammy? Zeit nach Hause zu gehen.«

Im Licht des Monitors wirkte Sammys Gesicht fahl. Der Junge reagierte nicht, bewegte nur die Maus und den rechten Zeigefinger. Wind kam auf und klapperte mit den Fensterflügeln. Die Platanen vor dem Fenster und auch die Regenwolken verdunkelten den Raum.

»Sammy, hallo, Abendessen!«

»Gleich.«

»Komm schon.«

»Ich habe noch zwei Leben.«

Conrad war manchmal schon das eine zu viel.

»Los jetzt, sonst werden wir nass.«

Das Kind ließ sich nicht stören. Sven packte seine Ausdrucke in eine Mappe und klemmte sie unter den Arm.

»Du kannst morgen weiterspielen. Ich habe noch ein anderes Spiel«, sagte er.

Na toll, dachte Conrad. Aber er konnte schlecht etwas dagegen einwenden. Trotz Sammys Protest fuhr Sven den Rechner herunter und verabschiedete sich.

14

Das Wochenende war mit dem Schreiben von Berichten, Telefonaten und Besprechungen draufgegangen. Conrad hatte Sammy für ein paar Stunden bei seiner Großmutter parken können. Die meiste Zeit aber hatte sich der Junge im Büro gelangweilt, weil die Oma ihren Wochenendeinkauf machen musste, wobei sie ihren Enkel nicht gebrauchen konnte, und am Sonntag ihren Rommeenachmittag nicht aufgeben wollte. Du bist der Vater, hatte sie gesagt, also kümmere dich um deinen Sohn. Conrad hatte sie noch nie gemocht. Auch Henry Freitag war nicht erschienen. Nach ein paar Anrufen stellte sich heraus, dass er überraschend den Wochenenddienst eines erkrankten Kollegen übernehmen musste. Morgen würde Conrad ihn holen, egal was für einen Dienst er hatte, wenn es sein musste, in Handschellen.

Schweigend fuhr Conrad die Umgehungsstraße entlang, nachdem er in seiner Lieblingspommesbude in der Holtwicker Straße hatte anschreiben lassen, weil er seine Brieftasche im Büro vergessen hatte. Sammy hatte dreiviertel seiner Portion auf dem Teller liegen lassen und war schmollend auf den Rücksitz geklettert. Dann hielten sie vor Conrads Haus in der Osterwicker Straße, dort wo die Stadt ausfranste und in freies Gelände überging. Er würde sich schon wieder beruhigen, dachte Conrad. Aber als er den Jungen nach einem sehr kurzen Zwischenstopp im Bad zu Bett brachte, nahm Sammy seinen Clown in den Arm und drehte sich zur Wand, ohne ihm gute Nacht zu wünschen.

Morgen würde es einfacher werden. Morgen könnte er in den Kindergarten gehen, versuchte Conrad, sein schlechtes Gewissen zu beruhigen.

Conrad machte den Fernseher an, setzte sich in den Sessel und stand wieder auf, um in die Küche zu gehen und sich ein Bier zu holen. Er trank es auf dem Balkon in einem Zug leer. Dann schenkte er sich einen Whisky ein. Es hatte nicht geregnet. Er hörte ein Geräusch an der Tür. Ein Schlüssel wurde gedreht, dann Schritte, kurz und leicht. Er hatte vergessen, sie anzurufen.

»Du liebst mich nicht.« Lillys Gestalt spiegelte sich in der Scheibe. Conrad stöhnte innerlich; er starrte hinaus in die Dämmerung und verfolgte die Scheinwerfer der Autos in der Ferne. Ein Lichtstreifen säumte den Horizont, das letzte Orange bevor die Nacht hereinbrach. Er spürte Lillys Blick im Rücken und auch, dass sie wartete. Der Schluck Single Malt in seinem Mund schmeckte scharf.

»Ja«, sagte er. Aber das stimmte nicht, nicht so jedenfalls. Er hatte viel darüber nachgedacht. Wie oft hatten sie gestritten deswegen? Conrad wollte, dass sie aufhörten damit, deshalb sagte er »ja«. Er wollte, dass sie aufhörte, solche Sätze zu sagen. Andauernd sagten Frauen solche Sätze, und er hasste das. Eine Weile sagte niemand etwas. Der Verkehr auf der Fernstraße wurde spärlicher. Er hörte, wie Lilly Luft holte.

»Nein«, sagte er. »Lass gut sein.« Wenn er sich umgedreht hätte, hätte er gesehen, wie ihr rechter Mundwinkel zuckte. In solchen Augenblicken wusste er nie, ob sie in Gelächter ausbrechen wollte oder ob sie zu heulen anfangen würde. Er hasste das. Er drehte sich nicht um. Kurz darauf hörte er die Haustür zuschlagen und den Motor ihres Wagens anspringen; sie war bisher immer wiedergekommen.

Sie war wiedergekommen, aber Conrad hatte sie in den Monaten, seit sie sich kannten, nicht ein einziges Mal besucht. Anfangs hatten sie sich in Cafés getroffen, dann lange Abende zusammen auf seinem Balkon verbracht. Lilly hatte ihn einmal zum Essen zu sich eingeladen. Da war der Anruf dazwischengekommen. Später hatte sich herausgestellt, dass Julia schon am Tatort und seine Anwesenheit entbehrlich war. Es war letztlich also keine große Sache gewesen; »ungeklärte Todesursache« hatte der junge Notarzt attestiert, als er die Leiche einer 82-jährigen Frau verlassen hatte. Damit war für den Doc alles klar, aber Conrads Abend war gelaufen, und Lilly hatte ihre Einladung nicht wiederholt.

Conrad goss Whisky nach, schwenkte das Glas und stellte es ab. Nach ein paar Tagen würde Lilly sich beruhigt haben und ihn anrufen, oder er rief an, und sie trafen sich im »Latissimus«.

Aber hatte diesmal nicht ein resignierter Unterton in ihrer Stimme gelegen? Vielleicht täuschte er sich auch. Unschlüssig stand er mitten im Raum. Jenseits der Balkontür war es Nacht geworden. Das wenige Licht gab sein Spiegelbild zurück, fremd und älter, als er es in Erinnerung hatte. Sein Nacken schmerzte, und die Zeit verging. Er fuhr sich mit der Hand durchs Gesicht.

Lillys Haus lag nicht weit entfernt, am Coesfelder Berg, da wo man wohnte, wenn man etwas auf sich hielt und die Hypotheken zahlen konnte. Sie hatte das Haus geerbt. Er nahm den Autoschlüssel vom Tisch und kippte den Rest Single Malt in einem Zug hinunter. Vor der Tür zog er seine alte Lederjacke über. Es hatte sich abgekühlt. Der Motor seines Wagens schnurrte leise. Im Fernlicht der Scheinwerfer streckte sich die Umgehungsstraße, kaum Verkehr. Am liebsten wäre er auf die A 31 nach Norden abgebogen und hätte das Gaspedal durchgetreten. Vielleicht würde er auf die Flut treffen, am Hafen ein Bier trinken und morgens frisch geräucherten Heilbutt kaufen. Bevor er den Gedanken zu Ende denken konnte, hielt er vor Lillys Haus, einem Klinkerbau mit einem großen Garten. Mitunter war er hier vorbeigefahren und er fragte sich nun, warum er ihr nie einen spontanen Besuch abgestattet hatte.

Der Raum, in dem Lilly auf und ab ging, war erleuchtet und verhalten möbliert. Sie schien mit jemandem außerhalb seines Blickfeldes zu reden. Conrad hatte keine Ahnung, wer das sein konnte. Eigentlich wusste er überhaupt nicht viel über ihr Leben. Als sie sich kennengelernt hatten, hatten sie schnell zueinandergefunden und ein paar reizvolle Nächte miteinander verbracht. Später hatte er ihre Anwesenheit hingenommen, wie den Wechsel der Tageszeiten. Diese Erkenntnis verursachte eine Unruhe in ihm, die er sich nicht erklären konnte. Lilly blieb vor dem Fenster stehen und schien ihn anzublicken. Er kam sich ertappt vor, obwohl ihm klar war, dass er von ihrer Position aus nicht zu sehen war. Schließlich stieg er aus und klingelte. Ihr entschlossener Schritt näherte sich, und sein Herz klopfte. Er kam sich wie ein Staubsaugervertreter vor, ein ungebetener Gast, ein Eindringling.

Die Tür öffnete sich, und Lilly erstarrte. »Du.«

Conrad schwieg. Jemand rief »Lilly«. Es war eine männliche Stimme, nicht unangenehm, nur höchst fehl am Platze.

»Du hast Besuch«, sagte Conrad.

»Nein.«

»Willst du mich nicht vorstellen?« Hatte Lilly ihm nicht vor wenigen Stunden Vorwürfe gemacht, dass er sie nicht liebe? Aber er hatte sich nicht als Nächstes eine andere genommen, um … was auch immer? Sie stand immer noch in der Tür und sah ihn erstaunt an. Nicht den Funken eines schlechten Gewissens konnte er in ihrem Gesicht entdecken, und darin war er normalerweise Experte.

»Nein.«

»Na, dann war mein Weg wohl umsonst.« Conrad spürte, wie die Farbe aus seinem Gesicht wich. Lilly konnte das nicht entgangen sein, denn sie sagte eilig: »Mein Bruder braucht ein bisschen Ruhe.«

Conrad lachte auf. »Dein Bruder, ja? Das ist die dämlichste Ausrede, die ich je gehört habe.« Er drehte sich um und winkte ab.

Hinter ihm quietschte etwas, das ihn bewog, noch einmal zurückzusehen. Im Dämmerlicht des Flurs saß ein Mann im Rollstuhl.

»Was gibt's?« Er war Lilly wie aus dem Gesicht geschnitten. Ein dunkelhaariger Mann mit markanten Zügen in den Dreißigern.

Lilly hob den Arm. »Simon, mein Zwillingsbruder, Conrad, mein …« Sie brach ab. Conrad überlegte, was sie hatte sagen wollen, und auch, was er an ihrer Stelle gesagt hätte. Eine Weile betrachteten sich die Männer abschätzig, dann wendete Simon sein Gefährt und verschwand.

»Es war anstrengend für ihn heute. Ich muss mich um ihn kümmern.« Sie zog die Schultern hoch, als sei ihr kalt.

Conrad nickte. Ein leichter Nieselregen setzte ein; es roch nach dem ersten Rasenschnitt.

»Wir können ja morgen … wenn du willst. Im »Latissimus« vielleicht.« Lilly wirkte plötzlich erschöpft. Dann schloss sich die Tür.

15

Das Licht aus dem Flur warf einen schmalen Streifen an die Wand. Eben erst war Ostendarp eingeschlafen, jedenfalls kam es ihm so vor. Der Streifen verschwand wieder. Hundertmal hatte er der Nachtwache gesagt, dass sie ihn in Ruhe lassen solle, wahrscheinlich war es schon wieder eine neue. Die letzte hatte ihn morgens um drei geweckt, weil sie ihm die Haare waschen wollte. Nachdem er sie angebrüllt hatte, was ihr einfiele, war sie empört davongerauscht. An die Tage darauf erinnerte er sich nur nebelhaft. Er sah das Bettgitter, wechselnde Gesichter von Zeit zu Zeit, einer Zeit, die er nicht benennen konnte. Irgendwann begann er, die Tabletten, die er abends bekam, im Mund zu verstecken, spuckte sie aus und versenkte sie im Bettbezug. Von da an wurde er wacher. Zwar schlief er nachts schlecht, aber was machte das schon? Er musste auf der Hut sein.

Plötzlich öffnete sich wieder die Tür, geräuschlos, nur der Lichtstreifen an der Wand war wieder da, diesmal breiter, dann war er weg. Aber Ostendarp wusste, dass jemand das Zimmer betreten hatte, hörte leises Atmen, das Rascheln von Papier. Behutsam griff er nach dem Schalter der Nachttischlampe, drückte ihn und drehte sich dann mit so viel Schwung um, wie es ihm möglich war. Gerade erfasste er eine gedrungene Gestalt direkt vor seinem Bett, als ihm schon ein stechender Schmerz in die Schulter fuhr. Sein Schrei hallte im gesamten Gebäude wider, schien ihm. Die Gestalt war mit wenigen Sätzen an der Tür, öffnete und schloss sie so lautlos, als habe sie alle Zeit der Welt, und war fort.

Schmerz brannte in Ostendarps Schulter, als er hinabsah, rötete sich sein Schlafanzug. Mühsam angelte er nach der Klingel. Der Blutfleck dehnte sich aus, und Angst stieg in Ostendarp auf. Niemand kam. Wenn man mal wirklich jemanden braucht, sind sie Kaffeetrinken oder im zweiten Stock, dachte er. Er klingelte wieder und wieder, wohl wissend, dass es keinen Zweck hatte. Wer, zum Teufel, wollte einem alten Mann ans Leben, ging es ihm durch den Kopf. Als sich nach einer Zeit, die ihm endlos erschien, immer noch keiner blicken ließ, schob er die Beine aus dem Bett, versuchte vergebens seine Latschen zu finden, tappte barfuß durchs Zimmer auf den Gang hinaus. Dann wurde ihm schlecht.

16

Der Regen war gleißendem Sonnenlicht gewichen. Es flutete in die Küche und brach sich in den bunten Scheiben des alten Küchenschranks. Die Tage waren vergangen wie im Traum. Claire war dageblieben. Manchmal hatte sie mit Anton an einem Auto gewerkelt, und Tom hatte ihnen zugesehen. Abends hatten sie Skat gespielt, getrunken und gelacht bis in die Nacht.

Anton goss Kaffee nach. »Der C6 muss eine Probefahrt haben. Ich kann euch zurückbringen, wenn ihr wollt.«

Tom nickte, Claire schüttelte den Kopf. Sie sahen sich über den Küchentisch hinweg an.

»Also, was jetzt?« Antons Blick flog hin und her.

»Du kannst die Batterie nicht den ganzen Weg zurückschleppen.« Tom nahm einen Schluck aus dem Kaffeepott.

»Ich dachte, du wolltest ...«, Claire starrte in ihre Tasse, »... auch ans Meer«, fügte sie leise hinzu. Sie hatten bisher nicht darüber gesprochen, wie es weitergehen sollte, ob überhaupt, und wenn ja, wohin. Tom konnte nicht und wollte auch nicht. Irgendeine Entscheidung musste getroffen werden. Immer. Irgendwann. Man würde ohnehin erst später herausfinden, ob es die richtige war. Und was war schon die richtige? Am Freitag war er sicher gewesen, war aufgebrochen, aber heute? In diesem strahlenden Licht sah alles zweifelhaft aus. Er wusste, dass Antons Clonidin nicht ewig reichen würde. Und was würde dann sein? Zu Hause fand er seine »kleine Dosis«, die Pflanzen brauchten Wasser, und die Stammkunden würden sich wundern, wenn er noch länger fortbliebe. Annelie und Frieder konnten nicht ewig seinen Laden führen.

»Du reparierst die Göttin, und ich sehe nach dem Gewächshaus. Was meinst du?« Tom griff über den Tisch nach Claires Hand, doch sie entzog sie ihm.

»Bis ihr euch einig seid, kümmere ich mich um den Wagen.« Damit ließ Anton seinen Teller in die Spüle scheppern und stapfte davon.

»Du willst umkehren?« Claire blickte aus dem Fenster hinaus, auf die glitzernden Tropfen an den Blättern des Apfelbaums.

»Es ist besser so.«

»Vielleicht.« Enttäuschung kratzte an ihrer Stimme. Sie räumte das Geschirr ab und ließ Wasser in die Spüle laufen.

»Claire … Es ist doch völlig idiotisch zu Fuß zu gehen. Ans Meer.«

»Ja.«

»Wir brauchen vier bis fünf Tage. Du hast nicht mal Kleider zum Wechseln dabei.«

»Nein.«

»Herrgott!«

»Was?«

Tom betrachtete ihren abweisenden Rücken. »Ich warte unten.«

Der C6 stand auf dem Katzenkopfpflaster wie eine Diva im Nachtasyl. Anton verstaute Claires Batterie und klemmte seine Fülle hinters Lenkrad. Neben ihm fiel Tom in den Sitz.

»Kommt sie?« Anton steckte den Schlüssel ins Zündschloss.

»Ich denke.«

»Was macht der Affe?«

»Hält sich in Grenzen. Hast du noch welche von den Dingern?«

Anton sah Tom von der Seite an. »Ich dachte, du hättest zu Hause etwas Besseres.«

»Hab ich.«

»Und?«

»Ich weiß nicht. Man kann es ja versuchen. Vielleicht schaffe ich es. Du hast es auch geschafft.«

»Mir ging es schlecht genug. Wenn ich es nicht gelassen hätte, wäre ich tot. Aber du kommst doch zurecht. Was willst du? Wenn ich das so im Griff gehabt hätte …« Anton hob die massigen Schultern.

Tom sah Claire die Tür hinter sich schließen. Sie schritt auf sie zu, ihre Brüste wippten unter dem feinen Stoff der Bluse, die Sonne glänzte auf ihrem Haar.

Anton folgte Toms Blick. »Glaubst du, das wird was?«

»Nein, wahrscheinlich nicht«, gab er halb resigniert zu, überlegte einen Moment. »Gibst du mir trotzdem das restliche Clonidin?«

»Klar. Ich habe noch nie was gegen Illusionen gehabt.« Er zog die Packung aus der Brusttasche

»Du hast es schon dabei?«

»Vorsichtshalber.«

Die Tür im Fond öffnete sich, und Claire schlüpfte hinein.

Schweigend fuhren sie durch den kleinen Ort und bogen auf die Allee ein, die sie zu Toms Lädchen führte. Der schwere Wagen glitt sanft über die Unebenheiten der Straße und ließ die weiten Felder an ihnen vorüberschweben.

»Die pneumatische Federung ist genial, was?« Besitzerstolz, und das obwohl Anton klar war, dass der C6 bald von einem Immobilienmakler abgeholt würde, der seltsamerweise in dieser Abgeschiedenheit ein Büro eröffnet hatte. Sonst sagte keiner etwas, bis Anton hinter der Göttin hielt.

»Also dann … Danke, Alter.« Tom stieg aus. »Fürs Bringen und alles.«

»Kein Problem. Lass dich mal wieder sehen, und viel Erfolg.« Anton klopfte Tom auf die Schulter.

»Kann ich bei dir nachfragen, wenn ich ein Ersatzteil mal nicht auftreiben kann?« Claire schlug in Antons Pranke ein, nachdem er die Batterie abgestellt hatte.

»Es wird mir ein Vergnügen sein, Madame.« Unbeholfen deutete er eine Verbeugung an und zog die Wagentür hinter sich zu. Sie winkten dem C6 nach. Wind rauschte in den Linden.

»Und jetzt?« Tom sah zu, wie Claire die Batterie tauschte und den Keilriemen aufzog, geschickt und routiniert.

»Ich würde mir ganz gerne was anderes anziehen.« Sie hob die alte Batterie in den Kofferraum und nahm ihre Reisetasche heraus.

»Und dann?«

»Was ist das für eine Frage, Tom? Jeder hat eben seinen Weg. So ist das nun mal.«

»Ja, jeder hat seinen Weg.« Und immer geht jemand fort. Immer. So war das nun mal. Tom grüßte eine Kundin, die den Laden betrat, winkte Annelie hinter der Ladentheke zu. Die Haustür blieb offen, als er ins Badezimmer ging. Der Stoff lag auf der Fensterbank, hatte auf ihn gewartet. Tom glitt an den Fliesen hinab, tastete nach den Tabletten in seiner Tasche. Sie waren nicht dasselbe. Nichts war dasselbe, denn nichts blieb, und niemand. Er legte den Kopf auf die Arme, fühlte sich unendlich erschöpft, so als müsse er die nächsten Jahre schlafen. Schlafen, wenn das so einfach wäre! Es gab nichts, was er sich mehr wünschte als Ruhe, lange und still und endlos. Tom zog den Stoff in die Spritze, etwas mehr als sonst, schließlich hatte er lange nichts mehr gehabt, wand den Schlauch um den Arm und senkte die Kanülenspitze in seine Ellenbeuge. Sekunden, dann durchflutete ihn ein Gefühl von Angekommensein, warm und mild. Einen Moment lang meinte er, Claire zu spüren; Claire in der Nacht, in seinen Armen, in diesem Ganzsein. Aber das hier war besser, vertrauter, älter und – verlässlicher. Vor allem das. Langsam bettete er seinen Kopf auf den Boden, atmete, entspannte sich.

Ein Geräusch weckte ihn. Es hallte in seinem Kopf. Als er die Augen öffnete, sah er zwei schlanke Fesseln.

»Zeit zu reisen.«

Die Worte glitten ab. Zeit zu reisen. Was immer das bedeutete. Er war müde. Zeit zu reisen. So was?! Egal. Er käme später nach. Etwas zerrte an seinem Arm; er versuchte sich loszumachen.

»Verdammt, Tom, hilf mir.« Die Stimme kannte er, da war er sicher. Schemenhaft sah er eine blonde Mähne über einem Gesicht. Welchem Gesicht? Ein Duft … mehr eine entfernte Erinnerung, Magnolie vielleicht. Iris?

»Steh auf. Hier kannst du nicht bleiben. Wir versuchen, es aufs Sofa zu schaffen, ja? Streng dich an.«

Tom mühte sich, die Fliesen zu fixieren. Ein Waschbecken? Das Bad. Okay. Claire. Claire? Sie hielt ihn an den Händen, eine steile Falte zwischen den Brauen. Er stemmte die Füße auf den Boden und ließ sich in die Senkrechte ziehen, schwankend, bis Claire ihn um die Taille fasste und auf das Sofa bugsierte. Er spürte, wie eine Decke über ihn gebreitet wurde. Dann war es still, und Dunkelheit schwappte heran.

Tom erwachte wenige Stunden später so müde, wie er eingeschlafen war. Ein Traumfetzen verfing sich: Zeit zu reisen. Das Zimmer war leer bis auf den Staub, der in den Sonnenstreifen tanzte.

17

Der Montagmorgen begann für Conrad dröhnend, zu spät und mit einer langen Liste von Anrufen auf dem Anrufbeantworter, die er nicht mitbekommen hatte. Der erste stammte vom Kindergarten. Conrad machte Kaffee und Kakao, schmierte Brote und erfuhr, dass der Kindergarten wegen Masern geschlossen hatte. Julia wollte wissen, wo Conrad blieb, die Oma meldete sich zu einer Spritztour in die Eifel ab, Sven habe etwas Wichtiges, was er nicht am Telefon … Conrad schaltete den Apparat ab und nahm zwei Kopfschmerztabletten. Sammy düste mit einem Polizeiauto mit einem richtigen Martinshorn durch die Wohnung. Ich wandere aus, dachte Conrad. Dann wählte er Svens Nummer. Noch bevor das Freizeichen ertönte, schepperte Svens Stimme aus dem Hörer.

»Wo, zur Hölle, steckst du? Weißt du, wie spät es ist? Ich habe nämlich …«

»Sven.«

»Der Freitag hat …«

»Sven?!«

»Würdest du mich nicht ständig unterbrechen. Wir brauchen die verdammte Genehmigung, wenn wir weiterkommen wollen.«

Conrad hielt den Hörer vom Ohr weg. »Könntest du eventuell etwas leiser sprechen?«

»Nein. Beweg deinen Arsch her.«

»Ich kann nicht.«

Im Hörer wurde es still. Das Polizeiauto raste gegen Conrads Fuß, und er jaulte jämmerlich auf.

»Der Kindergarten hat die Masern.«

»Mann, Conrad, wir können die Arbeit der Behörde nicht wegen Kinderkrankheiten lahmlegen.«

»Und was glaubst du, soll ich nun machen? Stefan wird mich teeren und federn lassen, wenn ich schon wieder mit Sammy auftauche, und Sammy kann ich das auch nicht antun.«

»Du warst doch derjenige, der immer auf den Genehmigungen bestanden hat. Erinnerst du dich?«

Sammy sammelte sein Auto ein und wollte es neu starten. Conrad nahm es ihm aus der Hand, Sammy protestierte. Mit dem Telefon in der einen Hand und dem Spielzeugauto in der anderen schloss sich Conrad im Bad ein, Sammy trommelte gegen die Tür. Das Trommeln setzte sich in Conrads Kopf zu einem Höllenlärm fort. Wann würden die verdammten Tabletten endlich wirken?

»Hör zu, Sven. Am besten du kommst her. Ich versuche irgendwen von der Staatsanwaltschaft zu erreichen, der für eine Unterschrift unter dem Wisch sorgt. Die Staatsanwältin hat Urlaub, und ihre Vertretung habe ich noch nicht an die Strippe gekriegt. Ich weiß auch nicht, was bei denen los ist.«

»Und was soll ich da bei dir? Kannst du nicht fahren?«

Conrad seufzte. Eigentlich konnte er nicht fahren, Sven hatte das genau erfasst. Nachdem er von Lilly gekommen war, hatte er noch ein paar Schluck Whisky getrunken, ein paar zu viel. Aber darüber mochte er ihm keine Auskunft geben.

»Ob du in der Dienststelle am Rechner sitzt oder hier, ist doch egal. Und bis ich die staatsanwaltlichen Genehmigungen eingeholt habe, wäre es besser, wenn Stefan dir nicht zufällig über die Schulter schauen würde.«

»Und ich könnte den Babysitter für Sammy spielen.«

»Nein. Du sollst ihn nicht spielen.«

»Ich soll einer sein. Na, super!«

Sven sagte nichts mehr, und auch die Geräusche an der Tür waren verklungen, nur der Wasserhahn tropfte. Dann hörte Conrad ein gequältes Stöhnen am anderen Ende der Leitung.

»Also gut. Aber bilde dir ja nicht ein …«

»Nein, tue ich nicht. Bis gleich.« Conrad legte auf und betrachtete das Auto in seiner Hand. Er drückte einen Knopf, und das Ding jaulte auf. Sammy fand er in seinem Zimmer auf dem Boden. Der Junge sah sich nicht um, als Conrad in der Tür stand und immer noch das kreischende Spielzeug in der Hand hielt.

»Sven kommt.«

Sammy sagte nichts.

»Hör mal, Sammy …«

»Sven kommt. Ich hab's gehört.«

Abrupt beendete das Auto sein Getöse.

»Ich muss arbeiten. Du und Sven, ihr habt euch doch bisher immer prima verstanden.«

»Du musst immer arbeiten.« Das Kind drehte sich um und hatte Tränen in den blanken Augen. »Du hast es versprochen. Du wolltest mit mir spielen, jeden Tag.«

»Ja. Hab ich. Aber ...«

Sammy sammelte ein paar Legosteine vom Boden auf und warf sie in ein Kästchen, dann nahm er seinen Clown in den Arm und wiegte sich hin und her. Conrad wollte ihm über den Kopf streichen, aber Sammy wich aus. In dem Augenblick klingelte es an der Tür und das Telefon schellte erneut. Conrad nahm den Anruf an und ging zur Tür. Durch den Spion erkannte er Sven und ließ ihn ein. Er musste geflogen sein.

»Mutter, jetzt ist es gerade ganz schlecht«, sagte Conrad in den Hörer. »Nein, ich kann dich heute nicht besuchen.«

Sven schlenderte in die Küche, nahm sich eine Tasse aus dem Schrank und goss sich Kaffee ein. Dann fuhr er den Computer im Wohnzimmer hoch. »Sammy?«

Conrad betrachtete das Hawaiihemd seines Kollegen und die dürren Unterschenkel, die aus Bermudashorts ragten. Um das Ensemble abzurunden, trug er blaue Socken und Turnschuhe. Sammy schlurfte herein, ohne seinen Vater eines Blickes zu würdigen.

»Mutter, ich muss los.« In Conrads Kopf werkelte ein Bataillon von Zwergen mit Spitzhacken und Bohrhämmern. Er legte auf und fühlte sich so schlecht, wie lange nicht.

»Ich werd dann mal zum Amtsgericht ...«

»Ja, ja. Hau schon ab. Ich mach das hier schon.«

»Spaghetti sind oben rechts.«

Sammy war auf Svens Schoß gekrabbelt und kicherte, als Sven ihm eine Disney-Animation auf seinem mitgebrachten Laptop zeigte.

Conrad ging wortlos. Als er nach draußen kam, überfiel ihn die Glut. Er wagte kaum zu atmen. Die Tage waren heiß, nur in den Nächten lauerte die Kälte. Für einen Moment lehnte er sich an die

Hauswand und wartete. Langsam, ganz langsam ließ der Kopfschmerz nach. Er fuhr sich mit der Hand durchs Gesicht und wünschte sich fort. Sammy. Lilly. Seine Mutter. Und die Staatsanwältin hatte Urlaub. Das Wort »Urlaub« hinterließ ein Echo in seiner Sehnsucht nach dem Meer. Aber Urlaub kam natürlich nicht in Frage. Warum musste ausgerechnet jetzt dieser verquere Mordfall … Wer brachte einen Altenheimleiter um und stach ihm die Augen aus? Am liebsten hätte er einen Flug nach Neuseeland gebucht.

Von irgendwoher kam ein Gedanke. Er nistete sich ein und wollte nicht mehr weichen. Irgendeiner musste sich um den Hinweis auf den frühen Sohn des Opfers kümmern. Brandenburg war nicht gerade Neuseeland und auch nicht weit genug weg von allem, aber vielleicht konnte er mit der Reise dorthin zwei Fliegen mit einer Klappe schlagen, auch wenn Julia sich inzwischen den Vorurteilen eines senilen Hauptkommissars anschloss. Ostendarp war schon früher kein einfacher Mensch gewesen. Wenn es nicht nach seiner unförmigen Nase ging, setzte er seine Autorität ein oder fiel den anderen so lange auf die Nerven, bis er bekam, was er wollte. So hatte er ihn noch kurz vor seiner Pensionierung kennengelernt, und so sollte er immer geherrscht haben. Conrad musste anerkennen, dass Ostendarp mit dieser Taktik erfolgreich gewesen war. Aber nun saß er in Haus Abendsonne, und wahrscheinlich tanzte das Personal nicht nach seiner Pfeife, sodass er sich die abenteuerlichsten Dinge zusammenreimte. Sicher, auch Eck musste in Erwägung gezogen werden, gestand Conrad sich ein, während er den Wagen startete. Julia würde schon herausfinden, was es mit dem Vertrag, der angeblich nichts wert sein sollte, auf sich hatte.

Im Präsidium traf er sie auf dem Gang. Als Julia ihn entdeckte, sagte sie etwas zu ihren beiden Gesprächspartnern und stürmte auf ihn zu. Ohne Gruß begann sie: »Gerade hatte ich Henry Freitag und seinen Anwalt da.« Sie wies auf die beiden Männer. »Nichts. Der Anwalt ist ein Arschloch. Muss ganz neu sein in der Kanzlei. Hat Henry Freitag jegliche Aussage untersagt. Jede! Egal wozu, das ist doch albern. Dabei hätte ich zu gern gewusst, was er dazu sagt, dass Eck der Täter sein könnte. Als ich davon gesprochen habe, hat er ganz merkwürdig geguckt.« Julia schöpfte Luft, um weiterzureden, aber Conrad unterbrach sie.

»Du hast was? Wie kommst du dazu? Wir wissen nichts, rein gar nichts von Eck. Du kannst ihn doch nicht öffentlich beschuldigen.«

»Ich habe ihn nicht beschuldigt. Ich habe nur gefragt, ob Henry sich vorstellen könnte, dass Eck …«

Conrad fahndete in den Taschen seiner Hose nach dem klingelnden Telefon. »Böse«, bölkte er hinein, als er es endlich fand. »Was? Woher weißt du das?« Conrad sah, wie Freitag und sein kleiner, sehr junger Anwalt herankamen. »Ich sag Julia Bescheid. Sie steht neben mir. Ihr fahrt sofort zu Ecks Wohnung.«

Julia starrte ihn neugierig an, aber er sprach weiter mit dem Handy.

»Wie? Du kannst nicht?« Plötzlich spürte er, wie sein Gesicht glühte. »Ja, ja, ich sag es ihr. Nein, wir bekommen niemanden mehr. Das hab ich dir doch schon …« Seine Hand ließ das Telefon sinken.

»Sind wir jetzt fertig, Frau Morgenstern?« Der winzige Anwalt mit dem akkuraten Haarschnitt baute sich breitbeinig vor ihnen auf.

»Fahr zu Ecks Wohnung, nachschauen, was los ist. Er ist nicht erreichbar«, sagte Conrad.

»Danke, Herr …« Julia lächelte die Männer an. Der Anwalt reichte ihr seine Karte, und die beiden gingen, während Henry Freitag noch ein »Auf Wiedersehen« murmelte.

»Sag mal, bist du jetzt völlig übergeschnappt? Was soll ich plötzlich bei Eck?« Julia funkelte Conrad an.

»Er ist weg.« Er fuhr sich mit der Hand durchs Gesicht. »Also vielleicht nicht weg, aber zumindest nicht telefonisch erreichbar, weder im Altenheim noch zu Hause.«

»Und warum geht dann Sven nicht selbst hin?«

»Er kann nicht.«

»Wieso kann er nicht? Er kann genauso gut können wie ich. Und ohne zweiten Mann kann ich nämlich auch nicht.«

»Wir haben keinen zweiten Mann, verdammt!«

»Was ist denn eigentlich los mit dir?«

Conrad ließ sich auf die Bank fallen, die im Flur eigentlich für Besucher und Zeugen angebracht war.

»Eigentlich brauche ich eine Genehmigung der Staatsanwältin, damit Sven Ecks Konten einsehen kann, diesmal ganz offiziell. Außerdem brauch ich jemanden für Sammy. Das ist im Moment Sven.«

»Was meinst du mit: Das ist Sven?«, fragte Julia entgeistert.

»Er passt auf Sammy auf und hängt sich bei mir an den Rechner, damit Stefan ihn hier nicht plötzlich erwischt.«

»Sag mal, bist du …«

»Und jetzt muss ich dringend einen Kaffee trinken.« Damit erhob sich Conrad und nahm den Weg in sein Büro.

»Und, was mache ich jetzt?«

»Du guckst nach, ob du Eck auftreiben kannst.«

»Alleine?«

»Wir haben niemanden sonst. Wie oft soll ich das noch sagen?«

»Und was ist mit dir?«

»Ich hänge mich an die Strippe wegen der Genehmigung der Staatsanwaltschaft. Sie müssen ein Auskunftsersuchen nach Berlin schicken, damit wir endlich an die Konten herankommen. Wenn Sven sich erwischen lässt, haben wir ein Riesenproblem. Danach fahre ich nach Brandenburg.«

Julia war neben ihm hergegangen und blieb nun wie angewurzelt stehen.

»Du machst was?«

»Ich fahre zu dem unehelichen Sohn von Gottfried Freitag. Vielleicht ergibt sich da etwas Neues.«

»Sven spielt Babysitter für Sammy, wir kriegen keine Leute, und du machst Urlaub in Brandenburg. Sag mal, spinnst du?« Julias Stimme war lauter geworden und kippte beim letzten Wort.

Conrad fuhr herum, trat auf sie zu, die Augen schmal, sodass sie einige Schritte zurückwich, bis die Wand ihr Einhalt gebot. Er ließ seine Faust neben ihrem Kopf an die Mauer krachen. »Wir hatten uns seinerzeit darüber verständigt, wer hier die Ermittlungen leitet, Frau Morgenstern«, zischte er. »Ich habe von der KTU einen Brief bekommen, den sie unter den Personalakten gefunden haben. Warum sie ihn mir erst jetzt schicken, weiß ich nicht. Tom hat seinem Vater gedroht, wenn er nicht aufhören würde, die kleine Schwester zu schlagen, würde er ihn anzeigen. Es sei ihm scheißegal, ob er ihn enterbe, er habe sowieso nichts zu verlieren. Kapierst du endlich? Ich werde jetzt die Scheißgenehmigung einholen. Sven wird das tun, was er am besten kann, recherchieren. Ich werde nach Brandenburg reisen. Und du wirst schauen, was unser Freund Eck so treibt. Schließlich bist du doch diejenige, die von Ostendarp überzeugt worden ist, dass nur Eck in Frage kommt.«

Ein Moment verging, in dem niemand etwas sagte, dann trat Conrad einen Schritt zurück.

»Du weißt ja nicht einmal, wie dieser angebliche Sohn mit Nachnamen heißt.« Völlig widerstandslos wollte Julia nicht das Feld räumen. »Das werde ich schon herausfinden«, sagte Conrad im Fortgehen.

Letztlich erwies es sich als gar nicht so schwierig, Toms Identität, seinen Wohnsitz und dann sein Vorstrafenregister zu recherchieren. Bei einem Telefonat hatte die Witwe nach ein paar unmissverständlichen Worten seinen Namen preisgegeben und hatte angefügt, dass sie nichts über Tom Sebald hören wolle. Dann gab das Telefon wieder sein Freizeichen von sich. Er habe ihr Unglück gebracht, hatte sie gesagt. Was sie damit meinte, führte sie nicht näher aus, sondern legte mitten in Conrads Satz auf.

Einen Kommilitonen Conrads hatte es nach Neubrandenburg verschlagen. Sie hatten eine wilde Zeit miteinander verbracht, damals. Und Conrad hatte noch einen gut bei ihm, nachdem dieser ihm ein Mädchen ausgespannt hatte. Das hatte beinahe zum Bruch zwischen den Freunden geführt. Aber Wolf Seidel hatte sie zur Frau genommen und drei Kinder mit ihr bekommen, und dagegen war nun wirklich nichts zu sagen. Zwar hatten sich die Freunde eine längere Zeit aus den Augen verloren, aber seit ein paar Jahren schickten sie sich hin und wieder eine E-Mail, schrieben sich zu Weihnachten und zum Geburtstag, wenn sie es nicht vergaßen. Jedenfalls freute sich Wolf, als Conrad anrief, und besorgte die Informationen, die er brauchte.

Die Telefonate mit der Staatsanwaltschaft verliefen weniger erquicklich. Niemand fühlte sich zuständig und die Privatnummer der Staatsanwältin könne man nun wirklich nicht herausgeben.

»Dumme Pute«, sagte Conrad in den leeren Raum, als er auflegte. Aber man konnte schließlich auch von unterwegs telefonieren. Er nahm einen Schluck Kaffee, der inzwischen kalt geworden war, und fühlte sich ein wenig erleichtert. Es dauerte eine Weile, bis er darauf kam, woran es lag. Sein Kopfschmerz war weg.

Es war fast Mittag, als Conrad in Lette, einem Ortsteil der Kreisstadt, seinen Wagen volltankte. Anke hatte er nicht erreicht, nur die Mailbox meldete sich. Sie hätte getobt, wenn Conrad sie gebeten hätte, ihre Reise abzubrechen. Aber das hätte er lieber in Kauf genommen als Sammys traurigen Blick beim Abschied. Sven murmelte etwas wie »fahr mal, ich mach das hier schon«, ohne sich vom Monitor loszureißen. Gerade noch schob er ihm einen Ausdruck von der Kriminaltechnik hin. Die Faserspuren, die an der Leiche gesichert worden waren, hatte man den Kleidern der Familienangehörigen zuordnen können. Kein sehr beeindruckendes Ergebnis und nichtssagend zudem.

Seine Mutter würde er von unterwegs anrufen in der Hoffnung, sich auf keine längere Diskussion einlassen zu müssen. Sein Kopfschmerz meldete sich entfernt zurück. Aber sehr viel quälender spürte er den Druck in der Brust. Sammy. Er kaufte zwei Flaschen Cola und wunderte sich darüber, dass die Blondine an der Kasse ihr wunderbares Haar hatte abschneiden lassen. Dann stieg er in den Wagen, stellte die Tankanzeige auf Null und schob »Good Morning America« in den CD-Player. Auf dem Weg zur A 43 erreichte er endlich den Vertreter der Staatsanwältin. Seine junge Stimme klang überraschend zuvorkommend. Ja, die Mitarbeiterin habe ihm Conrads Anliegen übermittelt. Ja, er sei bereits dabei, das Auskunftsersuchen über die Bankverbindungen von Herrn Uwe Eck zu formulieren. Spätestens morgen gehe es dem Bundesamt für Finanzdienstleistungen zu. Wenn die Antwort eintreffe, würde er sich melden. Kein Problem, auf Wiedersehen.

»Wie ist noch mal Ihr Name?«, wollte Conrad wissen.

»Johannes von Braun.« Seine Stimme klang wie die eines Abiturienten. Die Staatsanwälte wurden auch immer jünger, dachte Conrad, aber mit der passenden Familie machte man seinen Weg geradlinig und reibungsarm. Sicher würde es einige Tage dauern, bis die Informationen vorlagen, darum konnte sich Julia kümmern. Julia, verdammt. Hatte sie Eck angetroffen? Conrad tippte ihre Nummer ein. Ein Streifenwagen kam ihm entgegen, und er versteckte das Handy unterm Armaturenbrett. Immer wieder hatte er sich vorgenommen, endlich eine Freisprechanlage anzuschaffen, und es genauso oft verschoben. Dann hielt er das Telefon ans Ohr. Julia meldete sich nicht, nur die Mailbox. Hatten heute eigentlich alle Frauen die Mailbox an? Vielleicht konnte sie nicht rangehen, weil sie mit Eck im Gespräch war.

Conrad bog auf die Autobahn ab, drehte die Musik laut und lehnte sich zurück. Die Klimaanlage fächelte ihm kühle Luft zu. Einen Augenblick hatte er das Gefühl, als lägen Zeit, Sommer und Abenteuer vor ihm. Dann kam »Ruby Tuesday«, und er dachte an Lilly. Er hatte sie nicht darüber informiert, dass er für einige Tage nach Neustrelitz fuhr und von da aus in ein Nest, dessen Namen er dauernd vergaß. Wolf Seidel hatte ihm ein Fax geschickt, auf dem alle wichtigen Daten zusammengefasst waren, es lag unter den Colaflaschen auf dem Beifahrersitz. Lilly. Nein, er würde sie nicht anrufen. Das ersparte er sich jetzt. Die Sonne stand hoch, wenig Verkehr, und die Straße lag vor ihm, wenigstens für ein paar Stunden noch. Wenn er zurück wäre, würde er mit ihr reden. Mit ihr, mit seiner Mutter, mit Anke, mit Julia, denn so konnte es nicht weitergehen. Wahrscheinlich kamen einfach zu viele Frauen in seinem Leben vor.

18

Auf dem Hof entdeckte Julia Ecks Benz mit heruntergeklapptem Verdeck, nachdem sie ihren Golf in der zweiten Reihe in einer Sackgasse geparkt hatte. Wenn Eck nicht im Altenheim war, seine Lebensabschnittsgefährtin ihn nicht verleugnete und er nicht die Regionalbahn benutzt hatte, um in Münster shoppen zu gehen, konnte er sehr weit nicht sein. Sie stieg in die zweite Etage hinauf und drückte die Klingel neben der Wohnungstür. Fast unmittelbar wurde geöffnet. Susanne Eichlers Augen weiteten sich. Julia schien nicht der erwartete Besuch zu sein. Um Mutmaßungen aus dem Wege zu gehen, hielt sie der Frau im Blümchenkleid ihren Ausweis vors üppige Dekolleté. Diese warf nur einen kurzen Blick darauf.

»Ich hätte gern Herrn Eck gesprochen«, lächelte sie. Die Eichler fasste sich rasch.

»Er ist nicht da. Das sagte ich Ihnen doch schon am Telefon.«

»Ja. Eine Pflegerin sagte mir aber, dass er über Mittag nach Hause gefahren sei.« Julia lächelte weiter und spürte, wie sich ihre Wangenmuskeln anspannten. »Ich war gerade in der Gegend, und sein Wagen stand in der Einfahrt.« Mit dem Daumen wies sie über die Schulter in eine unbestimmte Richtung. »Wenn es Ihnen nichts ausmacht, würde ich gern auf ihn warten. Holt er vielleicht gerade einen Salat für Sie beide?« Julia blickte an der üppigen Erscheinung herab und fühlte sich augenblicklich mager. Die Eichler wich keinen Schritt.

»Beeil dich, verdammt. Wir sind spät dran.« Eck erschien hinter dem Rücken seiner Partnerin.

»Morgenstern, Kriminalpolizei«, sagte Julia und drängte sich an der Drallen vorbei. Im Dämmerlicht des Flurs konnte Julia seine Reaktion nicht genau erkennen.

»Ich habe bereits mit Ihren Kollegen gesprochen«, sagte er freundlich. »Leider kann ich Ihnen nicht helfen.«

»Ich denke doch, dass Sie uns helfen können. Zum Beispiel hätten wir gerne Einsicht in die Geschäftsunterlagen von Haus Abendsonne. Die Personalakten, die Steuerunterlagen, die Buchführung ...«

»Das geht jetzt nicht«, fiel Eck ihr ins Wort. Die Eichler verschwand hinter einer Tür.

»Es würde unsere Suche nach dem Mörder aber unterstützen, Herr Eck.«

Er nahm einen Mantel vom Haken an der Garderobe. Julia wunderte sich darüber, dass er bei dieser Hitze einen Mantel brauchte, als plötzlich die Tür aufgestoßen wurde und die Eichler mit Hut und zwei Koffern an ihr vorbeistürmte. Eck stieß Julia hart zur Seite, nahm der Eichler einen Koffer ab und folgte ihr. Der Angriff kam so überraschend, dass Julia gegen eine Skulptur taumelte, die scheppernd zu Bruch ging, und stürzte. Als sie auf die Beine kam, waren die beiden bereits im ersten Stock. Sie jagte ihnen nach, die Treppe hinunter, sah, wie sie die Koffer auf den Rücksitz warfen, sich in das Cabrio schwangen und mit quietschenden Reifen davonfuhren. Beinahe rammten sie ein vorbeifahrendes Auto.

Julia zerrte ihr Handy aus der Tasche, während sie mit der anderen Hand nach dem Wagenschlüssel angelte. Eine Politesse klemmte gerade einen Zettel unter den Scheibenwischer ihres Golfs. »Polizeieinsatz«, brüllte Julia.

»Das kann jeder sagen. Sie stehen im Parkverbot, in der zweiten Reihe und gegenüber der Feuerwehrzufahrt. Das wird teuer.« Mit einem Gesicht, das vor Fülle und Selbstzufriedenheit glänzte, baute sie sich vor der Motorhaube auf und starrte Julia an.

»Hauen Sie ab, Sie blöde Tante.«

Der Benz bog um die Ecke, aber die Politesse rührte sich nicht.

Im Telefon tönte das Freizeichen, doch es dauerte ewig, bis jemand abhob. »Hier ist Samuel Böse.«

Julia hupte, und die Dicke ließ ihren Block fallen.

»Das wird ein Nachspiel haben«, drohte die Politesse, sprang aber zur Seite, als Julia wieder auf die Hupe drückte. Ein paar Passanten drehten sich um.

»Sammy, ich wollte deinen Papa sprechen.« Sie krachte den Gang ins Getriebe und raste los.

»Julia?« Das Kind schwieg.

»Ja. Gibst du ihn mir?«

»Der ist nicht da.«

»Und wo ist er?« Julia musste einem Lieferwagen ausweichen, dem sie gerade die Vorfahrt nahm.

»Weggefahren.«

»Wer ist denn jetzt bei dir, Sammy?«

»Sven. Er spielt Computer und lässt mich manchmal mitspielen.«

»Dann gib ihn mir doch mal.«

»Das geht jetzt nicht.«

Eine Frau mit Gehwagen wartete am Zebrastreifen, sie musste leider noch ein wenig länger warten. Die Bremslichter von Ecks Wagen leuchteten kurz auf, bevor er auf die Umgehungsstraße abbog.

»Warum denn nicht?«

»Er ist auf'm Klo.«

Julia atmete tief ein. »Okay. Dann sag ihm bitte, dass er mich zurückrufen soll, ja, Sammy?«

»Mach ich.«

Gerade passierte Julia eine Ampel, die nur mit gutem Willen noch gelb zeigte. Auch Eck missachtete die Verkehrsregeln. Er mochte mit achtzig, neunzig Sachen in Richtung A31 unterwegs sein. Julias Herz raste. Mit fliegenden Fingern tippte sie die Nummer vom Präsidium ein, an dem sie eben vorbeifuhr. Knapp erklärte sie dem Diensthabenden, was sie tat und dass sie dringend Unterstützung brauchte, dann trat sie das Gaspedal durch und holte auf.

Die nächste Ampel überquerte sie bei rot. Ausgerechnet Sven, der sich nach Möglichkeit nie von seinem Computer weg bewegte, hatte ihr einmal vorgeschlagen, ein Blaulicht mitzuführen, falls sie in die Verlegenheit käme, einen Wagen verfolgen zu müssen. Julia hatte sich an die Stirn gefasst und behauptet, nichts sei so eilig, dass es eine Verfolgungsjagd mit all ihren Gefahren rechtfertige. In diesem Moment bereute sie diese Einstellung zutiefst. Vor ihr überholte Eck einen Trecker, aber als sie ihn erreicht hatte, konnte sie ihn wegen des Gegenverkehrs nicht überholen. Endlich zog sie vorbei, machte Ecks Wagen aber kaum mehr aus. Dafür war ihr eingefallen, wohin die beiden unterwegs sein könnten, wohin sie mit Sicherheit unterwegs waren. Julia telefonierte und bremste auf siebzig ab, bevor sie an der Radarfalle vorbeifuhr. Schweiß klebte ihr T-Shirt an ihren Körper, und ihr Herz raste weiter. Bis zum Flughafen Münster/Osnabrück hatte es Zeit, sich zu beruhigen. Sie ließ die Scheibe herunter und drehte den Song von Amy McDonald laut.

Die Eichler und Eck saßen im Fond eines Streifenwagens, der auf dem Parkplatz des Flughafens stand. Für so einen kleinen regionalen Flughafen gab es ziemlich viele Parkplätze, fand Julia. Ein Beamter hatte sie per Telefon zum Standort gelotst. Eck starrte geradeaus, während die Eichler auf ihn einredete.

»Schauen Sie mal, was wir gefunden haben«, sagte einer der drei Polizisten, nachdem Julia sich vorgestellt hatte. Eine ganze Anzahl von Geldbündeln lag in einem der Koffer, die die Flüchtenden auf dem Rücksitz ihres Wagens deponiert hatten.

»Was glauben Sie, wie viel das ist?« Seine hellen Augen leuchteten.

Julia hob die Schultern, und ihr Telefon klingelte. »Morgenstern.«

»Du hast Recht gehabt, es gab noch ein zweites Geschäftskonto, von dem hat Eck heute Morgen einhundertfünfzigtausend Euro abgehoben.«

»Dann wird es Zeit, dass Conrad mit der Genehmigung rüberkommt, damit wir das auch beweisen können, nicht? Allerdings sieht es so aus, als hätte sich das Geld eingefunden. Weißt du, wo Conrad steckt, Sven?«

»Im Stau auf der A2 nehme ich an. Er ist nach Neustrelitz unterwegs. Aber das weißt du doch.«

Julia seufzte. »Ja. Irgendwie. Ich hatte keine Ahnung, dass er direkt losfährt. Unglaublich, uns hier allein zu lassen, wo wir sowieso nicht genug Leute sind. Und du fällst auch noch aus, wegen Sammy.«

»Aber witzig ist es schon. Da kann ich endlich mal spielen, wozu ich sonst nie Zeit habe.«

»Das freut mich für dich.« Damit drückte sie den kleinen, roten Hörer auf ihrem Handy.

Der Beamte stand unschlüssig herum und schielte immer mal wieder auf das Geld. Julia schaute ebenfalls in den Koffer. Das waren mit Sicherheit mehr als einhundertfünfzigtausend Euro.

»Dreihundertfünfzigtausend, schätze ich mal, werden es sein. Kümmern Sie sich um die Sachen? Sie müssen labortechnisch untersucht werden.« Wahrscheinlich hatte Freitag die Zweihunderttausend in seinem Büro versteckt, und Eck hatte es nach dem Mord an sich genommen. Ja, das machte Sinn, so musste es sich abgespielt haben. Julia hatte es ja gewusst.

»Geht klar«, sagte der Beamte, riss sich von dem Anblick des Geldes los, der seine hellen Augen hatte leuchten lassen, und verstaute die Koffer im Streifenwagen. Julia hob die Hand und winkte Eck und der Eichler zu, die immer noch auf ihren Lebensgefährten einredete. Dann ließ sie sich in den Sitz ihres Wagens fallen, startete den Motor und folgte gemächlich dem Streifenwagen. Sie hätte jetzt gerne eine große Portion Eis mit frischen Erdbeeren gehabt.

Sophie

Sophie erwacht. Mutters Silhouette steht zwischen ihr und dem Sonnenschein. Stille. Nur ihr Atem. Der Herzschlag der Musik ist erstorben. Sie klappt den Laptop zu, der ihr vom Bauch gerutscht sein musste, als sie eingeschlafen war, und setzt sich benommen auf.

»Du bist spät dran, Sophie.«

»Was willst du?« Sie reibt sich die Augen. Hat Mutter nichts anderes zu tun, als ihr auf den Wecker zu fallen?

»Ich will dich an deinen Termin erinnern.« Mutter setzt sich auf den Bettrand.

»Was für einen Termin? Ich habe keine Termine. Für die Termine war ein anderer zuständig.« Einen Moment sieht sie das Gesicht ihres Vaters vor sich und Übelkeit steigt auf.

»Wenn du willst, kann ich dich begleiten.« Mutters Hand legt sich auf ihre.

»Ich will nirgendwohin.«

»Ich weiß, Kind. Aber es nützt doch nichts.«

»Kannst du dich ausnahmsweise mal nicht so konfus ausdrücken? Wo soll ich denn hin wollen? Ich habe die ganze Nacht schon nicht geschlafen und war froh über ein paar Stunden Ruhe. Bis du kamst.«

Die Mutter zieht ihre Hand zurück und steht auf.

»Du hast ihn vergessen.«

»Was denn, verdammt?«

»Den Termin bei Dr. Dreischkamp.«

Sophie geht zum CD-Player, wechselt die CD und drückt auf »Play«. Die Rhythmen bringen das Leben zurück.

»Ich wüsste nicht, was ich da sollte.«

Mutter zupft wieder an ihren Nagelhäutchen. Das tut sie immer, wenn sie nervös ist. Und es regt Sophie auf, wenn sie das tut.

»Du wirst doch jetzt kein Kind kriegen wollen, Sophie.«

»Was denn für ein Kind? Bist du bescheuert?«

Dauernd hat Mutter ihr in den Ohren gelegen, sie solle sich untersuchen lassen, schließlich sei sie nicht reif, um Mutter zu werden, und sie sähe sich außerstande, ihren Enkel zu betreuen, einen Enkel, der ...

»Schau dich doch mal an. Dein Gesicht ist runder geworden, keine Pickel mehr, die ständige Übelkeit. Du kannst das Kind nicht kriegen.«

»Ich bin nicht schwanger. Wie oft soll ich dir das noch sagen? Und wenn ich es wäre, würde ich das Kind bekommen. Dann hätte ich endlich jemanden, der mich liebt.« Sophie starrt der Mutter ins Gesicht und wartet auf eine Reaktion. Die aber senkt den Blick und ringt die Hände. Sophie hasst das. Wenn sie nur weg könnte. Was sollte sie auch hier? Die Scheißlehrstelle bei dem dürren Anwalt hatte ihr eh nichts gebracht, und der Job in der Bäckerei ... Brötchen schmieren für die LKW-Fahrer, morgens um halb drei aufstehen dafür und sich blöd anmachen lassen, weil man angeblich zu langsam war. Das hatte sie sich zwei Tage lang angeguckt, und dann war Schluss.

»Du kannst gehen, Mutter.«

Wenn sie ein Kind hätte, das wäre gut. Natürlich braucht sie keinen Arzt, um herauszufinden, ob sie schwanger ist. Die Mutter blickt sie lange an. Das Blau ihrer Augen ist heller als das von Tom.

»Du kannst gehen. Ich bleibe hier, außerdem bin ich verabredet.«

»Mit wem?«

»Das geht dich einen Scheißdreck an!«, brüllt Sophie. Ihre Mutter weicht zwei Schritte zurück, dann schlüpft sie durch die Tür. Sophie atmet auf und lässt die Musik in sich hinein.

Draußen scheint die Sonne immer noch. Als sie das Fenster öffnet, kommt nur Wärme herein, Schweiß klebt ihr das Haar in den Nacken. Sie muss duschen, obwohl sie heute schon zweimal geduscht hat. Aber das hat nichts mit der Wärme zu tun, das weiß sie. Es hat mit den Bildern zu tun. Viele Bilder, die immer wiederkommen. Vaters Gesicht im Zorn, Vaters Gesichter …

Die Haustür krachte ins Schloss und die Schultasche schlitterte über den schwarz-weiß gefliesten Boden.

»Mama?« Sophie lugte in die Küche. Der Einkaufskorb stand auf dem Küchentisch. In der Diele war es angenehm kühl und still. Die Nachmittagssonne warf ein warmes Licht durch die Fenster. Sophies Locken hüpften auf den Schultern im Rhythmus ihrer Schritte die Treppe hinauf.

»Hallo, ich bin da«, rief sie und riss die Tür zum Zimmer ihres Bruders auf.

»Henry?« – Nichts.

Wo waren die alle? Sie musste es doch jemandem erzählen. Unbedingt! Sie hatte noch nie eine Eins in Deutsch. Heute hatte sie eine, nach all den Stunden, die sie sich mit der Vorbereitung auf den Test gequält hatte.

»Hallo!« Sie legte die Hand auf die Klinke der Tür zu ihrem Zimmer, als sie ihr plötzlich aus der Hand glitt und ihr Vater, groß und grau, den Rahmen ausfüllte.

»Wo kommst du her?« zischte er.

Sophie sah an ihm empor und bemerkte die schmalen Schlitze seiner Augen.

»Aus der Schule.« Blitzartig erkannte Sophie, dass sie weg musste. Sie trat zurück, bis sie das Geländer der Empore im Rücken spürte. Seinem Blick konnte sie sich nicht entziehen.

»Aus der Schule? Du mieses, kleines Miststück!« Seine Finger griffen in ihr Haar und zerrten sie in den Raum.

»Nein!« Die Kopfhaut brannte, und Tränen schossen ihr in die Augen.

»Du verlogenes Luder. Aus der Schule, was?«, schrie er, stieß sie aufs Bett.

»Und was ist das?« Er beugte sich über ihren Körper und drückte Sophies Gesicht in die Kissen. Sie berührte etwas Glattes, das sich nicht an Stirn und Nase anschmiegte, während sie versuchte, Luft durch den Mund zu holen. Aber der Mann, der ihr heute Morgen freundlich zugewinkt hatte, als sie sich aufs Rad schwang, presste ihren Kopf so fest nach unten, dass ihr Brustkorb verzweifelt nach Atem rang. Sie versuchte den Kopf zu drehen, hörte nur, wie eine Strähne sich von der Kopfhaut löste, den Schmerz spürte sie nicht. Ihre Beine und Arme führten ein zappelndes Eigenleben, als er sie am Haar hochriss. Scharf strömte Luft in ihre Lungen.

»Was – ist – das?« Im Takt seiner Worte knallte der kräftige Arm ihren Kopf auf die Fotos, die zerknittert und tränenbefleckt auf den Kissen lagen.

Sophie hörte den keuchenden Atem ihres Vaters. Sie konnte nicht sehen, nicht antworten. Aber sie wusste, dass ihr keine Zeit blieb, deshalb rappelte sie sich auf und versuchte blinzelnd die Bilder zu erkennen. Die Klassenparty. Was war nur damit?

»Ich will wissen, was das ist.« Wieder das bedrohliche Zischen.

Durch das Gewirr aus Haaren erkannte sie Alex und Lisa und all die anderen. Ihr Vater streckte die Hand aus. Sophies Oberkörper zuckte zurück. Aber er griff nur nach einem der Fotos und hielt es hoch. Alex und sie. Sie hatten die Köpfe aneinandergelehnt und grinsten in die Kamera. Verständnislos hob Sophie den Blick.

»Wer ist der Kerl, mit dem du dich rumtreibst?« Seine schmalen Lippen verzogen sich angeekelt.

»Alex.« Die Stimme gehorchte ihr nicht. Sie verstand nicht. Es war Alex aus ihrer Klasse, mit dem sie geblödelt hatte.

»Und was hat dieser Alex …«, er spuckte ihr den Namen vor die Füße, »… mit dir gemacht?«

»Nichts.« Das genügte nicht. Sicher nicht.

»Nichts. Ja?« Eine Amsel sang draußen. »Nichts also?«

Sophie starrte auf ein Stück hellgraues Hemd über dem Hosenbund, eingerahmt von den Rändern des Sakkos. Das Hemd kam näher, doch sie konnte sich nicht rühren.

»Dann werde ich dir zeigen, was *nichts* ist.« Plötzlich wurde Sophie am T-Shirt vom Bett gerissen. Ein rosa Knöpfchen sprang von der Knopfleiste ab.

»Nein!« Sie wollte nicht in den Keller. Nie mehr wollte sie dahin und Stunden um Stunden zwischen den kalten Mauern hocken, hungrig und einsam. Einsam. Das war das Schlimmste. Viel schlimmer als das jetzt. Schlimmer als alles. Sie stemmte sich mit aller Kraft gegen den Vater. Ihre Füße rutschen über das Parkett. Sie wurde fortgerissen, wie eine Kirschblüte im Gewittersturm.

»Nein, nein, nein«, schrie sie, stolperte und hörte, wie Stoff zerriss. Ihre linke Hand erfasste den Türrahmen und krallte sich fest.

»Lass los, du Luder. Du Hure. Ich werde dir zeigen …«

Plötzlich gewann sie Halt. Ich bin frei, hämmerte es in ihrem Kopf, er lässt mich los. Bevor sie sich besinnen konnte, krachte die Tür gegen die Füllung, und ihre Hand jagte einen gleißenden Schmerz durch ihren Körper. Sie hörte, wie ein heiserer Schrei im Haus widerhallte. Dann senkte sich Dunkelheit herab.

… und Mama hatte Erdbeerkuchen mitgebracht. Wegen der Eins in Deutsch. Sie hat ihn in kleine Stücke zerteilt, damit Sophie ihn mit rechts essen konnte. Ein paar Wochen konnte sie nicht mitschreiben in der Schule, weil sie doch Linkshänderin war.

Sophie duscht ausgiebig. Mit einer harten Bürste schrubbt sie erst die Finger, dann die Zehen, dann die Unterschenkel, die Oberschenkel, schrubbt ihren ganzen Körper. Schließlich lässt sie kühles Wasser über die brennende Haut laufen und legt die Hände auf ihren runden Bauch. Sie hat zugenommen, fünfzehn, zwanzig Kilo bestimmt. Aber was macht das schon? Wenn sie ein Kind hätte ... Im Schrank findet sie frische T-Shirts, legt sie in ihren Rucksack, zwei Paar Jeans, Unterwäsche, Strümpfe dazu. Dann wählt sie Toms Nummer.

»Ich komme«, sagt sie, als Tom sich meldet.

»Was ist los?«

»Es ist etwas passiert.«

»Hör mal. Es geht gerade nicht. Ich hab keine Zeit.« Seine Stimme klingt abwesend. Er hat keine Zeit? Er kann nicht keine Zeit haben.

»Ich komme trotzdem. Alex gibt mir seinen Wagen. Ich muss mit dir reden, Tom. Ich muss mit irgendjemandem reden. Ich kann nicht mehr.«

Das Telefon schweigt eine ganze Weile.

»Willst du mir nicht sagen, was passiert ist?«

»Vater ist tot.«

»Oh«, macht Tom.

»Willst du wissen, wie er gestorben ist? Dein Vater?«

»Ja, sicher. Aber nicht am Telefon.«

Claire

Eine Fliege summte lebensmüde gegen das Fenster. Die Luft roch schal. Tom hatte mich nicht kommen hören, hockte auf dem Sofa und starrte vor sich hin. Er sah mich nicht.

»Tom?« Was suchte ich hier? Das hatte ich mich gefragt, während ich getankt, die Göttin gewendet hatte und die dreißig Kilometer zurückgefahren war. Es dauerte eine Weile, bis er den Kopf hob.

»Was willst du, Claire?«

Keine Ahnung, dachte ich und hielt den Mund.

»Wolltest du nicht weiter?« Es lagen Müdigkeit und Bitterkeit in seiner Stimme. Er erhob sich und stakste an mir vorbei, ließ

Wasser laufen, dann stand er in der Tür. Seine Haarspitzen waren nass, die Augen hatten Ringe. Er blickte an meiner Schulter vorbei und schien etwas zu suchen. Als er es nicht fand, setzte er sich. Sein Handy klingelte.

Er sagte: »Was ist los?«, hörte zu, dann: »Willst du mir nicht sagen, was passiert ist?« Er drehte mir den Rücken zu. Ich hörte noch: »Wann fährst du los?« Das war's. Ich kam mir idiotisch vor, und verloren. Was hatte ich mir denn eingebildet?

»Wolltest du nicht weiter?«, wiederholte er.

»Ja«, sagte ich. »Mach's gut. Dann.« Ich rührte mich nicht. Wenn ich jetzt ginge, wäre es vorbei. Vorbei? Was? Nichts, verdammt. Ich konnte mich nicht entscheiden, ob ich aufatmen oder in Tränen ausbrechen sollte. Ich konnte mich, Herrgottnochmal, nicht entscheiden. Also stand ich da und tat nichts. Die Fliege summte.

»Willst du einen Kaffee?«

Nein. Ich will, dass du mitkommst, dachte ich.

»Gerne«, sagte ich. »Danke.«

Ich folgte ihm in die Küche und ließ die Fliege zurück. Er stellte einen Porzellanfilter auf die Kanne.

»Hör zu. So geht das nicht«, sagte er.

»Ich bringe dich wieder zurück, in ein paar Tagen, wenn du willst.«

»Ich habe keine Zeit, Claire. Morgen kommen Leute aus Berlin wegen einer bestimmten fleischfressenden Pflanze. Ich hatte schon früher Kontakt mit dem botanischen Garten dort. Die zahlen gut. Und der Laden muss auch weiterlaufen. Der wirft zwar nicht viel ab, aber für mich reicht's. Ich brauche das Geld. Das weißt du doch.« Er goss Wasser über den Kaffee und ein aromatischer Duft breitete sich aus.

»Schwarz, wie immer.« Er hielt mir einen Kaffeepott hin.

»Schwarz.« Ich nahm ihn entgegen und berührte einen Moment seine Hand.

Er lehnte am Fenster. Der Kaffee schmeckte bitter.

»Warum?«, fragte ich.

»Es war eine bescheuerte Idee.«

»Ich weiß.«

Die Fliege war in die Küche übergesiedelt. Vielleicht war es auch eine andere.

»Du riechst gut.« Er blickte zu Boden.

Darauf wusste ich nichts zu sagen.

»Dann geh ich mal.« Aber ich ging nicht, ich stellte nur die Tasse ab.

»Ich kann nicht mit.« Er nahm mein Gesicht in beide Hände und küsste mich. Mir war kalt. Es wurde Zeit für mich.

»Also dann …«

Tom trug meine Tasche zum Auto. Die Göttin sprang mühelos an, ein gutes Geräusch. Als ich die Kupplung kommen ließ, hob er die Hand. Seine Gestalt wurde immer kleiner im Rückspiegel.

Die Straße vor mir schwamm in Tränen. Wo kamen die her?

Ich hatte nicht mehr geheult, seit ich zwölf war und meine Großmutter zu Grabe getragen wurde. Sie war nicht sehr alt geworden, keine siebzig. Sie war der gütigste Mensch, der mir in meinem Leben begegnet war, der einzige eigentlich, der Zeit für mich hatte und mich ansah, als würde ich wirklich existieren. Ich besaß nur noch ihre Suppenteller, Steingut mit blauen Sternchen, von denen wir grüne Bohnen gegessen hatten. Sie spielte nicht mit mir. Sie war einfach da.

Ich hatte nicht einmal geweint, als Paul die Koffer gepackt hatte und mit seiner Neuen nach Übersee ausgewandert war. Er hatte zwei, drei Jahre mit mir geteilt. Von dem Schwangerschaftsabbruch sagte ich ihm nichts, niemandem erzählte ich davon. Ich wollte ihn nicht aufhalten. Paul hatte sie ohnehin nicht verdient, die Tränen. Und nun waren sie plötzlich da. Ich hatte keine Antwort darauf.

Die Straße war leer, Gewitterwolken zogen auf und verdunkelten die Landschaft. Zittrig drehte ich mir eine Zigarette über dem Lenkrad, als die ersten dicken Tropfen gegen die Scheibe platschten. Ich bog in eine Kurve ein. Das Letzte, was ich wahrnahm, war der Vorderreifen eines Trucks auf der Mittellinie und einen Knall.

Der Schmerz stach sich einen Weg von meinem linken Bein in mein Hirn hinein. Ich hörte den Regen prasseln und ein Stöhnen, das mir fremd vorkam. Ich erbrach mich über die Trümmer des

Armaturenbretts. Mein Brustkorb schmerzte. Ich weiß nicht, wie lange es dauerte, bis zu mir durchdrang, was geschehen sein musste. Eine Weile suchte ich nach dem Gurtschloss, als ich es fand, klemmte es. Das Atmen fiel mir schwer. Und das Bein, oh, das Bein. Ich konnte nicht sehen, was mit ihm passiert war, fühlte nur den Schmerz. Zeit verging, unendlich viel Zeit. Niemand würde mich finden, dachte ich, nicht, solange ich noch am Leben war. Nur der Schmerz erinnerte mich daran, dass ich es noch war, jetzt noch, bald nicht mehr. Mir war kalt. Dann hörte der Regen auf und ich erbrach mich erneut. Schade, dachte ich, ich hätte so gerne das Meer gesehen.

Das Oval eines Gesichts erschien am kaputten Seitenfenster.

»Alles in Ordnung mit Ihnen?«

Ich sagte irgendetwas. Eine Hand legte sich auf meine Stirn.

»Der Rettungswagen ist unterwegs. Es wird alles gut.«

»Nein«, hörte ich mich sagen. Nichts würde gut werden können, nie mehr. Dabei hatte ich das mein Leben lang geglaubt. Ich hatte geglaubt, dass alles gut werden würde, wenn ich mich nur genug anstrengte, nur genug tat, nur gut genug war. Ich hatte mich geirrt.

Verschwommen nahm ich Gestalten um den Wagen herum wahr. Sie riefen sich etwas zu, hantierten und schaukelten am Auto. Bei jeder Bewegung durchzuckte mich der Schmerz. Hände versuchten, mich aus dem Wagen zu ziehen. Ich schrie. Laut und lange. Jemand schob eine Kanüle in meinen Handrücken, und der Schmerz hörte auf, mir wurde ganz leicht. So sieht es also aus, das Ende, dachte ich. Dann dachte ich nichts mehr.

19

»Was machst du da?« Annelie stemmte die Hände in die Hüften, ließ ihre Augen blitzen.

Tom sah sich um und verschüttete etwas von dem Wasser aus der Gießkanne, mit dem er seine Lieblingspflanze goss. »Das siehst du doch.«

Zwei LKW ratterten vorbei. Annelie hatte die Schaufensterscheibe geputzt, Regale aufgeräumt und das welke Gemüse aussortiert. Auf dem Plastiktischchen, an dem sie sonst mit Frieder Wein trank, stand ein Strauß Goldlack.

»Und wieso bist du hier?«

»Wo sollte ich denn sonst sein?«

Annelie band sich ihre Schürze um den Leib und knallte Schalen mit Wurst und Fleisch in die Kühltheke. »Ich verstehe dich nicht, Tom.«

»Was gibt es da nicht zu verstehen? Claire wollte weg, jetzt ist sie weg. Außerdem geht dich das nichts an.«

»Wenn du dir nicht immer die Birne zuknallen würdest, wäre sie nicht weg. Vielleicht wäre auch Hannah nicht gegangen.«

»Hör auf mit deinen Vorwürfen oder sag von mir aus Frieder, er soll den Wein sein lassen. Wo ist er überhaupt?« Tom stellte die Gießkanne ab. Er vermied es, Annelie anzusehen, aber sie bemerkte es nicht, weil sie ihm den Rücken zugedreht hatte und Käse aufschnitt.

»Er fühlt sich nicht besonders, hängt in seinem Sessel und hört sich alte Tonbänder an. Ist mir sowieso im Weg hier.«

»Ist er krank?«

»Nein. Er war noch nie krank, glaube ich. Er ist nur melancholisch. Das ist er immer um diese Jahreszeit.«

Tom wusste das, aber er fand es höchst seltsam, wie jemand im Frühjahr so deprimiert sein konnte. Die beiden Alten hatten nie ein Wort darüber verloren.

»Was ist jetzt?«

»Was soll sein? Morgen kommen die Berliner und holen die Pflanzen ab. Bis dahin bringe ich noch ein paar Sachen in Ordnung.«

»Wenn du Sachen in Ordnung bringen willst, fahr ihr nach. Du wirst sie schon finden. So schwierig kann das nicht sein. Sie ist ja nicht gerade in einem unauffälligen Gefährt unterwegs.«

»Hör zu, Annelie. Das geht dich wirklich nichts an. Außerdem wüsste ich nicht, wie ich das machen sollte.«

»Frieder hat noch den Wagen in der Garage. Den kannst du haben. Er ist seit Monaten nicht gefahren und davor hätte er es auch nicht tun sollen. Männer!« Sie verdrehte die Augen und strich sich eine Strähne hinters Ohr. Manchmal sah sie sehr viel jünger aus, als sie war, dachte Tom.

»Es ist schlimmer geworden, oder?«

»Er sieht fast nichts mehr. Wenn er sich nicht operieren lässt, wird er bald blind sein.«

Tom war nicht klar gewesen, wie es um Frieder stand, war zu beschäftigt gewesen mit … allem.

»Es hat nichts mit dir zu tun, Tom. Es ist seine Sache. Und meine, zunehmend.« Sie seufzte. »Der Einzige, der etwas daran ändern kann, ist Frieder. Also nimm den Wagen und fahr endlich.«

»Die Pflanzen …«

»Zeig mir, welche ich abgeben soll, und fahr.« Annelie hielt ihm den Schlüssel und die Fahrzeugpapiere hin. Sie musste beides eingesteckt haben, als sie Claire wegfahren sehen hatte, allein. Tom zögerte, dann sagte er »danke« und nahm sie kurz in den Arm.

»Noch was.« Es war ihm unangenehm, aber was sollte er tun?

»Sophie kommt her. Ich weiß nicht, wann sie da sein wird. Kannst du es ihr ein bisschen bequem machen?« Annelie war Sophie einmal begegnet, und seine Schwester hatte sich in ihrer Gegenwart wohlgefühlt.

Annelie lächelte. »Das ist meine kleinste Übung. Hau schon ab«, sagte sie und wandte sich wieder dem Käse zu.

Der Weg führte zwischen den Feldern hindurch über die kleine Anhöhe. In einer Senke behüteten zwei mächtige Kastanien den

Hof, der von einem schmiedeeisernen Zaun umgeben war, Clematis rankte an den Mauern.
Die Motorhaube des Wagens ragte aus der Garage, es war ein »Wartburg«, Baujahr 1979. Staub und verwelkte Blüten bildeten eine Schicht über dem stumpfen Lack, ein »Arzt im Dienst«-Schild klebte vergilbt an der Windschutzscheibe. Nach seiner Pensionierung hatte Frieder die Urlaubsvertretungen für den neuen Hausarzt übernommen, bis sein Augenlicht nachließ. Tom schloss die Fahrertür auf. Aus dem offenen Küchenfenster drangen Stimmen, dazwischen Musik. Tom hatte es plötzlich eilig und doch konnte er nicht einfach den Wagen starten, ohne wenigstens »Hallo« zu sagen. Die Haustür war angelehnt, er klopfte und trat ein.

»Frieder? Ich bin's.«

»Komm rein, Tom. Immer den Tönen nach.« Frieder saß im Sessel, ein Glas Wein neben sich.

»Annelie war so nett, mir deinen Wagen auszuleihen. Es ist dir doch recht?«

»Fahr, wohin du willst. Ich warte derweil hier. Ich warte immer hier. Wo willst du überhaupt hin?« Er tastete nach einem Knopf am Tonbandgerät, um die Lautstärke herunterzudrehen.

»Ans Meer.«

»Mit der jungen Dame, wie hieß sie noch?«

»Claire.«

»Mit Claire?«

»Nein. Sie ist bereits auf dem Weg dorthin. Ich werde sie schon finden.«

»Gute Reise, Junge. Der Tank müsste fast voll sein. Man soll reisen, solange man noch den Weg findet.«

»Es gibt Möglichkeiten, den Weg wieder zu finden, Frieder.«

»Vielleicht. Aber nicht für mich. Ich bin weit genug gereist. Jetzt bin ich hier.«

»Ich kann mich nicht erinnern, dass du viel unterwegs gewesen wärst.« Tom sah auf die Uhr, musste los, aber er wollte wissen, was Frieder meinte. Seit seiner Kindheit kannte Tom ihn nur im weißen Kittel; sein freundliches Gesicht zwischen den Bücherstapeln auf seinem Schreibtisch.

»Ich habe alles gesehen, was es zu sehen gab«, sagte Frieder und stellte den Ton wieder lauter. Das Gespräch war beendet.

Tom hob die Hand, sagte »also dann« und »danke« und wollte gehen, dann fiel ihm noch etwas ein. »Frieder?«

Das Tonbandgerät wurde wieder leiser gestellt. »Was?«

»Hast du vielleicht solche Pillen, wie Anton sie mir gegeben hat?«

»Clonidin? Oder doch lieber ein paar Ampullen Morphin?« Frieders Augen wurden schmal und blickten so scharf wie einst. Nur war Tom sicher, dass ihr Blick ihn nicht erreichte. Vor die Entscheidung gestellt zu sein, war ihm unbehaglich.

»Ich mach dir einen Vorschlag. Ich gebe dir beides mit. Du wirst wissen, was du tust.« Frieder erhob sich und machte ein paar unsichere Schritte, tastete sich an den Möbeln entlang in Richtung Tür. »Kannst du mir helfen? Die Sachen sind in meinem Arbeitszimmer.«

Tom dirigierte Frieder am Ellenbogen in ein Zimmer unterm Dach, das von Möbeln okkupiert war. Hinter einer Schranktür stapelten sich Medikamentenpackungen, einige fielen zu Boden.

»Bitte.« Frieder trat einen Schritt zurück. »Such dir die Medikamente selbst heraus. Ich kann ja doch nicht lesen, ob ich das richtige erwische, und achte auf das Haltbarkeitsdatum. Ich weiß nicht, wie lange manches von dem Zeug hier schon lagert.«

Es war nicht zu übersehen, dass die Sammlung schon Jahre vor sich hin gedämmert haben musste. Tom brauchte einige Minuten, bis er das Clonidin fand, direkt daneben lag ein Päckchen Morphin, zehn Milligramm pro Ampulle. Er fand die Datumsangabe auf der Schachtel. Das Morphin war seit zwei Jahren abgelaufen, das Clonidin würde in sechs Monaten seine Haltbarkeit verlieren.

»Danke, Frieder«, sagte er und steckte beide Packungen ein. »Wieso hast du eigentlich Morphin hier herumliegen?«

Frieder antwortete nicht, sondern lächelte ins Leere, stellte die Musik wieder an.

Tom lenkte den Wagen aus der Einfahrt heraus und bog auf die Bundesstraße in Richtung Norden ab. Die ungewohnte Revolverschaltung machte ihm Mühe. Er fragte sich, ob er bei Anton vorbeifahren sollte, um den Wartburg, der solange nicht gefahren worden war, durchchecken zu lassen, verwarf die Idee aber sofort. Er hatte keine Zeit zu verlieren.

Eine halbe Stunde, in der er sich Gedanken über die Vergeblichkeit seiner Unternehmung hingab, war er unterwegs, als vor ihm die Warnblinkanlagen einer unübersichtlichen Reihe von Autos aufleuchteten. Einen Moment lang musste er suchen, bis er den Knopf für die eigene Warnblinkanlage fand, bremste hart und kam wenige Zentimeter vor der Stoßstange eines Audis zum Stehen. Tom lehnte sich zurück. Der Regen hatte aufgehört. Langsam setzte sich die Autoschlange in Bewegung, stop and go über zwanzig Minuten, dann konnte er erkennen, was den unfreiwilligen Aufenthalt verursacht hatte. Rettungswagen, Feuerwehr und Polizei gruppierten sich um einen Wagen, dessen linke Seite auf einen der Alleebäume geprallt war. Tom fuhr langsam vorbei. Die Farbe des Wagens, hellblau- metallic ... und auch die Form des Autos, die das Wrack noch erkennen ließ ... Claire, verdammt, Claire! Nein! Er steuerte den Wartburg auf den schmalen Seitenstreifen ins Gras und stieg aus. Die Sanitäter schoben eine Trage in den Rettungswagen.

»Claire!«, rief er und eilte auf den Wagen zu. Abrupt wurde er von einem Feuerwehrmann am Arm gepackt.

»Hey, Sie können hier nicht ...«

»Und ob ich kann. Das ist Claire.« Tom riss an seinem Arm. »Lassen Sie mich los, Sie Volltrottel.«

»Sind Sie ein Verwandter?«

»Nein, aber ...«

»Wenn Sie kein Verwandter sind ...«

Ein Mann, vielleicht vierzig, mit vollem Haar und im Trenchcoat, trat auf sie zu.

»Was ist los?«

»Das geht Sie einen Scheißdreck an.«

»Das glaube ich nicht.« Der Typ zog seinen Ausweis aus der Tasche und hielt ihn Tom hin.

»Conrad Böse«, stellte er sich vor. »Und Ihr Name? Am besten weisen Sie sich aus. Sie haben doch sicher einen Führerschein dabei.« Böse lächelte bissig und nickte dem Feuerwehrmann zu, der Toms Arm freigab und davonging.

Ein Bulle, dachte Tom. Was macht die Kriminalpolizei hier? Was ist mit Claire? Wenn er Näheres erfahren wollte, blieb ihm nichts übrig, als der Aufforderung Böses nachzukommen. Tom reichte ihm seinen Führerschein.

»Hören Sie. Ich kenne die Frau im Rettungswagen. Ich muss zu ihr.«

Böse las in dem Dokument. »Jan Thomas Sebald.« Er blickte Tom ins Gesicht, eine Spur interessierter als zuvor.

»Weswegen sind Sie hier?«, fragte Böse.

Der Rettungswagen setzte den Blinker und rangierte auf die Fahrbahn.

»Wegen der Frau, die gerade in diesem Rettungswagen weggebracht wird. Sind Sie taub?«, sagte Tom.

Böse schwieg, schien zu überlegen, ohne den Blick von Tom zu wenden. Dann: »Wie wär's, wenn wir uns unterhalten?«

»Ich wüsste nicht, worüber.« Tom wandte sich ab.

»Moment.« Böse kam an seine Seite und ging ein paar Schritte neben ihm her. »Ich hätte ein paar Fragen an Sie, Herr Sebald. Ihretwegen bin ich nämlich hergekommen, auch wenn ich nicht erwartet hätte, Sie zufällig anzutreffen. Hat man Ihnen meine Ankunft nicht mitgeteilt?«

»Wer sollte das getan haben?« Tom lachte auf. »Meinetwegen?«

»Ich habe mit einer Dame telefoniert, Moment, wie war noch mal der Name …« Er durchsuchte die Taschen seines Mantels, fand aber nicht, was er suchte.

»Mit Annelie? Davon hat sie mir nichts gesagt. Worum geht es denn?« Am Auto angekommen, öffnete Tom die Tür.

»Wollen wir uns einen Augenblick in Ihren Wagen setzen?«

Tom zuckte die Schultern und entriegelte die Beifahrertür. Das Feuerwehrauto rückte ab, die Männer sahen ihm nach.

»Ich habe Ihnen eine traurige Mitteilung zu machen.« Böse machte eine Pause und holte Luft. »Ihr Vater ist tot.«

Tom riss den Kopf herum. »Mein … deswegen sind Sie hier?«

»Es tut mir leid. Er ist ermordet worden.«

»Das ist ja interessant.«

»Mehr haben Sie dazu nicht zu sagen?«

»Nein.«

Wieder trat Schweigen ein.

»Wissen Sie, es ist nicht gerade die übliche Reaktion auf eine Todesnachricht.«

»Was ist denn die übliche Reaktion, Herr Böse, Herr Hauptkommissar Böse?«

»Sie hatten kein besonders gutes Verhältnis zu Ihrem Vater?«

»Ich hatte gar kein Verhältnis zu meinem Vater. Ich kannte ihn nämlich gar nicht. Wie wollen Sie überhaupt sicher sein, dass es sich um meinen Vater handelt bei dem Toten?«

»Wir haben recherchiert.«

»So?«

»Ja.«

»Und dabei hat sich herausgestellt, dass irgendein Toter mein Vater ist. Okay. Und was wollen Sie von mir?«

»Wir suchen den Täter.«

»Hier? Na, dann suchen Sie mal schön weiter. Bei mir sind Sie jedenfalls an der falschen Adresse. Wenn ich Sie jetzt bitten dürfte …« Während Tom über Böse hinweg nach dem Hebel griff, um die Beifahrertür zu öffnen, rutschte sein Ärmel hoch. Böse konnte die Einstichstellen sehen. Ihre Blicke trafen sich. Langsam schloss Böse wieder die Tür.

»Haben Sie nicht doch Lust, einen Moment mit mir zu sprechen?«

»Was wollen Sie von mir? Ich hatte keinen Kontakt zu meinem Vater. Wenn Sie so gut recherchiert haben, wie Sie sagen, müssten Sie das eigentlich wissen.«

»Gottfried Freitag hat noch zwei weitere Kinder, wussten Sie das?«

»Ja.«

»Woher?«

»Von meiner Mutter. Bis zu ihrem Tode vor drei Jahren stand sie in einem losen Kontakt zu ihm. Seitdem habe ich nichts mehr von ihm gehört und hatte auch kein Bedürfnis danach.«

»Kennen Sie Ihre Geschwister?«

»Ich habe sie einmal getroffen, weil meine Mutter es so wollte.«

»Später gab es keine Verbindung zwischen Ihnen?«

»Nein, das sagte ich doch. Ich würde jetzt wirklich gern weiterfahren?«

»Wo soll's denn hingehen?« Böse lächelte verbindlich.

»Das geht Sie zwar nichts an, aber ich sag es Ihnen trotzdem. Ich fahre jetzt zum Kreiskrankenhaus und versuche in Erfahrung zu bringen, wo man Claire hingebracht hat.«

»Ihre Freundin?«

»Herrgott, ja.« Tom wunderte sich über den Verlauf des Gesprächs. Sein Vater war tot, und Claire war also seine Freundin.

»Wenn Sie mir ein bisschen weiterhelfen, könnte ich das für Sie erledigen.«

Tom sah Böse skeptisch an. »Ich kann Ihnen nicht weiterhelfen. Ich weiß nichts über Gottfried Freitag, außer dass er der Grund ist, warum meine Mutter ein paar Jahre in Bautzen und ich im Kinderheim zubringen mussten. Er hat sich nicht um uns gekümmert, nicht soweit ich weiß.«

»Und Sie hatten nie das Bedürfnis, ihn kennenzulernen, auch nach der deutsch-deutschen Vereinigung nicht?«

Tom wand sich ein wenig. »Doch schon, als ich jünger war, schon. Es hat sich nicht ergeben. Auf meine Briefe hat er nicht geantwortet, nur alle paar Jahre hat er mir eine Karte zum Geburtstag oder zu Weihnachten geschickt.«

»Also gut, Herr Sebald. Ich habe es Ihnen versprochen. Wenn Sie einen Augenblick warten, telefoniere ich und sage Ihnen, wo das Unfallopfer versorgt wird.« Böse sah Tom eindringlich an, er hatte offensichtlich noch Fragen.

Tom würde ihm nichts sagen können. Was sollte er auch sagen? Dass Freitag der mieseste Dreckskerl war, der ihm je unter die Augen gekommen war? Und er war ihm unter die Augen gekommen, es war noch nicht einmal so lange her, wie er es wünschen würde. Und er hatte Sophie wiedergesehen. Was war aus dem zierlichen, heiteren Kind geworden, das er gekannt hatte? Tom wusste, dass Freitag dafür verantwortlich war und niemand sonst. Es hatte ihm beinahe das Herz gebrochen, als er dem toten

Blick seiner kleinen Schwester begegnet war. Beinahe. Aber er hatte daran gemerkt, dass er es nie gespürt hatte, sein Herz. Der Schmerz hatte ihn überrascht wie ein Sommergewitter, aber »die kleine Dosis« hatte ihm geholfen.

Wie seine Geschwister ihn gefunden hatten, erfuhr Tom nicht, und warum sie ihn eingeladen hatten, auch nicht. Erst als er die lange Zugfahrt bis tief in den Westen hinter sich gebracht hatte, spürte er in der Gegenwart der beiden, dass es nicht ausschließlich plötzlich aufgetretene Geschwisterliebe gewesen sein konnte, die sie bewogen hatte, Kontakt zu ihm aufzunehmen. Mehrmals hatte er sich die Frage gestellt, was ihn selbst angetrieben hatte, diese Reise zu tun. Vielleicht war es die Neugier, wie sein Dasein ohne den Stacheldraht zwischen den Welten hätte verlaufen können. Was er zu sehen bekam, hatte ihn nicht versöhnt, noch nicht einmal getröstet – das öde Leben einer gut situierten Familie, in dem der Hass im Keller wohnte. Für den Aufenthalt im Münsterland hatte die »kleine Dosis« gerade eben gereicht, dann war er zurückgefahren, aufgewühlt und enttäuscht, nur den Neid auf ein unbeschwertes Leben hatte er dort gelassen.

Böse drehte Tom den Rücken zu und sprach in sein Handy. Als er fertig war, verstaute er es umständlich in einer seiner vielen Manteltaschen.

»Sie ist ins Elisabeth-Krankenhaus gebracht worden. Kennen Sie das?«

Tom nickte, spürte seinen Herzschlag. »Ich danke Ihnen«, brachte er hervor.

»Moment.« Böse fand mit einem Griff eine Visitenkarte und reichte sie Tom. »Ich suche mir im Ort ein Zimmer für die Nacht. Wie wäre es, wenn wir uns am Abend auf ein Bier träfen?«

Tom willigte ein. Bis zum Abend konnte viel geschehen.

Das Elisabeth-Krankenhaus war ein Klinkerbau vom Anfang des letzten Jahrhunderts. Der Eingangsbereich wirkte modern, er musste vor ein paar Jahren neu gestaltet worden sein. Jenseits einer Glasfront hockte eine Blondine vor ihrem Monitor. Plötzlich fiel Tom ein, dass er keine Ahnung hatte, nach wem er fragen sollte.

Natürlich konnte er sich nach der jungen Frau erkundigen, die eben eingeliefert worden war, aber auf diese Weise würde man ihm kaum einen Besuch gestatten. Wohl oder übel musste er Böse noch einmal bemühen. Er hatte keine Idee, wer sonst Claires Nachnamen wissen könnte. Auch bei Böse würde die Frage seltsam ankommen. Doch was blieb ihm übrig? Die Blondine starrte Tom unfreundlich über den Bildschirm hinweg an, als er telefonierte. Böse gab Tom ungerührt Claires Nachnamen durch, nicht ohne darauf hinzuweisen, dass er bei Tom »noch einen gut« habe.

Tom setzte sein charmantestes Lächeln auf und schenkte es der Dame von der Anmeldung. »Können Sie mir sagen, wo ich Claire Di Marco finde.«

»Augenblick«, sagte sie und tippte etwas in den Computer. »Sind Sie ein Angehöriger?«

»Ja«, log Tom. »Ihr Bruder.«

»Und Ihr Name?«

»Tom Sebald.«

Die Angestellte zog eine Braue hoch. »Ihr Bruder, ja?«

»Haben Sie noch nie davon gehört, dass Geschwister verschiedene Namen haben können?« Er neigte den Kopf, hob die Schultern und drehte die Handflächen noch oben. »Patchwork.«

Die Blonde ließ die Augenbraue wieder sinken, nicht ohne Tom einen zweifelnden Blick zuzuwerfen. Sie hatte einen leichten Überbiss und knabberte an ihrer Unterlippe, während sie noch einmal ihren Computer fütterte.

»Sie können Frau Di Marco heute nicht besuchen. Sie ist im OP. Morgen vielleicht.«

»Hören Sie, ich will sie nicht besuchen, ich will wissen, wie es ihr geht. Ich muss mit einem Arzt sprechen.«

Seufzend tippte sie eine Nummer in die Telefonanlage. »Hier ist der Bruder von Frau Di Marco ... Ja, ich richte es aus.« Sie sah ihn leicht genervt an: »Ich habe es Ihnen doch gesagt, sie ist im OP, es hat jetzt keiner Zeit, mit Ihnen zu sprechen. Lassen Sie uns eine Telefonnummer da, damit wir Sie erreichen können, und kommen Sie morgen wieder.«

»Morgen.« Tom empfand ein dumpfes Gefühl der Ohnmacht. In seinem Kopf hallten die Worte wider und wider. Im OP. Morgen. Vielleicht. Er notierte seine Handy-Nummer auf dem Zettel, den sie ihm hingeschoben hatte.

»Danke«, sagte er und wusste plötzlich nicht mehr, was er tun sollte. Er ging am Kiosk vorbei, kaufte sich eine Packung Zigaretten und überquerte den Parkplatz. Ratlos ließ er sich auf den Fahrersitz fallen. Die erste Zigarette seit sechs Jahren schmeckte scheußlich, die zweite war besser. Regenwolken verdeckten die Sonne. Im OP. Morgen. Vielleicht. Tausend Gedanken jagten durch seinen Kopf. Was war passiert? Wie ging es ihr? Warum war er nicht mitgefahren? Warum, zum Teufel, war er nicht gleich mit ihr ans Meer gefahren? Und nun? Wie sollte es weitergehen? Tom wusste es nicht. Mutlos schnippte er die Kippe fort. Gab es nicht immer eine Lösung? Für alles? Nur eben jetzt nicht. Toms Handy klingelte. Es dauerte einige Zeit, bis sein Geist das Geräusch erfasst hatte.

»Ich habe mich im *Goldenen Stern* einquartiert. Die haben eine ganz gute Karte. Passt es Ihnen um acht?« Böse. Tom hatte seine Rufnummer nicht unterdrückt, als er ihn wegen Claires Nachnamen angerufen hatte. Mist. Er sagte nichts.

»Hallo?«

»Ja. Um acht im Goldenen Stern. Meinetwegen.« Tom legte auf. Was immer Böse von ihm wollte, gegen etwas Gesellschaft hatte Tom im Moment nichts einzuwenden, nicht einmal gegen die eines Kriminalbeamten. Und bis dahin? Konnte er nichts als warten. Wenn es nun nur eine ganz kleine Operation war, ein gebrochener Finger vielleicht oder eine Platzwunde an der Stirn? So eine kleine Narbe würde Claire sogar stehen, dachte er und strich mit dem Finger über seine eigene an der Braue. Unter diesen Umständen konnte er sie heute vielleicht doch noch zu sehen bekommen. Mit neuer Hoffnung lief er zurück zur Rezeption. Die Blonde sprach gerade mit einem besorgt dreinschauenden Ehepaar, es dauerte nicht lange, bis die beiden ihre Information erhalten hatten und davoneilten.

»Sie schon wieder.« Die Blonde seufzte. »Ich habe Ihnen doch gesagt ...«

»Ja, danke. Es ist nur so. Ich habe eine längere Anfahrt. Wenn ich morgen wiederkomme, wüsste ich gern sofort, wo ich Frau Di Marco finden kann. Und da Sie so nett waren …« Tom legte allen Liebreiz in sein Lächeln, dessen er habhaft werden konnte. Ihr Blick wurde freundlicher und wenige Augenblicke später wusste Tom, wo Claire zu finden war. Inzwischen war er fast sicher, dass Claire nur einen winzigen Eingriff hinter sich bringen musste. Und er würde warten, bis die Schicht wechselte. Warten. Er hasste warten! Sein Herzschlag beschleunigte sich, und er tastete nach dem Clonidin in seiner Tasche. Es war noch da. Nieselregen setzte ein.

Tom schlenderte zum Wagen, rauchte und beobachtete den Eingang der Klinik. Rauchte und ließ den Eingang immer nur für wenige Sekunden aus den Augen. Passanten gingen ein und aus. Dann endlich trat die Blonde ins Freie und spannte ihren Schirm auf. Die ältere Kollegin, die sie an der Rezeption abgelöst hatte, würdigte Tom keines Blickes, als er an ihr vorbeihastete. Er folgte der Ausschilderung zu Station drei. Auf dem Gang unterhielten sich leise zwei Frauen in abgetragenen Bademänteln. Mit der Hand auf der Klinke zögerte Tom, bevor er das Zimmer dreihundertzwölf betrat.

Eine Traube von Leuten umgab das Bett einer alten Frau, die mit offenem Mund zur Decke starrte. Claire lag am Fenster und hatte das Gesicht abgewandt. Tom fragte sich, ob sie schlief. Mit einem »Entschuldigung« bahnte er sich einen Weg zwischen zwei schwergewichtigen Damen hindurch. Der Regen vor dem Fenster hatte zugenommen, fiel in Schnüren auf das Pflaster zwischen den Häusern. Claire drehte den Kopf. Ein weißer Verband klebte auf ihrer Stirn und verdeckte unvollständig ein Hämatom. Tom atmete auf, er hatte es gewusst, nur eine Platzwunde und ein paar kleine Schnitte vom Sicherheitsglas, die in ein paar Tagen verheilt sein würden.

Die Augen in ihrem blassen Gesicht zeigten kein Erkennen. Tom rückte einen Stuhl heran und nahm ihre Hand.

»Alles okay?«

Sie versuchte, sich aufzurichten. »Tom!« Unter sichtlichen Schmerzen ließ sie sich zurück aufs Kissen fallen. »Was willst du?«

»Dich besuchen?«

Sie nickte. »Danke.«

»Es war nicht ganz leicht, dich zu finden, weißt du.« Tom versuchte, munter zu klingen.

»Nein.«

»Wie lange werden sie dich hier einsperren?«

Claire schloss die Lider. Aus den Augenwinkeln rannen ihr Tränen ins Haar. »Lange, Tom.«

Er fühlte, wie sich etwas in seiner Brust zusammenzog.

»Es ist ab«, sagte sie und schluchzte gequält.

Tom verstand nicht.

»Mein linkes Bein ist ab. Sie haben es mir weggenommen.«

Unwillkürlich blickte Tom auf die Senke in der Bettdecke, unter der ihr Unterschenkel hätte stecken müssen. Ihm schoss das Blut ins Gesicht. Keine Platzwunde, kein gebrochener Finger, man hatte ihr Bein amputiert. Er erinnerte sich, wie Claire auf seinem Sofa geschlafen hatte, beide Füße noch schmutzig vom Sand und vom Leben, auch der linke, den es nun nicht mehr gab.

20

Die Sonne stand tief, und der Schatten des Rathauses reichte bis zur Mitte des Marktplatzes, Geschirrklappern, Kinderlachen vom Springbrunnen her. Fast alle Tische im neu eröffneten Café »Extrablatt« waren besetzt. Mal sehen, wie lange es sich halten würde, dachte Julia. Für sie könnte es zu einem Lieblingsort werden, denn die Erdbeeren mit dem Sahnehäubchen hatten köstlich geschmeckt. Diesen Genuss würde sie nun gern mit einer Zigarette krönen – aber sie hatte das Rauchen ja schon vor Jahren aufgegeben.

Der Wetterbericht hatte ein stabiles Hochdruckgebiet vorhergesagt, der Fall war so gut wie abgeschlossen, und Julia überlegte, wie sie die freien Tage, die sie sich nun bald nehmen könnte, verbringen wollte. Ans Meer oder in die Berge? Vielleicht konnte Sonja sich freimachen, und sie hätten eine lustige Zeit miteinander. In den letzten Monaten hatte sie die Freundin kaum zu Gesicht bekommen. Julia fehlten die langen Gespräche und ihr Lachen. Sicher mussten noch ein paar Dinge geklärt und abgeschlossen werden, aber die würden spätestens am nächsten Wochenende erledigt sein.

August Ostendarp musste allerdings noch eine Weile im St.-Vincenz-Hospital zubringen. Wenn die Stichverletzung, die ihm beigebracht worden war, keine tödlichen Folgen gehabt hatte, dann nur, weil Bulldoggengesicht, die unsympathische Pflegerin, der Julia im Altenheim begegnet war, ihn rechtzeitig gefunden und versorgt hatte. Eine Woche, wenn überhaupt, sagten die Ärzte, dann sei er wieder der Alte. Julia hatte den Eindruck, dass er das jetzt schon war. Zwar hatte sein Grinsen ein wenig gezwungen gewirkt, als sie sich neben sein Bett gesetzt hatte, aber die Befriedigung, Recht gehabt zu haben, war ihm ebenso anzusehen.

Bisher hatten weder Eck noch die Eichler auch nur einen Piep zu dem Vorfall gesagt. Aber für Julia und auch für Ostendarp gab es keinen Zweifel daran, dass sie für die Attacke verantwortlich waren. Welchen Grund hätten sie sonst gehabt, so übereilt davonfliegen zu wollen? Wahrscheinlich hatten sie die Aufzeichnungen Ostendarps gesucht, die sie belasteten, und nicht erwartet, dass der alte Mann erwachte, glaubten sie doch, ihm einen ordentlichen Cocktail Schlaftabletten verpasst zu haben, mutmaßte Julia. Sie hatten natürlich nicht mit Ostendarps Vorsicht gerechnet. Leider hatte er seinen Angreifer nicht genau sehen können, weil alles zu schnell gegangen war und er nachts keine Brille trug, doch man würde Zeugen finden, da war sich Julia sicher. Und letztlich würde man auch Zeugen für den Mord an Freitag finden.

Die Ärzte hatten Ostendarp nahegelegt, nach dem Krankenhausaufenthalt eine Reha in Anspruch zu nehmen, was der alte Mann vehement ablehnte. Für so einen Unsinn habe er schließlich keine Zeit, beteuerte er Julia. Sie lächelte, als sie daran dachte. Plötzlich kam ihr eine Idee. Conrad hatte sie telefonisch nicht erreichen können, um ihm den Stand und baldigen Ausgang der Ermittlungen mitzuteilen, stattdessen hatte sich seine Mutter bei ihr gemeldet und sich über den unauffindbaren Sohn beschwert. Vielleicht hätte August Ostendarp ja Lust, ein paar Tage im Kotten von Maria Böse zu verbringen. Soweit Julia wusste, war die alte Dame noch ganz fit, obwohl Conrad das bestritt, und würde sich über etwas Gesellschaft freuen. Julia nahm sich vor, Ostendarp diesen Vorschlag zu machen.

Die Sonne verschwand hinterm Dach des Rathauses, es wurde ein wenig kühler. Nach Hause gehen mochte Julia noch nicht, es wartete sowieso niemand auf sie. Niemand. Unerwartet stellte sich ein Gefühl der Leere ein. Mit einer Kopfbewegung schüttelte sie es ab. Ein Gläschen Sekt wäre jetzt das Richtige, dachte sie. Das Auto konnte sie ja stehen lassen und den Weg nach Hause zu Fuß gehen. Sie winkte dem Kellner, als ihr Telefon klingelte. Conrad. Na, endlich. Aber es war nicht Conrad.

»Ich kann Conrad nicht erreichen.«

Sven.

»Wo steckst du?«

»Na, wo schon? Im Büro natürlich.«

»Und Sammy?«

»Seine Mutter hat ihn abgeholt und ist wutentbrannt davongerauscht. Hast du etwas von Conrad gehört?«

»Nein. Funkloch oder was, jedenfalls meldet er sich nicht.«

»Wenn er wieder da ist, werde ich ihm gehörig den Kopf waschen. Was willst du von ihm?« Der Sekt kam, aber Julia rührte ihn nicht an. Ihr Nacken verspannte sich.

»Ich hab den Obduktionsbefund. Und jetzt darfst du staunen.« Eine Pause entstand und machte Julia kribbelig.

»Nun mach's nicht so spannend, Sven. Was steht drin?«

»Die Verstümmelung der Augen des Opfers muss mehrere Stunden nach seinem Tod stattgefunden haben.« Wieder eine bedeutungsschwere Pause.

»Ja und?«

»Was, ja und? Wer immer das getan hat, muss noch einmal zum Tatort zurückgekehrt sein, um den Rest zu erledigen. Findest du das nicht eigenartig? Welches Interesse könnte Eck daran haben, so etwas zu tun?«

Das war eine ganz neue Entwicklung, eine, die Julia gar nicht gefiel.

Plötzlich sagte er: »Warte, bleib mal dran.«

Julia trank den Sekt in einem Zug aus und hatte das Gefühl, dass er ihr unmittelbar zu Kopfe stieg. Sie bezahlte die Rechnung und stand auf. Sie war sich nicht sicher, ob sie ihren Beinen trauen konnte. Dann war Sven wieder da.

»Gerade ist Henry Freitag hier hereingeschneit, diesmal ohne Anwalt, und er will ein Geständnis ablegen. Kannst du kommen?«

Julia seufzte. Das hatte ihr gerade noch gefehlt. Die Phantasie vom weiten Meer, von klarer Bergluft löste sich in Nichts auf.

»Bin unterwegs«, sagte sie und begab sich zu ihrem Wagen.

In den Gängen des Präsidiums war es still, nur gedämpft vernahm Julia die Beschimpfungen eines Betrunkenen aus der Zelle. Mit schlechtem Gewissen dachte sie an das Glas Sekt, das sie getrunken hatte. Henry Freitag saß Sven am Schreibtisch gegenüber. Die Männer schwiegen, als Julia eintrat.

»Meine Kollegin, Frau Morgenstern, kennen Sie schon, Herr Freitag«, begann Sven, nachdem Julia sich einen Stuhl herangezogen und sich neben Sven niedergelassen hatte. Freitag nickte. Er sah Julia ins Gesicht, seine Augenringe schienen noch dunkler geworden zu sein.

»Ich habe es Herrn Bentrup schon angedeutet. Sie haben den Falschen eingesperrt. Ich habe meinen Vater umgebracht.«

Julia sagte: »Aha«, und lehnte sich zurück.

»Ja.«

Draußen senkte sich die Dämmerung über die Stadt. Autos fuhren vorbei. Sven holte Luft.

»Sie wollen ein Geständnis ablegen, Herr Freitag. Etwas mehr müssten wir über den Hergang der Tat und Ihre Gründe dafür schon erfahren.«

»Ja«, sagte er wieder und sein Blick heftete sich in die rechte Zimmerecke. Julia und Sven sahen sich an.

»Hören Sie. Ich weiß nicht, was Sie plötzlich dazu bewegt, zu behaupten, Sie hätten Ihren Vater ermordet, aber wenn Sie das tatsächlich getan haben, können Sie sicher auch sagen, wie und warum.« Der Typ machte Julia ganz unruhig mit seinem Schweigen.

»Ja, klar«, sagte er dann, als würde er aus einem Traum erwachen. »Selbstverständlich. Das müssen Sie natürlich wissen.« Er setzte sich gerade auf seinen Stuhl, strich sich mit der Hand durchs Haar und blickte Julia an.

»Ich habe schon erwähnt, dass ich kein gutes Verhältnis zu meinem Vater hatte. Er war der widerlichste Dreckskerl, der mir je begegnet ist. Er schlug mich mit seinem Gürtel. In der Schule meldete ich mich beim Sport krank, damit niemand die blauen Flecken und Abschürfungen sah. Meine Mutter schrieb mir regelmäßig eine Entschuldigung. Meine Mutter!« Wieder trat eine Pause ein.

»Was ist mit ihr?« Julia wollte ihm keine Zeit lassen.

»Auch sie wurde von ihm geschlagen, nachts, wenn der Alte glaubte, dass ich schlief. Aber ich schlief nicht.«

»Wie oft kam das vor?«

»Ein-, zweimal in der Woche, manchmal öfter. Ich hörte nur dumpfe Geräusche, sonst nichts. Mutter weinte immer leise. Ich konnte sie nicht beschützen. Ich war doch selber noch ein Kind.« Tränen stiegen in Henry Freitags Augen, dann fuhr er fort. »Als ich fünfzehn war, hörte es auf. Es war wieder so eine völlig nichtige Situation.« In Erinnerung daran schüttelte er den Kopf. »Mutter hatte Taschen voller Einkäufe mit dem Rad nach Hause gebracht. Sein Auto durfte sie nicht benutzen, und dass er einkaufte, wäre nicht in Frage gekommen. Sie schleppte die Einkäufe in die Küche, der Henkel einer Tasche riss, Gemüse, Käse, Spülmittel kullerten über den Boden. Eine Rotweinflasche zerbrach. Ich half ihr gerade aufräumen, als mein Vater hereinkam. Mutter hielt die Scherben der Flasche in der Hand. Er schlug sie ins Gesicht. Ich schrie, er solle aufhören, aber er schlug wieder zu. Dann packte ich sein Handgelenk. Er war stark und drohte mir schreckliche Strafen an. Es wird dir leid tun, warnte ich ihn. Bevor er seine Rechte befreien konnte, knallte ich ihm meine Faust ins Gesicht.«

»Ihr Vater war ein gewalttätiger Mann. Ich verstehe«, sagte Julia. »Aber das ist lange her. Sie sind erwachsen, haben studiert, einen guten Job. Aus welchem Grund wollen Sie ihn jetzt umgebracht haben?«

Henry Freitag hob die Hand und ließ sie dann kraftlos auf den Schreibtisch fallen. »Gottfried, ich sage nicht gerne *mein Vater*, musste ein paar Tage im Krankenhaus bleiben. Sein Jochbogen war gebrochen. Von da an schlug er mich nicht mehr. Er schickte mich ins Internat nach Buldern. Was in der Zeit zu Hause passierte, kann ich nur vermuten. Meine Mutter hatte keine blauen Flecken an sichtbaren Stellen, und wenn ich sie fragte, schwieg sie. Sophie ging vom Gymnasium ab, weil sie die erforderliche Leistung nicht brachte, dabei war sie ein kluges Kind. Sie wurde immer verschlossener. Ich weiß nicht, was er mit ihr tat, aber ich ahnte, dass sie litt. Nach Möglichkeit verbrachte ich die Wochenenden bei einer Freundin. Später begann ich mein Studium und ließ mich kaum noch zu Hause sehen.« Auf Henrys Stirn waren Schweißperlen getreten. Er war sehr blass.

»Das ist alles sehr schlimm für Sie und Ihre Familie gewesen, erklärt aber immer noch nichts. Viele Menschen müssen unter solchen Bedingungen aufwachsen, die wenigsten bringen ihre Eltern um.« Es war nicht so, dass Julia kein Mitgefühl für Henrys Geschichte aufbrachte, aber hatte nicht jeder Gewalttäter eine schlimme Kindheit gehabt? Das war kein Grund, jemanden umzubringen, und schon gar keiner, einen Mord zu gestehen, den er nicht begangen hatte. Sven zog die Schublade seines Schreibtischs auf. Julia entdeckte die Packung Zigaretten darin. Er hätte wohl gerne eine davon genommen, schob die Schublade aber wieder zu und verschränkte die Arme vor der Brust.

»Wenn Sie für den Mord verantwortlich sind, erzählen Sie uns endlich, wie Sie es getan haben und warum ausgerechnet jetzt«, sagte er.

Henry schüttelte den Kopf. »Es waren nicht nur die Schläge. Es waren auch die Demütigungen. Ich wusste, dass der Alte am Donnerstag länger im Büro bleiben würde und wollte meine Mutter besuchen. Ich richtete es immer so ein, dass ich ihm nicht begegnen musste. Am Abend fand ich sie schlafend auf dem Sofa im Wohnzimmer. So was war noch nie vorgekommen. Meine Mutter schlief nie so früh, sie hatte immer etwas zu tun, und wenn sie gerade nichts zu tun hatte, sorgte der Alte dafür. Ich versuchte, sie zu wecken, aber sie hob nur kurz die Lider und schlief immer wieder ein, obwohl ich sie ansprach und an der Schulter rüttelte. Lass mich in Ruhe, sagte sie und: Ich kann nicht mehr. In der Küche entdeckte ich eine Packung Valium, aus der viele Dragees fehlten. Sie konnte mir nur bruchstückhaft erzählen, was passiert war, aber ich konnte es mir sowieso denken. Alles mache ich falsch, immer, murmelte sie und schlief wieder ein. Du musst in die Klinik, drängte ich. Aber sie wollte nicht. Ich redete auf sie ein, wollte sie überzeugen, dass sie in der Klinik gut aufgehoben wäre, dass man ihr helfen würde, aus der Situation herauszukommen. Sie musste weg von ihm. Aber sie wollte nicht.«

Inzwischen war es dunkel geworden und Kühle wehte durchs offene Fenster.

»Und dann sind Sie losgegangen und haben ihn umgebracht? Das glaube ich Ihnen nicht«, sagte Julia. Ihr fiel ein, wie abwesend die Witwe gewirkt hatte, als sie die Todesnachricht überbrachten. Zumindest an der Tabletteneinnahme konnte etwas dran sein. Vielleicht hatte Hedwig Freitag ein Suchtproblem, von dem ihr Sohn vorher nichts gewusst hatte.

»Nicht sofort. Mit einem Glas Brandy hab ich mich in den Sessel neben ihr gesetzt und sie angesehen. Nachgedacht, verstehen Sie.«

»Bis Sie zu der Erkenntnis kamen, dass Ihr Vater nicht weiterleben durfte.« Sven beugte sich über den Schreibtisch, und Henry hob die Schultern.

»Ja. Nein. So ungefähr. Bis ich zu der Erkenntnis kam, dass es nie aufhören würde. Nie. Nach ein paar weiteren Brandys bin ich los und habe es getan.« Damit schloss er seinen Bericht.

»Wie?«, fragte Julia. Er sah erstaunt auf.

»Das dürfte Ihnen nicht entgangen sein«, gab er zurück. Julia hatte das Gefühl, dass sein Inneres sich verschloss.

»Wir wollen es aber von Ihnen wissen, weil wir Ihnen diese Story nämlich nicht abnehmen.«

»Und wozu sollte ich sie erzählen?«

»Sagen Sie es uns.« Eine Weile sagte niemand etwas.

»Wie stehen Sie zu Herrn Eck?«, fragte Sven. Er rutschte auf seinem Stuhl herum, und Julia wusste, dass er dringend eine Zigarette rauchen wollte. Henry Freitag blinzelte.

»Zu Herrn Eck. Ja. Er ist ganz okay. Ich mochte ihn immer gern. Er hat eine freundlich-verbindliche Art. Keine Ahnung, wie er sich mit Gottfried einlassen konnte. Wahrscheinlich ist er ziemlich schlecht weggekommen dabei. Jedenfalls würde mich das nicht wundern. Warum wollen Sie das wissen?«

Julia ignorierte die Frage. »Kommen wir auf den Tathergang zurück. Sie hatten also ein paar Brandys getrunken, und dann?«

»Ging ich ins Altenheim.«

»Zu Fuß. Wann war das?«

Henry hob die Schultern. »Ich hatte wohl einige Brandys getrunken. Es war spät, sehr spät. Nachts.«

»Was passierte dann?«

»Gottfried saß an seinem Schreibtisch. Als ich eintrat, erschrak er. Hatte mich wohl nicht erwartet, der Alte.« Ein Lächeln glitt über Henrys Gesicht.

»Wie sind Sie in das Altenheim hineingekommen, war nicht abgeschlossen?«

»Doch, klar. Ich hatte einen Schlüssel.«

»Woher?«

»Aus Gottfrieds Schreibtisch in seinem Arbeitszimmer. Ich wusste ja, dass da ein Ersatzschlüssel liegt. Der lag da immer schon, das wusste jeder. In solchen Dingen war der Alte ja zwanghaft.«

»Und woher wussten Sie, dass Ihr Vater in seinem Büro sein würde?«

»Wo sollte er sonst sein? Es war ja nicht das erste Mal.«

»Und weiter?«, fragte Sven. Er wollte zu einem Ende kommen.

Und Henry erzählte weiter …

Der Alte raffte ein paar Dokumente zu einem Haufen zusammen, setzte die Lesebrille ab und faltete die Hände wie zum Gebet.

»Was willst du?«

Henry schloss die Tür hinter sich, seine Beine fühlten sich unsicher an, er wankte ein wenig und hielt sich am Türrahmen fest.

»Hau ab, Henry, du bist besoffen!«

»Was hast du mit Mutter gemacht?« Er trat einige Schritte nach vorn, stützte sich am Schreibtisch ab.

Gottfried Freitag nahm die Unterlagen vom Schreibtisch und stopfte sie in die Schreibtischschublade. »Seit wann kümmerst du dich um deine Mutter? Seit wann interessierst du dich überhaupt für meine Familie?«

»Deine Familie?«

Die Augen des Alten hatten den starren, eisigen Blick angenommen, den Henry als Kind gefürchtet hatte. Heute nicht mehr. Er richtete sich auf und verschränkte die Arme vor der Brust. »Deine Familie? Dein Haus, dein Auto, deine Frau, deine Tochter. Alles deins, was?«

»Allerdings. Nur einen Sohn habe ich nicht mehr.«

»Schon um den ersten hast du dich nicht gekümmert, hast für ihn nicht einmal Unterhalt gezahlt. Und den zweiten hast du ins Internat abgeschoben. Weißt du eigentlich, was da los war? Und weißt du, was mit Tom passiert ist, was aus ihm geworden ist?« Henry sah eine Spinne an der Wand emporkrabbeln.

Der Alte schwieg.

»Scheiß drauf. Das interessiert dich heute so wenig wie damals«, fuhr Henry fort. »Aber was, zur Hölle, hast du wieder mit Mutter gemacht?«

Langsam dreht sich der Alte auf dem Bürostuhl und stand auf. »Was ist denn schon wieder mit ihr?« Er stellte seine Tasche auf den Schreibtisch und packte weitere Unterlagen hinein.

»Sie hat Tabletten genommen.«

»Ach ja? Wie viele denn?«

Die Gleichgültigkeit des Alten trieb Henry das Blut in den Kopf. »Mehr als reichlich. Ich wollte sie in die Klinik einweisen, aber sie wollte nicht.«

»Dann waren es ja nicht genug. Sie nimmt immer irgendwelche Tabletten, schluckt das Zeug wie Smarties. Hat sie wenigstens den

Kram vom Mittagessen weggeräumt? In letzter Zeit ist sie so schlampig …«

Henry schoss am Schreibtisch vorbei und packte den Vater am Kragen. »Du hast sie verdroschen, du Drecksack.«

Der Alte starrte ihn an. »Lass mich los«, sagte er kalt.

Aber Henry war noch nicht fertig. »Und wo ist Sophie? Hast du sie endlich aus dem Haus getrieben?«

»Ich weiß nicht, wo das Flittchen wieder herumlungert. Lass mich los, Henry.«

»Ach, meinen Namen hast du noch nicht vergessen. Du hast sie kaputt gemacht, die Kleine und Mutter auch.«

»Nimm deine verdammten Finger von meiner Jacke.« Die Stimme des Alten war leise und drohend. Ihr Klang traf auf etwas Empfindliches in Henrys Innerem. So hatte er gesprochen, wenn es ganz schlimm gekommen war. Damals. Henrys Hand ließ den Hemdkragen los und verschwand in der Jackentasche.

»Du bist ein Versager. Immer gewesen. Das ging schon in der Grundschule los.« Freitag nahm seinen Mantel vom Haken und hob die Tasche vom Tisch.

»Was hast du mit Mutter gemacht?« Henry stellte sich ihm in den Weg.

»Geh mir aus dem Weg, du Pfeife«, sagte der Alte.

Aber Henry wich keinen Schritt. »Was?« fragte er.

»Sie hat bekommen, was sie verdient hat. Sie wird niemals begreifen, was sie zu tun und zu lassen hat.«

»Du hast sie geprügelt.«

»Ich kann machen, was ich will. Sie ist meine Frau. Du hast ja nicht mal eine, du kleiner Wichser.« Mit einer Handbewegung wollte er Henry beiseiteschieben, der aber ließ ihn so nicht davonkommen.

»Du kannst mit deinem Eigentum machen, was du willst, ja? Aber jetzt nicht mehr, verstehst du? Mutter wollte sich umbringen. Das lasse ich nicht zu. Du bist zu weit gegangen.« Er tastete nach dem Messergriff in der Jackentasche. Er lag warm und fest in seiner Hand.

»Dann hätte sie ein paar mehr von ihren Smarties schlucken müssen. Ist ja nicht das erste Mal.«

Henry riss das Messer aus der Tasche.

»Was willst du denn mit dem Ding?« Der Alte starrte ihn einen Moment an und brach in Gelächter aus.

Henry machte einen Schritt nach vorn und stieß ihm die Klinge in die Brust. Die Augen des Alten weiteten sich ungläubig, und Henry spürte etwas wie Befriedigung aufsteigen. Dann riss er den Arm zurück. An der Stelle, wo das Messer gesteckt hatte, bildete sich ein kleiner roter Fleck. Der Alte wankte nach hinten. Angst trat in seinen Blick, der immer so eisig auf Henry gerichtet gewesen war. Sein Gesicht wurde grau. Plötzlich fühlte sich Henry von einem Gefühl von Macht durchflutet, ein ungekanntes, ganz neues Gefühl.

»Nie wieder wirst du Mutter etwas tun.« Damit stach er erneut zu. »Nie wieder.« Der Alte hielt sich die Hände auf die Wunden. Dann fiel er auf die Knie. Henry genoss das Entsetzen in seinem Gesicht. Wieder stach er zu und wieder und wieder …

Niemand rührte sich, niemand sagte etwas, bis Julia sich räusperte. »Eine interessante Geschichte«, sagte sie kühl, dabei lief ihr der Schweiß den Nacken herab. Die Bilder der Leiche, die Wunden, das Blut, das Gesicht … Diese gottverdammten Bilder! Julia zitterte innerlich. Sie konnte nur hoffen, dass es ihrer Stimme nicht anzumerken war. »Nur beweist sie gar nichts.«

Wieder verstrichen einige Sekunden, in denen Henry die Augen schloss und Sven sie anblickte, als erwarte er, dass sie weitersprach. Auch ihn schien der Bericht nicht unberührt gelassen zu haben. Und Julia sprach weiter.

»Was haben Sie dann gemacht, Herr Freitag?«

Zögerlich richtete Henry seine Aufmerksamkeit auf Julia. Seine Blässe wirkte bedrohlich. »Ich bin zu meinem Elternhaus gegangen, was sonst?«

»Sie sind blutverschmiert durch Coesfeld gewandert?«

»Ja. Nein. Ich habe mir die Hände abgespült und die Jacke unter den Arm geklemmt.«

»Und dann?«, fragte Sven.

»Habe ich mich geduscht, umgezogen und mich zu meiner Mutter gesetzt. Sie schlief.«

»Dann können wir sicher die Jacke für die kriminaltechnische Untersuchung bekommen.«

»Nein, die habe ich nicht mehr.«

»Was haben Sie damit gemacht?«

»Ich habe sie in den Müll geworfen.«

»In Ihre Mülltonne?«

Henry lächelte. »Nein, natürlich nicht. Ich habe sie in eine Tüte gepackt, bin am nächsten Tag nach Münster gefahren und habe sie in eine Tonne geworfen, die gerade an der Straße stand. Wenn Sie danach suchen wollen, wird es mühsam.«

Einerseits hatte sein Bericht authentisch gewirkt, andererseits glaubte Julia ihm nicht. Sie fragte sich, ob es daran lag, dass sie sich lieber Eck als Mörder vorstellen wollte, statt des sympathischen Psychiaters. Als sie ihn in seiner Wohnung befragt hatte, fühlte sie sich auf eigenartige Weise von ihm angezogen. Es war nicht so, dass er den Typ Sunnyboy verkörperte, eher hatte er etwas Intensives, fast Geheimnisvolles in seiner Art. Sie erinnerte sich, wie ihr Herzschlag sich beschleunigt hatte in seiner Gegenwart. Und jetzt, während sie auf seine schlanken Hände sah, mochte Julia sich nicht vorstellen, dass er ein Messer in die Brust des eigenen Vaters gerammt hatte. Julia atmete tief ein. Was weiter sollte sie fragen? Sven half ihr aus.

»Ihr Bericht hört sich wirklich so an, als seien Sie dabei gewesen. Was ich immer noch nicht richtig verstehe, ist, warum Sie es getan haben wollen.«

Henry setzte zu einer weiteren Erklärung an, aber Sven hob die Hand und stand auf. Er ging zum Fenster, kam wieder zurück und lehnte sich an einen Schrank. Julia wusste, dass ihm die Knie schmerzten, wenn er lange saß.

»Geben Sie uns einen Beweis für Ihre Täterschaft«, sagte er.

Es ist verrückt, dachte Julia, jetzt haben wir einen, der den Mord gesteht, und verpflichten ihn, auch noch die Beweise anzuschleppen. Aber Henry zuckte mit keiner Wimper, sondern griff in die Tasche, die er mitgebracht und neben seinem Stuhl abgestellt hatte.

Fast behutsam legte er ein Filetiermesser auf den Tisch.

Julia stockte der Atem. Auch Sven starrte auf das Objekt, als würde es jeden Moment ein Eigenleben entwickeln wollen. Das war's also. Fertig. Sie hatten den Täter vor sich sitzen. Nachdem sich Sven aus seiner Erstarrung gelöst hatte, holte er eine Tüte aus dem Schrank und verstaute die Tatwaffe darin. Natürlich musste sie eingehend untersucht werden. Aber Julias Zweifel schwiegen plötzlich.

21

Die Einrichtung des Goldenen Sterns hatte den Charme der siebziger Jahre. Die psychedelischen Tapetenmuster an den Wänden in verblichenem Grün-Orange, die holzvertäfelte Decke und die klobigen Stühle hielten das Publikum offenbar nicht von einem Besuch ab. Bis auf einen waren alle Tische besetzt, als Conrad eintrat. Vielleicht lag es auch daran, dass der Goldene Stern das einzige Lokal am Ort, das einzige überhaupt im weiteren Umkreis war. In Brandenburg gab es wenige Straßen, noch weniger Orte und darin meist nur vor langer Zeit geschlossene Wirtschaften, aber jede Menge Landschaft.

Es roch nach Gebratenem und Conrad merkte, dass er Hunger hatte.

Eine junge, dunkelhaarige Kellnerin schlängelte sich mit drei appetitlich angerichteten Tellern an ihm vorbei. Hinter dem Tresen stand eine etwa Sechzigjährige in weißer Bluse, vielleicht die Wirtin. Sie stellte zwei frisch gezapfte Pils auf ein Tablett, dann wandte sie sich Conrad lächelnd zu. Er hätte sich gern ein Bier genommen, aber er verschob es.

»Guten Tag. Hätten Sie ein Zimmer für mich?«

Ihr Lächeln wurde breiter. »Gerne. Nur für Sie, oder sind Sie in Begleitung?«

»Nein, ich bin allein hier. Und für zwei, drei Tage, so lange werde ich wohl bleiben müssen.

»Müssen?« Sie hob die Brauen, was ihr einen lustigen Ausdruck verlieh.

»Beruflich.« Conrad hatte keine Lust, sie aufzuklären.

So einfach gab sie sich aber nicht geschlagen. »Ich weiß ja nicht, was genau Sie bei uns zu tun haben«, sie machte eine hoffnungsvolle Pause, versuchte es über einen Umweg: »Wenn es Ihre Zeit erlaubt – hier gibt es einen wunderbaren See. Und bei dem warmen Wetter lohnt sich ein Ausflug dorthin. Höchstens eine halbe Stunde zu Fuß, aber man kann auch den Bus in Richtung Neustrelitz nehmen.«

»Danke.« Hoffentlich redet die nicht immer so viel, dachte Conrad und wartete. Er würde den Ball nicht aufnehmen und sich zu weiteren Erklärungen hinreißen lassen.

»Das Zimmer. Ja. Kommen Sie.« Damit winkte sie die Kellnerin hinter den Tresen und ging voraus.

Die Einrichtung des Zimmers stand der im Gastraum in nichts nach. Es war klein, aber blitzsauber. Bevor die Wirtin, die sich als Frau Bennewitz vorgestellt hatte, endgültig ging, steckte sie noch einmal den Kopf zur Tür herein.

»Wollen Sie etwas essen? Heute ist Forelle aus eigener Zucht im Angebot.«

Conrad lief das Wasser im Mund zusammen. »Danke. Ich komme gleich nach unten.«

Conrad ließ sich aufs Bett fallen und streckte die Beine aus. So liegen bleiben, schlafen, morgen im See baden und an nichts denken, nicht an den Fall, nicht an seine Mutter, nicht an Sammy, er fühlte einen Stich in der Brust, und schon gar nicht an Lilly, viele, lange Sommertage lang. Er seufzte. Dann klingelte sein Handy. Julia.

»Du kannst zurückkommen. Henry Freitag hat ein Geständnis abgelegt und die Tatwaffe gleich mitgebracht.« Ihre Stimme klang weit weg.

Es fiel ihm schwer, sich auf das Gesagte zu konzentrieren. »Henry Freitag sagst du?«

»Ja.«

»Glaub ich nicht.«

»Ich auch nicht. Aber mir kommen doch Zweifel. Er hat den Mord genau geschildert und ein Filetiermesser auf den Tisch gelegt.«

»Habt ihr es schon untersucht?«

»Ist in Arbeit.«

Irgendwie passte Henry Freitag nicht in Conrads Vorstellung vom Täter, selbst Eck schien ihm als Mörder wahrscheinlicher, dabei konnte er nicht einmal sagen, weshalb.

»Und warum hat der dem Opfer die Augen ausgestochen?« Das war eine Frage, die ihn nicht losließ. Die ganze Zeit schon nicht. Warum eine so grauenhafte Tat?

Das Handy schwieg.

»Julia?«

»Ja.«

»Und?«

»Ich weiß es nicht.«

»Du weißt es nicht? Hat er nichts dazu gesagt?«

»Nein.«

»Irgendwie muss er doch reagiert haben.«

Wieder die Stille.

»Mensch, Julia, was denn nun?«

»Ich habe ihn nicht danach gefragt.«

Jetzt schwieg Conrad.

»Conrad?« Es knackte und knisterte in der Leitung.

»Du hast ihn nicht …«

»Nein.«

Er sah sie vor sich, wie sie den Kopf senkte und die eine kleine Falte auf ihrer Stirn nach und nach tiefer wurde. Nicht nur, weil sie sich bestimmt genug über sich selbst ärgerte, sondern auch, weil er sich erschöpft fühlte, machte er ihr keine Vorwürfe, sagte nur: »Dann solltest du das schnellstens nachholen«, und legte auf. Henry Freitag. Warum gestand er den Mord an seinem Vater? Weil er jemanden entlasten wollte? Weil er die Tat wirklich begangen hatte, Conrad es nur nicht glauben konnte? Es würde sich zeigen. Er verstaute das Handy und ging nach unten in den Gastraum.

Die Forelle, ganz frisch und kross gebraten mit einem feinen Aroma von Rosmarin, hatte köstlich geschmeckt. Als er sein zweites Bier bestellte, trat Tom Sebald ein und blickte sich suchend um. Conrad winkte ihm zu, und Tom ließ sich auf dem Stuhl gegenüber nieder. Die Kellnerin lächelte ihn auf eine vertrauliche Weise an, und er bestellte ein Bier. Eine Weile betrachtete Conrad den Mann vor sich, die dunklen Brauen, die kleine Narbe an der linken, die gerade Nase, deren Rücken ein wenig von der Mittellinie abwich. Er war nicht schön im klassischen Sinne, aber er hatte eine bemerkenswerte Ausstrahlung. Vielleicht lag dieser Eindruck auch an den tiefblauen Augen. Bestimmt hatte er einen Schlag bei den Frauen. Lilly. Conrad schob den Gedanken fort.

»Wie geht es Ihrer Freundin?«, begann er.

Tom senkte den Kopf und sprach auf die blütenweiße Tischdecke. »Sie haben ihr ein Bein abgenommen.«

»Wie schrecklich! Das tut mir leid.« Das tat es wirklich. In Anbetracht dessen, was die Medizin heute alles leisten konnte, musste es schlimm um sie gestanden haben, wenn man sie amputiert hatte.

Als das Bier kam, trank Tom es in einem Zug halb leer, stellte das Glas ab und fragte: »Also. Was wollen Sie?«

»Ich suche den Mörder Ihres Vaters.«

Tom lachte auf. »Ja. Und was hab ich damit zu tun?«

»Sie kannten Gottfried Freitag besser, als Sie zugegeben haben, als ich Sie am Unfallort traf.«

»Woher wollen Sie das wissen?«

»Weil ich einen Brief von Ihnen an Ihren Vater gelesen habe.«

Tom trank sein Bier aus und gab der Wirtin ein Zeichen, damit sie ihm ein neues zapfte.

»Sie haben ihm gedroht, ihn anzuzeigen, wenn er nicht aufhörte, Ihre Schwester zu schlagen.«

»Kann sein.«

»Und, dass es Ihnen egal sei, wenn er Sie enterbte.«

Tom kniff die Augen zusammen. »Auf so ein Erbe scheiße ich!«

»Ach ja? Ihr Vater war kein armer Mann.«

»Davon habe ich all die Jahre nichts gemerkt.«

»Eben.« Conrad sah Tom ins Gesicht, der hielt dem Blick stand.

»Sie verdächtigen mich? Dann nehmen Sie mich doch fest.«

»Sie haben Erfahrung darin, nicht wahr? Ihre Drogensucht ist bestimmt nicht billig.« Conrad lehnte sich zurück.

»Und deshalb bringe ich den Alten um. Sicher. Aber was ist, wenn ich gar keine Drogen mehr nehme?«

»Es würde sich günstig auf Ihre Gesundheit auswirken. Aber eine Erbschaft in nicht geringer Höhe wäre trotzdem ein Motiv, finden Sie nicht?«

»Nein. Ich habe alles, was ich brauche. Das ist nicht viel.«

So kam Conrad nicht weiter. Er musste mehr wissen über diesen Menschen, der ihm gegenübersaß. »Welche Beziehung haben sie zu Sophie Freitag?«

»Keine.«

Conrad lehnte sich über den Tisch. »Keine? Sie ist Ihre Halbschwester. Sie wussten, dass sie von Ihrem Vater geschlagen wird, deshalb haben Sie ihm gedroht. Also noch einmal: Welche Beziehung haben Sie zu Sophie?«

Das Bier kam. Tom leerte das Glas, bestellte zwei neue und zwei Weinbrand dazu, obwohl Conrad »nein danke« und »nicht für mich« sagte. Tom sah aus dem Fenster. Dunkelheit senkte sich herab. »Sie war ein kluges kleines Mädchen, als ich sie kennenlernte. Zierlich, agil, immer gut gelaunt. Als ich sie nach Jahren wiedertraf, war sie eine Ruine. Und glauben Sie mir, ich weiß, wie man dahinkommt.«

»So. Sie wissen das. Und wie kommt man dahin?« Conrad schwenkte den Weinbrand in seiner Hand und nahm nun doch einen Schluck. Er war gut.

Tom sah ihn an, als hätte er es mit einem Idioten zu tun. Aber Conrad schüttelte den Kopf, hob die Schultern und drehte die Handflächen nach oben. Tom blickte in sein Glas und erzählte. Die Jahre im Heim seien ein Alptraum gewesen, Schläge und Demütigungen, jeden Tag. Solch eine Erfahrung wünschte er niemandem. Sophie, seine Halbschwester, hatte sie machen müssen und das nicht im Heim, sondern in der eigenen Familie. Aber Tom wollte, dass es aufhörte.

»Ich dachte immer, sie hätten es gut da, Sophie und Henry. Viel besser, als ich es hatte. Sie hätten ein Zuhause, wie ich mir eines wünschte, glaubte ich. Aber es war nicht so. Das wusste ich sofort, als ich Sophie wiedersah. Sie war dick geworden und warf sich irgendwelches Zeug ein, wovon sie mal ganz aufgedreht und mal ganz schläfrig wurde.«

»Wann haben Sie sie denn getroffen?«

»Ende April. Sophie hatte mich zu ihrem Geburtstag eingeladen.«

Conrad war überrascht. »So gut kannten Sie sich? Tat sie das immer?«

»Nein. Es war das erste Mal. Ich habe mich auch gewundert.«

»Aber Sie sind hingefahren.«

»Ja.«

»Warum?«

Tom überlegte eine Weile. »Ihre E-Mail hatte etwas Dringliches. Es waren weniger die Worte selbst, mehr … Ich kann nicht sagen, woran es lag. Jedenfalls hatte ich das Gefühl, dass es ihr wichtig war, mich zu sehen. Und ich hatte gerade nichts anderes zu tun. Annelie und Frieder versorgen manchmal den Laden, wenn ich mal raus muss. Sie machen das gern, haben nicht viel Abwechslung, die beiden.«

»Und was hat es so Dringendes gegeben?«

Tom wich Conrads Blick aus. »Das weiß ich eigentlich auch nicht so genau. Ich war ziemlich geschockt, als ich sie sah. Als ich sah, was aus dem kleinen Mädchen geworden war. Der Geburtstag fand in einer Disco statt. Sie hatte zwei Kumpels mit. Reden konnte man da nicht. Ich hab in einer Pension übernachtet, und wir trafen uns am nächsten Morgen mit Henry zu einem späten Frühstück bei McDonalds. Sophie machte ein paar Andeutungen, es gäbe Stress zu Hause, aber Henry unterbrach sie dauernd. Vielleicht hätte sie mehr erzählt, wenn ich allein mit ihr gesprochen hätte.«

»Haben Sie Ihren Vater getroffen?«

Die Antwort kam schnell, zu schnell nach Conrads Geschmack.

»Nein.«

»Warum nicht?«

Tom lachte. »Warum nicht? Als ich vor Jahren auf der Suche nach ihm war und ihn schließlich ausfindig gemacht habe, hatte ich mir erhofft, dass es einen Grund geben würde, weshalb er sich nie gemeldet, sich nie um mich und meine Mutter gekümmert hatte. Aber ich konnte ihn nicht finden, den Grund. Als kleiner Junge dachte ich immer, mit mir sei was nicht in Ordnung. Später begriff ich, dass die politischen Verhältnisse es nicht erlaubten. Das redete ich mir zumindest ein. Kurz nach meinem achtzehnten Geburtstag fuhr ich zu ihm, obwohl meine Mutter versuchte, mich davon abzuhalten. Vielleicht ahnte sie, was mich erwartete. Mein Vater empfing mich wie den verlorenen Sohn, der endlich zurückgekommen war. Als ich ankam, bekam ich seine Frau kaum zu Gesicht, sie huschte wie ein Schatten durchs Haus. Nur am Sonntagnachmittag trug sie eine weiße Bluse über einem schmalen Rock, hatte das Haar aufgesteckt und mich lächelnd an den Kaffeetisch gebeten. Irgendwas stimmte nicht mit ihr, und ich mochte sie nicht. Sophie war sieben und ein Sonnenschein. Henry kam aus dem Internat zu Besuch. Er war nicht unsympathisch, aber sehr ernst. Überhaupt war es eisig in dem Haus. Als ich morgens in die Küche kam und Gottfrieds Frau Frühstück machte, sah ich die unzähligen blauen Flecken an ihren Armen. Als sie mich bemerkte, zog sie schnell eine Strickjacke über. Ab da wusste ich, was los war. Noch am selben Tag fuhr ich nach Hause.«

Draußen dämmerte es. Conrads Gesicht spiegelte sich in der Scheibe. Seine Hände drehten den leeren Cognacschwenker. Diesmal übernahm er die Bestellung.

»Haben Sie weiterhin Kontakt zu Ihrem Vater gehabt?«

»Nein. Die eine Begegnung hat mir gereicht. Ich kann mit Leuten, die nicht ehrlich sind, nichts anfangen.«

»Und zu Ihren Geschwistern?«

Tom zögerte. »Ja, zu Sophie. Sie schrieb mir E-Mails, rief mich auch ein paar Mal an.«

»Das ist alles?«

»Ja.«

»Dann frage ich mich, warum Ihr Vater Sie ausdrücklich und über den Pflichtteil hinaus als Erben einsetzen wollte, sofern Sie sich nichts zuschulden kommen lassen würden.«

Tom hob die Schultern. »Ich mich auch. Ich habe ihn nicht darum gebeten.«

»Seit wann wussten Sie davon?«

»Seit dem Geburtstag von Sophie. Eigentlich wollte ich ihm nicht noch einmal begegnen, aber er passte mich an der Pension ab und machte einen auf guter Papa. Er schob mir fünfhundert Euro in die Jackentasche und sagte, dass man sich doch wiedersehen müsse, ich sei schließlich sein Erstgeborener. Das fällt dir reichlich spät ein, sagte ich.«

»Das Geld haben Sie genommen?«

Wieder zuckte Tom mit den Schultern. »Ich konnte es brauchen.«

»Was glauben Sie, bezweckte er damit?«

»Ich weiß es nicht, verdammt.«

Tom kippte den Weinbrand in einem Zug hinunter. »Vielleicht plagte ihn sein schlechtes Gewissen, vielleicht wollte er den Kindern eins auswischen. Ich habe keine Ahnung. Ein paar Tage später erhielt ich jedenfalls einen Brief von ihm, dem die Kopie eines Testaments beilag, das mich begünstigte. Bin ich deshalb ein Mörder?«

Das fragte sich Conrad auch. Mit seinem offenen Gesicht kam ihm Tom arglos vor, authentisch. Aber was hieß das schon? Hatte er nicht die unterschiedlichsten Menschen ausgesprochen glaubhaft lügen sehen, wenn es darum ging, die eigene Haut zu retten? Zwar empfand Conrad eine gewisse Sympathie für den Mann, aber das durfte ihn nicht darüber hinwegtäuschen, dass Tom ein knallhartes Motiv hatte. Andererseits: Er hätte ihm nicht erzählen müssen, dass er eine Kopie des Testaments besaß. War er also doch eine ehrliche Haut? Die Gedanken in seinem Kopf verwirrten sich. Nach dem dritten Weinbrand sollte man keine Ermittlungen mehr anstellen, dachte er. Plötzlich fühlte er sich erschöpft. Schlafen musste er, einmal richtig ausschlafen. Er fuhr sich mit der Hand durchs Gesicht, dann erhob er sich und zückte seine Brieftasche. Tom stand ebenfalls auf und wollte die Rechnung übernehmen, aber Conrad hob die Hand.

»Das geht auf mich.«

»Angst vor Bestechung?« Tom grinste. Ihm schien der Alkohol nichts anzuhaben, dabei hatte er Conrad mindestens um drei Bier und zwei Weinbrand überholt.

Conrad lächelte auch. »Nein. So billig kämen Sie nicht davon. Vielen Dank für Ihre Offenheit, Herr Sebald. Wo kann ich Sie finden, wenn ich Sie noch einmal sprechen muss?«

Tom nannte seine Adresse, eine, die Conrad bekannt vorkam. Er schrieb sie auf und würde sie mit der auf dem Fax vergleichen. Morgen.

22

Das Wetter war umgeschlagen. Der Tag erwachte früh mit Tau auf den Dächern der Häuser. Conrad stand am offenen Fenster und fror. Nachts war er zitternd aufgestanden und pinkeln gegangen, danach hatte er keinen Schlaf mehr gefunden, bis er seinen Mantel über die dünne Decke gebreitet hatte. Tief sog er nun die klare Luft ein, eine Wohltat nach der Hitze der vergangenen Woche. Er duschte heiß, zog sich an und ging zum Frühstück in den Gastraum. Es war gerade acht. Ein Pärchen saß in der Ecke und kicherte. Es roch nach Kaffee und frischen Brötchen. Conrad wählte wieder den Tisch am Fenster.

In ihrer gestärkten Bluse sah die Wirtin so frisch aus wie der junge Tag. »Ganz hübsch kalt geworden«, lächelte sie. Das Wetter war immer ein Thema. »Guten Morgen, Herr Böse. Was möchten Sie zum Frühstück.«

Er bestellte Rührei, Tomaten und Orangensaft. »Viel Kaffee«, rief er ihr nach, bevor sie in der Küche verschwand. Während

Conrad wartete, überlegte er, wie es weitergehen sollte. Von Tom hatte er zwar einiges über die Verhältnisse im Hause Freitag erfahren, aber wirklich weitergekommen war er nicht. Sein schlechtes Gewissen meldete sich. Dafür hätte er Sammy nicht alleinlassen müssen. Er musste Sven anrufen und eine bessere Lösung finden. Die bessere Lösung war, nach Coesfeld zurückzufahren, das war sicher, aber wenn er daran dachte, krampfte sich sein Magen zusammen. Es war eine idiotische Idee, hierher zu reisen. Nichts, aber auch gar nichts hatte er erreicht, mit Ausnahme des Umstandes, dass er sich allerorten würde erklären müssen. Er mochte nicht daran denken.

Auch nach dem schmackhaften Frühstück verflüchtigte sich seine trübe Stimmung nicht, die der aufgeräumten gefolgt war. Conrad ging in sein Zimmer und ließ sich aufs Bett fallen. Wie trostlos der Raum im hellen Tageslicht wirkte. Immerhin konnte er sich durchringen, Sven anzurufen und erfuhr, dass Anke, die vorzeitig zurückgekommen war, Sammy abgeholt hatte. Sven brauchte ihm nicht zu beschreiben, wie wütend sie gewesen war, trotzdem spürte er Erleichterung.

Conrads Mutter hatte ihm fünf SMS aufs Handy geschickt und um Rückruf gebeten. Aber das wollte er sich jetzt nicht antun. Er schrieb ihr, dass er sich melden würde. Lilly hatte nicht angerufen, nicht geschrieben. Wie es ihr wohl ging? Zu seiner Überraschung empfand er Sehnsucht. Nach ihrem Haar, ihrer Wärme, ihrer Haut, nach ihrer Gegenwart. Eine Weile blickte er auf das Display seines Handys, suchte ihre Nummer, wählte und legte auf. Jetzt war nicht der richtige Zeitpunkt. Er sah auf die Uhr. Wahrscheinlich war sie im Büro, später würde sie sich um ihren Bruder kümmern müssen.

Der richtige Zeitpunkt ... Bei Conrad stellte sich das nagende Gefühl ein, immer wieder im Leben den richtigen Zeitpunkt verpasst zu haben. Er war zweiundvierzig Jahre alt, saß in einem Hotelzimmer in einem Ort namens Brenzlin und hatte nichts erreicht, gar nichts. Eine gescheiterte Ehe lag hinter ihm. Er sah sich außerstande, sich hinreichend um seine Mutter zu kümmern. Die Beförderung im Job ließ auf sich warten, und sein Sohn musste ihn hassen, nach allem, was er ihm zugemutet hatte. Vor ihm – ein endloser Tag.

Er musste eine Entscheidung treffen. Sollte er bleiben? Sollte er zurückfahren? Zu Hause wartete jede Menge Arbeit auf ihn, doch das war es nicht, was ihn aufhielt. Selbst die Post der letzten Tage, die er ungeöffnet auf seinem Schreibtisch hatte liegen lassen, schürte sein Unbehagen. Irgendwann musste er zurück, warum nicht sofort? Der Fall war so gut wie abgeschlossen, wenn auch auf eine unerwartete Weise. Das machte die Sache allerdings auch nicht besser, denn er würde sich besonders vor Stefan Fels verantworten müssen und nicht nur vor dem.

Warum konnte nicht eine gute Fee vorbeigeschwebt kommen und ihm die bewussten drei Wünsche freistellen? Und wenn sie käme, was würde er sich wünschen? Den Lottogewinn? Die unendliche, bedingungslose Liebe? Das ewige Leben?

Eigentlich hatte er sich am gestrigen Abend ganz wohl gefühlt. Obwohl nicht eben erquickliche Themen besprochen worden waren, hatte er Tom Sebalds Anwesenheit als angenehm erlebt. Mein Gott, dachte er, was für ein jämmerliches Leben, wenn er die Gegenwart eines Verdächtigen genoss. Nur war Tom kein Verdächtiger mehr. Henry hatte gestanden. Der Rest würde sich fügen. Was sprach dagegen, ein paar weitere Biere miteinander zu trinken und über Gott und die Welt zu plaudern? Vielleicht sollte er einen langen Spaziergang machen, ein paar Stunden schlafen, gut essen und anschließend Sebald aufsuchen. Irgendein Vorwand würde sich finden lassen, und er könnte die Heimfahrt noch einen Tag aufschieben. Er kam sich erbärmlich vor. Doch die Vorstellung dessen, was knapp sechshundert Kilometer westlich auf ihn wartete, war schlimmer. Plötzlich erschien es ihm geradezu verlockend, einen weiteren Tag in dieser Abgeschiedenheit zu verbringen.

Zur eigenen Beruhigung, und um sich den Anschein eines hart arbeitenden Beamten zu geben, könnte er zunächst Claire Di Marco im Krankenhaus aufsuchen und zu ihrem Freund Tom befragen, wenngleich er keine neuen Hinweise erwartete. Kurzerhand kündigte er sich bei Tom für fünf an, um ein paar abschließende Fragen zu stellen, erklärte er. Tom war einverstanden, wenn Conrad ihn im Laden treffen wolle, ansonsten wäre ihm sechs Uhr lieber. Conrad entspannte sich, nahm seinen Mantel und ging hinaus in den Sonnenschein.

Vor dem Haus, dessen Adresse Tom angegeben hatte, parkte Conrad hinter einem uralten, hellblauen Mazda auf dem Seitenstreifen. Die Fassade wirkte renovierungsbedürftig, doch das Schaufenster des Lädchens war frisch geputzt. Conrad drehte den Zündschlüssel um, und der Motor schwieg. Was genau wollte er eigentlich hier?

Der Tag hatte einen wunderbaren Verlauf genommen. Nach einer einstündigen Wanderung durch Felder und Wiesen hatte sich Conrad am Ufer eines Sees niedergelassen und die Stille in sich aufgenommen, war davon so berauscht, dass ihn eine Gruppe junger Leute, die in drei schrottreifen Autos angebraust kam, um sich über seinen Ruheplatz herzumachen, auch nicht aus der Fassung bringen konnte. Lächelnd überließ er ihnen das Feld.

Als er auf der Rückfahrt zum Goldenen Stern falsch abbog, genoss er einfach den Umweg durch das weite Land. Statt entnervt kam er wohlig erschöpft an. Sonne und Wind hatten sein Gesicht gerötet, er fühlte ein angenehmes Prickeln auf der Haut. Die Wirtin, diese nette Person, bereitete extra für ihn einen kleinen Imbiss, der aus Spargel und Schinken bestand und köstlich schmeckte. Danach legte er sich einen Moment aufs Bett. Um vier erwachte er. Da war keine Zeit mehr gewesen, um Claire Di Marco zu besuchen.

Als Conrad sich nun endlich entschloss auszusteigen, war es still. Nur der Wind rauschte in den Kronen der mächtigen Linden, die beidseits die Straße säumten. Er stieg die drei Stufen zum Laden hoch, ein Glöckchen klingelte beim Eintreten, und eine Frau mit weißem Haar, die hinter der Ladentheke Wurst aufschnitt, lächelte ihn an.

»Sie wünschen?«

»Tom Sebald.«

Sie zog die Brauen hoch.

»Ich will, ich möchte Tom Sebald sprechen. Er erwartet mich.«

Die Frau griff sich an die Stirn. »Ja, sicher. Sie sind Herr Böse von der Kripo, stimmt's?«

Conrad nickte.

»Tom sagte mir, dass Sie kommen würden. Einen Moment, ich zeige Ihnen den Weg.« Sie legte ihre Schürze ab, und Conrad folgte ihr durch die schmale Seitentür. Der Perlenvorhang klimperte, als er hindurchging. Sie stiegen eine Holztreppe hinauf und landeten vor einer Wohnungstür. Die Frau hielt sie für Conrad auf, »gehen Sie ruhig hinein«, und schloss sie hinter ihm.

Der Flur lag im Dämmerlicht. Conrad ging ein paar Schritte und stolperte über einen Rucksack. Wollte Tom verreisen? Dann hörte er jemanden unter der Dusche singen. Es war eine einfache Melodie, aber so wundervoll vorgetragen, dass sich die Härchen auf Conrads Arm aufstellten.

»Tom?«

Keine Antwort. Er stellte den Rucksack, den er umgestoßen hatte, wieder auf. Die Stimme verstummte und das Wasserrauschen erstarb. Eine Tür öffnete und schloss sich, dann drangen aus dem Raum neben dem Bad Stimmen, eine männliche und eine weibliche. Mit wem mochte Tom sprechen? Leise näherte er sich, und die Stimmen wurden deutlicher.

»Ich muss etwas tun, Tom«, sagte die weibliche.

»Und was sollte das sein? Bleib einfach erstmal ein paar Tage hier, dann wird sich alles aufklären, da bin ich sicher.«

»Ja, vielleicht. Das Baby braucht auch Ruhe.«

»Das Baby? Was denn für ein ...«

Eine Pause entstand. Conrad wollte seinen Posten noch nicht verlassen. Vielleicht erfuhr er auf diese Weise etwas.

»Du bekommst ein Baby?« Das war wieder Tom.

»Ja. Ein neues Leben. Ein altes habe ich dafür hingegeben.« Man konnte hören, wie die Stimme lächelte.

»Das glaub ich dir nicht.«

Conrads Blick fiel auf den Rucksack. Es war reine Neugier, er konnte nicht umhin, sich niederzuhocken und einen Blick hineinzuwerfen. Ganz obenauf lag ein länglicher Gegenstand in einer durchsichtigen Plastiktüte. Seine Augen hatten sich schon so weit an die Lichtverhältnisse gewöhnt, dass er ihn erkennen konnte, ihm stockte der Atem. Ein Messer mit einer schmalen Klinge. Er entdeckte dunkle Flecken darauf. Die Tür ging auf, und plötzlich blickte er in Sophie Freitags geweitete Augen.

»Frau Freitag …«

Sie stürzte auf ihn zu, entriss ihm den Rucksack und war aus der Tür, bevor Conrad sich auch nur drehen konnte. Als er den Moment seiner Erstarrung überwunden hatte und ihr nachlief, prallte er auf der Treppe gegen die alte Frau aus dem Laden.

»Warten Sie, Herr Böse«, sagte sie und stellte sich ihm in den Weg. Aber Conrad schob sie zur Seite und eilte die Treppe hinab, an der Theke vorbei und aus dem Laden hinaus. Sophie Freitag startete bereits den Mazda, während Conrad in seinen vielen Taschen nach dem Autoschlüssel fahndete. Der Wagen verschwand in der nächsten Kurve. Conrad fluchte, sah aus den Augenwinkeln Tom in der Tür stehen und telefonieren, dann raste er los und hinterließ eine Sandwolke.

Die Sonne stand schräg und Conrad konnte nur vor jeder weiteren Kurve die Bremslichter des Mazdas zwischen den Schatten der Bäume aufleuchten sehen. Nach wenigen Kilometern sah er nichts mehr. Sophie musste irgendwo abgebogen sein. Aber wo? Wütend auf sich selbst wendete Conrad und fuhr die Allee zurück. Rechts fand er einen Feldweg. Aber der endete nach ein paar hundert Metern mitten im Weizen, sodass ihm nichts anderes übrig blieb, als im Rückwärtsgang zurückzufahren. Inzwischen konnte Sophie sonst wo sein.

Langsam und nach einem weiteren Abzweig Ausschau haltend, rollte er die Straße entlang. Schließlich fand er eine schmale Einfahrt auf der linken Seite und bog dort ab, auf einen mit Katzenkopf gepflasterter Weg, der wenig mehr als Wagenbreite hatte. Conrad hoffte, dass ihm kein Gegenverkehr die Weiterfahrt unmöglich machte. Beidseits des Weges versperrten Ginsterbüsche und Schlehen die Sicht. Er mochte zehn oder fünfzehn Minuten gefahren sein, ohne dass sich die Landschaft änderte oder sich ein weiterer Abzweig zeigte. Von Sophies Auto keine Spur. Sophie. Er hatte gleich ein ungutes Gefühl gehabt. Hätte er doch als Erstes mit ihr gesprochen, wie er es vorgehabt hatte. Dann hätte er sie in sein Büro bestellt, statt ihr nachzujagen. Er könnte sich ohrfeigen.

Es war sinnlos weiterzufahren. In diesem Land gab es einfach zu viel Gegend für einen einzelnen Hauptkommissar. Nach einem weiteren Kilometer trat das Gebüsch zu einer Ausweichbucht zurück. Er hielt an. Zornig schlug er aufs Lenkrad. Verdammt, verdammt, verdammt! Dann rief er seinen Freund Wolf Seidel an. Es war ihm scheißegal, dass der schon Feierabend hatte.

»Kannst du einen Wagen zur Fahndung ausschreiben?«

»Conrad. Was ist los? Wo steckst du? Wolltest du nicht zum Essen kommen? Theresa und die Kinder haben sich schon auf dich gefreut.«

Das hatte er total vergessen. »Vielleicht ein andermal. Danke, Wolf. Es ist gerade ganz schlecht.«

»Was ist passiert?«

Conrad setzte den Freund ins Bild. »Hast du alles?«, fragte er dann.

»Ja, klar. Ich sehe zu, was ich machen kann, und halte dich auf dem Laufenden.«

»Danke, Wolf. Du hast was gut bei mir.«

»Ich komme darauf zurück«, grinste der in den Hörer.

Conrad wendete und fuhr zurück zum Laden.

Schweigend stellte ihm die Alte ein Glas Wein auf einen Plastiktisch und drückte ihn auf einen Stuhl.

Sophie

Sophies Finger tasten über den Boden. Hart. Rau. Beton. Gut. Oder? Dinge sind einfach Dinge. Tom hat das gesagt. An manchen Tagen ist das so, an anderen weiß sie es nicht.

Mann, Sophie. Er hat sie zu dem Pfeiler der Fußgängerbrücke geführt. Fass doch mal an. Er hat ihre Hand genommen und sie auf das Schwarz gelegt. Siehst du? Stahl. Ein ganz normaler Stahlträger. Sie hat schwarz gesehen, sonst nichts. Ein schwarzer Balken oder eine Lücke in der Zeit. Das Schwarz macht ihr Angst. Der Zug, der auf sie zurast, auch. Donner. Sturm. Dann ist er weg. So ist es immer. Das war …? Wann war das noch mal?

Sie legt sich flach auf den Boden, die Wange am Beton. Hart. Tom hat Recht. Sie reibt ihre Wange ein wenig über das Raue. Es kratzt. Hier ist ein guter Platz. Tom hat sie mit seinem Handy hergelotst. Am Ende des Bahnsteigs hinter dem alten Transformatorenhäuschen. Hierher kommt keiner. Keiner außer Tom.

Heute hat er sein Echsengesicht. Die Schuppen um sein Kinn sind graugrün und irgendwie bemoost. Wenn er sein Echsengesicht hat, ist er komisch. So mag sie ihn nicht. Steh auf Sophie, sagt er. Aber sie will nicht. Sie will das Raue fühlen, das an ihrer Wange kratzt. Er hat ihr gar nichts zu sagen. Du kannst nicht hier bleiben, sagt er. Die Nächte sind noch kalt. Niemand hat ihr was zu sagen, nicht einmal ihr Vater. Der schon gar nicht. Der kann nichts mehr sagen. Es kichert böse von rechts. Sophie will das nicht hören. Sie ist nicht verrückt. Wenn die Stimmen innen sind, ist man nicht verrückt, hat der Psychiater gesagt.

Sie dreht den Kopf, um die andere Wange zu spüren. Echsengesicht kommt auf sie zu, bis sie nur noch die Schuhe sieht. Mann, Sophie, was ist los mit dir. Du blutest. Hör auf damit. Hör sofort damit auf. Sie drückt das Gesicht auf den Boden und reibt die Wange über den Beton. Sie fühlt und will nicht aufhören damit. Etwas zerrt an ihrem Arm. Komm schon! Bist du völlig bekloppt? Ihr Körper wird nach oben gerissen. Sophie? Ihr schwindelt. Die Schuppen an seinem Kinn werden spitz, schwarz, dünn … Tom sollte sich rasieren. Er ist ganz weiß, hat Blut an den Händen.

»Alles okay mit dir?«

Sophie nickt. »Du blutest, Tom.«

»Nein, du. Was machst du denn, Mädchen?« Seine Augen sind nah, zu nah. Ein Zug rauscht vorbei. Toms Haare flattern. Nichts ist okay. Die Angst kommt zurück. Ihr Herz hämmert, und ihr ist heiß, Toms Stimme dumpf wie im Nebel.

»Du kannst hier nicht bleiben. Sie suchen dich.«

Jetzt erinnert sie sich. Ein Auto hat sie verfolgt, bis sie in den Feldweg eingebogen ist. »Du musst mich verstecken.«

»Mit dem Bullen im Haus?«

»Dann bleibe ich hier.« Hier sieht sie keiner. Es ist besser, wenn sie keiner sieht. Tom setzt sich neben sie und tupft mit einem Taschentuch in ihrem Gesicht herum. Das Taschentuch wird dunkel.

»Mann, Sophie, du siehst furchtbar aus.«

Das macht nichts. Dann schaut sie wenigstens niemand an.

»Du hättest nicht so laut reden dürfen. Der Bulle hat alles mitbekommen. Und du hast den Alten doch gar nicht erstochen. Du kannst so was gar nicht.«

»Nein?« Sie ist sich nicht sicher, ist sich nie sicher. Sie sieht die blutigen Augenhöhlen, das Messer in ihrer Hand.

»Ich habe das Messer.« Manchmal hat sie geträumt, dass sie es tut. Oder nicht? Toms Gesicht schwankt.

»Das hast du dir wieder ausgedacht, weil du ihn hasst.«

»Aber er ist doch tot? Oder?« Angst lauert schwarz hinter der Pause zwischen den Worten.

»Ja. Ist er.«

Sophie atmet ruhiger. »Und wer hat ihn dann getötet?«

Tom knetet das blutige Taschentuch in seiner Hand. Sophies Wangen brennen, sie fühlt es.

»Henry sagt, er war es.«

Sophie schüttelt ihren Kopf, sein Inneres schwappt hin und her. Es ist anstrengend, die Worte zu sammeln.

»Mein Bruder war es nicht. Er sagt das, damit ich nicht ins Gefängnis muss.« Eine neue Welle von Angst droht, über ihr zusammenzuschlagen. »Ich kann nicht ins Gefängnis. Verstehst du, Tom?«

Tom streicht ihr übers Haar und nickt.

»Du musst mir helfen.«

Er holt eine Zigarettenschachtel aus seinem Parka, zündet zwei Zigaretten an und gibt ihr eine. Sie sitzen da und rauchen. Die Lichter eines Zuges tauchen in der Dämmerung auf, kommen näher. Sophie presst die Hände auf die Ohren. Dann donnert er vorüber.

»Irgendjemand hat ihn getötet. Wenn es deine Mutter und Henry nicht waren ... es gibt bestimmt einige Leute, die Grund genug hatten. Er war nicht gerade ein Sympathieträger, dein Vater.«

Sophie zischt Tom von der Seite an. »Nenn ihn nicht so!«

»Schon gut.« Tom hebt die Hand.

»Ich habe ihn ...« Weiter kommt sie nicht.

»Hör auf damit, ja?« Seine Stimme wird laut. Sophie hasst laute Stimmen, Stimmen, die schreien. Besonders eine, die sie immer wieder hört. Sie schweigt.

Tom nimmt ihre Hand. Er überlegt: »Im Bootsschuppen ist es zu kalt. Und du musst auf dich aufpassen. Gerade jetzt.«

»Du hast einen Bootschuppen?«

Tom nickt und drückt die Kippe aus. Auf dem Bahnsteig gehen die Lichter an und die Fußgängerbrücke wirft einen langen Schatten über die Gleise.

»Lass uns zum Bootsschuppen gehen. Mir ist nicht kalt. Mir ist immer heiß.«

Tom sagt eine Weile nichts.

»Eine Heizung ist da nicht drin. Ich könnte dir einen Schlafsack und ein paar Decken besorgen. Für eine Nacht geht es vielleicht. Bist du sicher, dass du dahin willst?« Sein Blick gleitet an ihr hinab und bleibt an ihrem Bauch hängen.

Sophie nimmt ihren Rucksack und steht auf. Wenn sie lächelt, brennt ihr Gesicht. »Klar bin ich sicher. Glaube ich.«

Ein einziger Wagen steht auf dem Parkplatz vor dem Bahnhof.

»Wo hast du denn das Teil her?«

Tom hebt die Schultern. »Von einem Freund.«

Während sie in den »Wartburg« einsteigen, schleicht ein Streifenwagen heran. Sophie duckt sich und stößt sich den Kopf am Schaltknüppel, dann ist er vorüber.

Das letzte Wegstück ist holprig. Der Wagen stoppt, der Motor stirbt. Tom steigt aus, aber Sophie schaut eine Weile auf das Holztor.

»Komm schon«, sagt er und fummelt am Schloss. Im Inneren des Schuppens blinzelt eine Glühbirne. Zwei Ruderboote, eine Werkbank, eine alte Matratze in der Ecke.

»Ist nichts Besondeers.« Tom steht mitten im Raum und sieht sich um. »Das ist kein Platz für dich. Vielleicht solltest du dem Bullen doch alles sagen. Dann sorgen sie für dich und das Baby.«

»Und ich gehe für Jahre in den Knast.« Sie wirft den Rucksack auf die Matratze.

»Du doch nicht. Du warst es doch nicht.«

»Und mein Kind? MEIN Kind!« Ihre Stimme klingt hoch und laut und falsch.

»Sei nicht so verdammt egoistisch, Sophie.«

»Bin ich nicht. Nicht wie deine Mutter.«

»Lass meine Mutter aus dem Spiel. Das war eine andere Zeit. Sie wollte weg. Deshalb war sie in Bautzen.« Toms Stimme knirscht.

»Und du im Heim.«

»Hör auf damit.« Laut. Es ist laut. Viel zu laut! Dann Stille, nur sein Atem.

»Geh hin und sag ihnen alles. Sag ihnen genau, wie es war. Dann hast du nichts zu befürchten. Bestimmt nicht.«

Niemals! Toms Augen sind jetzt schwarz. Das Schwarz macht ihr Angst. Die Angst macht Hass.

Tom kommt zu ihr und legt den Arm um ihre Schulter. Eisklammer. Über die rechte Schädelhälfte krabbeln die Ameisen. Die kennt sie. Sie beulen ihr rechtes Auge. Bunte Zacken, Blitze. Bald kommt der Schmerz. Sophie zieht den Reißverschluss ihres Rucksacks auf. Das Messer. Es hat eine schwarze Klinge.

23

Henry Freitag war von der Zelle im Coesfelder Präsidium, in dem er die letzte Nacht verbracht hatte, ins Untersuchungsgefängnis gebracht worden. Er hatte während der Vernehmungen kein weiteres Wort mehr gesagt. Auf Julias Frage, ob er in seinem Bericht nicht ein Detail ausgelassen habe, schüttelte er nur den Kopf. Das half ihr auch nicht weiter, denn sein Schweigen konnte vielerlei bedeuten. Nach Henrys Geständnis hatte Julia überlegt, ihn einfach nach Hause zu schicken. Ein Anruf in der Klinik aber hatte ergeben, dass Henry einen vierwöchigen Urlaub beantragt und genehmigt bekommen hatte. Fast arglos antwortete Henry auf die Frage, wohin es denn gehen solle: »Nach Sotschi.« Das Risiko, dass er sich irgendwohin absetzte, war natürlich zu groß. Und tatsächlich wurden zwei Flugtickets ans Schwarze Meer in Henrys Schreibtisch entdeckt, als Beamte die Wohnung des Verdächtigen durchsuchten.

»Zwei?«, fragte Julia. »Nehmen Sie Ihre Freundin mit?« Darauf hatte Henry keine Antwort gegeben, sondern nur schweigend die Tischplatte gemustert.

Julias Zweifel begannen zu bröckeln. Aber es gab noch einiges zu tun. Morgen würde die KTU ihr endlich sagen können, ob das Messer, das Henry mitgebracht hatte, die Tatwaffe gewesen sein konnte. Bis dahin blieb Henry in Haft, so sehr Julia das auch missfiel.

Abwesend räumte sie ihren Schreibtisch auf und schaltete den Computer aus. Ihr Nacken schmerzte. Conrad trieb sich irgendwo in Brandenburg herum und ließ sie mit der ganzen Arbeit allein. Wahrscheinlich machte er sich ein paar schöne Tage und kam braungebrannt und gut gelaunt zurück. Toller Ermittlungsleiter. Sie hätte sich so etwas nie erlaubt. Möglich, dass sie mit der Annahme, dass Eck der Täter war, falsch lag. Das würde man feststellen, und zwar im Zuge akribischer Untersuchungen und nicht durch sinnlosen Aktionismus. Der Anflug eines schlechten Gewissens blieb. Hatte sie doch nicht Recht behalten. Und Ostendarp hatte sich auch geirrt. Ostendarp. Den musste sie besuchen und ihm von der Entwicklung des Falls erzählen, schließlich hatte er sich sehr engagiert. Aber nicht heute. Heute auf keinen Fall mehr. Heute würde sie eine Entspannungs-CD einlegen, sich ein, sich zwei Gläser Sekt gönnen und in die Badewanne steigen. Julia nahm ihre Handtasche.

Plötzlich Stimmen, Rufe, dazwischen Poltern vom Flur, dann ein lauter, hoher Schrei, der ihr eine Gänsehaut über den Körper trieb. Sie riss die Tür auf. Zwei Uniformierte versuchten, eine kleine, graue Gestalt festzuhalten. Aber die Frau wehrte sich, schrie und schimpfte aus Leibeskräften. Julia erkannte sie und rannte auf sie zu. Das Haar stand ihr wirr vom Kopf ab und das unvermeidliche Leinenkleid wies einen Riss am Ausschnitt auf.

»Frau Freitag.« Julia sah ihr ins Gesicht, doch der Blick ging ins Leere.

»Kennen Sie sie?«, fragte einer der Beamten, während er versuchte, die Hände der Freitag zu fixieren, ohne ihr allzu viel Schmerz zuzufügen.

»Lassen Sie mich los, Sie Penner«, keifte die Frau.

»Sie wollte zu Ihnen und ist einfach durchmarschiert. Ich hab ihr gesagt ...« Der Beamte verstummte.

Julia packte die Wütende am Kleid und verpasste ihr eine Ohrfeige. Augenblicklich wurde sie still. Ihre Arme hingen am Körper herab, und die Beamten zogen sich zurück, als Julia ihnen zunickte mit einem Blick, der »ich schaff das schon« bedeuten sollte.

»Frau Freitag?«

Langsam hob die Angesprochene den Kopf, und Julia blickte in Augen so leer wie die Wüste. Allmählich schien Hedwig Freitag zu sich zu finden. Vielleicht musste sie die Teile ihres Selbst neu zusammenfügen.

»Ich war es.« Ihre Stimme klang rau.

»Kommen Sie!« Julia nahm sie am Arm und führte sie in ihr Büro.

»Wollen Sie ein Glas Wasser?«

Hedwig Freitag schüttelte den Kopf. »Ich war es«, sagte sie wieder.

»Bitte setzen Sie sich.« Julia schob ihr einen Stuhl hin und drückte sie auf den Sitz. »Sie wollen mir etwas erzählen?«

»Sind Sie taub? Ich war es!« Abrupt hob Hedwig Freitag den Kopf und blitzte Julia an. Eben noch verzagt und elend wechselte ihre Stimmung ins Feindselige. Julia verschanzte sich hinter ihrem Schreibtisch.

»Sie waren was, Frau Freitag?«

»Ich habe ihn umgebracht.«

Nein, bitte nicht. Nicht noch einen Täter. Julia stöhnte innerlich. »Ach ja? Und wie wollen Sie das beweisen?«

»Muss man neuerdings beweisen, dass man es war? Ist das nicht Ihre Aufgabe?«

»Nicht, wenn ich Ihnen nicht glaube.«

»Und wieso glauben Sie mir nicht, wenn ich es doch sage?«

»Weil Sie Ihren Sohn schützen wollen.«

»Henry ist ein Kindskopf. Er hat damit nichts zu tun.«

»Sehen Sie? Das meine ich.«

»Sie meinen was?«

»Sie wollen verhindern, dass er für Jahre hinter Gefängnismauern verschwindet, weil er seinen Vater erstochen hat.«

»Ja. Das will ich. Weil er es nicht war.«

»Dann beweisen Sie es.«

»Ich brauche gar nichts zu beweisen.«

»Dann gehen Sie nach Hause und halten mich nicht von meinem Feierabend ab.« Wut stieg in Julia auf. Am liebsten hätte sie die Frau gepackt und zum Ausgang geschleift. So ein Blödsinn fehlte ihr gerade noch. Sie erhob sich und hielt ihr die Tür auf, doch Hedwig Freitag blieb sitzen.

»Ich habe eine Zeugin. Sie hat mich mit dem blutigen Messer gesehen, als ich es endlich saubermachen wollte, zu Hause.«

»Und wer soll das sein?«

»Irina Glück.«

»Gut, wir werden die Zeugin dazu befragen. Bis dahin gehen Sie bitte. Wir melden uns dann bei Ihnen.« Julia stand in der Tür und wartete.

»Ich gehe nirgendwohin. Was machen Sie nun?« Hedwig Freitag verschränkte die Arme vor der Brust und schob das Kinn nach vorn.

»Ganz einfach. Ich werde Sie entfernen lassen.« Julia drückte vier Tasten auf dem Telefon. Blitzartig sprang die Freitag auf, war mit zwei Schritten bei ihr und schlug Julia so kräftig ins Gesicht, dass ihre Wange brannte. Dann setzte sie sich und verschränkte wieder die Arme.

»Und nun?«, fragte sie seelenruhig.

Was ist nur mit mir los, dachte Julia, mit mir und meinen Reflexen? Es war schon das zweite Mal in diesem Fall, dass sie von einem Angriff überrascht worden war. Dieser unscheinbaren Person hatte sie eine solche Attacke bestimmt nicht zugetraut, nicht ihr gegenüber. Es war eine Provokation, das war sicher. Julia konnte die Situation nur retten, indem sie sich nicht herausfordern ließ.

»Nun ist nichts, außer dass Sie mit einer Anzeige rechnen müssen.«

Ein zufriedenes Lächeln umspielte Hedwig Freitags Lippen, sie nickte.

»Natürlich nicht wegen Mordes. Bloß weil Sie in der Lage sind, mich ins Gesicht zu schlagen, sind Sie noch lange nicht fähig, einen Mord zu begehen, wenn das der Beweis gewesen sein soll.« Mit einem Ruck schob Julia ihren Bürostuhl bis an die Wand und setzte sich wieder, ein wenig Abstand schien ihr angebracht. Sie nahm ein Aufnahmegerät aus dem Regal neben sich, stellte es auf den Tisch, drückte die Aufnahmetaste und informierte das Gerät über Ort, Zeit und Anwesende.

»Zumindest müssten Sie ein Motiv haben, Ihren Mann umzubringen, Frau Freitag. Das kann ich beim besten Willen nicht entdecken«, sagte sie dann.

Das Lächeln verzog sich zu einer Grimasse und Feuchtigkeit flutete die Augen der Frau. »Können Sie nicht? Dann werde ich Ihnen eines nennen, Frau Kommissarin.« Ohne Julia aus den Augen zu lassen, fuhr sie fort: »Gottfried war ein Schwein, brutal und mitleidlos. Nein, nicht nach außen. Nicht, dass er sich viele Freunde gemacht hätte, aber er war bekannt und anerkannt, Mitglied in einer Reihe von Vereinen. Im Schützenverein war er Kassenwart, bei den Rotariern half er bei der Organisation von Benefizveranstaltungen, im Tennisverein trainierte er den Nachwuchs. Zuletzt hat er sich in der Kommunalpolitik engagiert. Ein angesehenes Mitglied der Gesellschaft, das war …«, sie zögerte, »mein Mann« und spuckte die letzten beiden Worte aus wie etwas Widerwärtiges.

»Das sind natürlich nachvollziehbare, berechtigte Gründe für einen Mord«, sagte Julia.

»Sie haben ja keine Ahnung.« Hedwig Freitag starrte sie an, ihr Mundwinkel zuckte.

Diesmal würde Julia auf der Hut sein. Sie spürte, wie sich ihre Muskeln anspannten, ihre Schultern verkrampften. Ihr fiel ihre leere Badewanne ein, und dass die sich sicher einsam fühlte. Wenn sie jetzt eine weitere Frage stellte, würde die Wanne leer und einsam bleiben, und Julia würde die nächsten Stunden mit dieser unberechenbaren Frau verbringen müssen. Sie würde Verantwortung übernehmen. Wer Fragen stellte, übernahm Verantwortung, nicht für die Antwort selbst, nur dafür, dass es überhaupt eine gab. Wie oft hatte sie das schon erlebt? Hatte Fragen gestellt und Antworten bekommen, Geschichten, von denen sie besser nie erfahren hätte. Wenn sie jetzt schwieg, konnte sie die Freitag fortschicken, konnte nach Hause fahren und sich einen schönen Abend machen, musste nicht einmal ein schlechtes Gewissen haben deswegen. Jetzt konnte sie noch.

»Wovon habe ich keine Ahnung?«, fragte sie. Die Worte hingen im Raum, schienen zu verweilen, bis sie das Hirn der Frau erreichten und ihre Geschichte in Bewegung setzten. Die Freitag senkte den Blick und zupfte am Nagelbett des linken Zeigefingers, dann erzählte sie.

»Er war ein schlechter Mensch. Früher hätte ich das nie von jemandem gesagt und lange, sehr lange habe ich das auch von Gottfried nicht gesagt. Aber es war so. Ich weiß nicht, warum ich ihn geheiratet habe. Ich hätte es nicht tun sollen.« Ihr Blick richtete sich nach innen, hakte sich fest an einer Erinnerung, an einer Zeit, da sie eine Entscheidung hätte treffen können, eine andere Entscheidung.

»Wie oft habe ich in den letzten Jahren darüber nachgegrübelt, wie mein Leben verlaufen wäre, wenn ich es nicht getan hätte, wenn ich nein gesagt hätte? Ich bin zu keinem Ergebnis gekommen. Dabei mochte ich ihn nicht einmal, nicht am Anfang und später schon gar nicht, ganz im Gegensatz zu meinem Vater. Die beiden verstanden sich sofort. Meine Mutter wiegte nur den Kopf, als ich sie fragte, was sie von Gottfried hielt. Sie lächelte und schwieg. Gottfried war das, was man damals einen stattlichen jungen Mann nannte. Seine Eltern hatten einen kleinen Betrieb, der Miederwaren herstellte, und ein Haus auf dem Coesfelder Berg. Das war schon was, jedenfalls für meine Eltern. Der Krieg hatte ihre Familien aus Schlesien in den Westen gespült. Das geliebte Klavier hatte meine Mutter zurücklassen müssen, und der kleine Bruder war auf der Flucht an Lungenentzündung gestorben. Dass es mir besser gehen solle, sagte sie und dass Vater sein Möglichstes tue. Tatsächlich arbeitete er hart. Und wenn er nicht arbeitete, trank er. Eigentlich tranken damals alle Väter, so kam es mir vor.« Sie machte eine Pause, wie um sich dieses Gedankens noch einmal zu vergewissern.

»Das erste Mal schlug Gottfried mich am Tag vor der Hochzeit. Ich machte mir vor, es sei nur der Aufregung wegen und dass es keine Bedeutung habe. Das war natürlich ausgemachter Blödsinn. Ich war gerade dreiundzwanzig und arbeitete in einem Hutgeschäft. Das gibt es übrigens heute noch. Kennen Sie es?« Hedwig Freitag hob den Kopf, und Julia erstaunte das Strahlen, das plötzlich über ihrem Gesicht lag. Sie nickte. Julia hatte sich immer gefragt, wie sich das Hutgeschäft in der Süringstraße, das von zwei reizenden Damen geführt wurde, halten konnte. Wer kaufte heute noch Hüte?

»Es war eine gute Zeit. Die Leute mochten mich. Es war eigentlich die einzige Zeit in meinem Leben, in der mich jemand mochte. Ich hätte Hutverkäuferin bleiben sollen«, sagte sie mehr zu sich selbst.

»Dann kam Henry. Ab da wurde es von Jahr zu Jahr schlimmer. Einmal, beim Frühstück, zerbrach ich einen Teller. Erst brüllte mich Gottfried an, ich sei zu dumm und zu nichts zu gebrauchen, dann redete er drei Wochen kein Wort mehr mit mir. Ich solle lernen, wie man richtig Frühstück mache, sagte er, bis dahin würde er nicht mit mir sprechen. Als ich sein Schweigen nicht mehr aushielt, schrieb ich ihm einen langen Brief der Entschuldigung. Am Tag darauf gab er ihn mir zurück, mit den Worten: Lerne erst einmal richtig schreiben! Mit Rotstift waren Wörter durchgestrichen, Kommafehler angemerkt und Kommentare hinzugefügt. Ich zerriss den Brief und schrieb nie wieder einen einzigen Satz, bis heute nicht.« Sie warf einen Blick auf Julias Stiftablage.

»Von da an redete er wieder, zumindest das Nötigste. In einer Nacht, als Henry schrie und ich ihn nicht beruhigen konnte, schlug mich Gottfried so heftig, dass ich tagelang nicht aus dem Haus konnte. Was hätten die Leute gesagt, wenn sie mich mit dem geschwollenen Gesicht und dem Veilchen gesehen hätten? Damals hätte ich gehen sollen. Später schlug er nur noch an Stellen, die man nicht sah. Oder er fesselte mich in einen Bademantel und stellte mich unter die eiskalte Dusche.«

Julia fröstelte, automatisch schlug sie die Arme um sich.

»Einmal flüchtete ich zu meiner Mutter. Ich halte das nicht aus, sagte ich. Die ersten Jahre einer Ehe sind oft nicht einfach, versuchte sie, mich zu beruhigen, und: Das wird schon! Sie lächelte, und ich ging zurück zu Gottfried. Er sperrte mich mit Henry drei Tage im Keller ein. Henry war zwei. Später, zum Beispiel wenn Henry eine Drei aus der Schule nach Hause brachte, schlug Gottfried auch ihn. Der Junge müsse lernen, dass das Leben kein Spiel sei, sagte er. Als er dann endlich aufs Internat kam, war es besser für ihn. Ich konnte ihn ja nicht schützen, nicht immer.« Tränen traten in Hedwig Freitags Augen, kippten über den Lidrand und rollten langsam die Wangen hinab. »Er ist ein guter Junge, wissen Sie.«

Julia nickte. Vielleicht war er das, vielleicht war er aber auch ein Mörder. Julia wollte etwas sagen, nur fiel ihr nichts ein. Was sollte man schon sagen? Ja, ich verstehe Sie, verstehe, dass Sie Ihren Mann umgebracht haben, nachdem er Sie jahrelang gequält und gedemütigt hat? Warum haben Sie es eigentlich nicht sofort getan? Das war tatsächlich eine Frage, die sich Julia stellte. Warum hatte die Frau so lange bei diesem Dreckskerl ausgehalten? Das fragte sie sich jedes Mal, wenn sie so eine Geschichte hörte. Und sie hatte viele gehört, viel zu viele.

»Warum haben Sie ihn nicht verlassen?«, fragte Julia wider besseres Wissen. Eine Frage, die Verantwortung bedeutete.

Die Tränen versiegten, stattdessen zerfurchte Verzweiflung Hedwig Freitags Gesicht. »Sie machen sich keinen Begriff, wie oft ich mich das gefragt habe. Immer nachts, wenn ich nicht schlief und die Striemen von seinem Gürtel auf meinem Rücken brannten. Immer, wenn er den ersten Bissen vom Abendessen in den Mund schob und ich zitterte, was er sagen würde. Aber manchmal lächelte er, nickte und aß mit Appetit weiter. Dann war der Abend meist gerettet, manchmal auch nicht. Manchmal wurde es Nacht, und er kam in mein Bett. Ich wollte nicht, dass er in mein Bett kam. Ich wollte ihn nicht so nah bei mir haben. Ich wollte nicht ...« Sie schüttelte sich. »Aber er tat es trotzdem. Lange habe ich es über mich ergehen lassen, habe meine Seele verschlossen und gewartet, bis er fertig war. Aber irgendwann konnte ich das nicht mehr. Ich weiß nicht, warum ich es nicht schaffte. Es hätte alles einfacher gemacht. Nach der ersten Vergewaltigung wurde Sophie geboren.« Sie sah in Richtung Fenster, aber ihr Blick kam dort nicht an, verlor sich zwischen den Möbeln, strandete im Nichts. »Sophie. Sie ist weg.«

»Weg?«

»Ich wollte sie nicht. Ich wollte keine Tochter. Auf gar keinen Fall wollte ich eine Tochter in diesem Haus haben. Als Kind war sie ein Sonnenschein, blond und zierlich und lachte jeden an. Mit zwölf hörte das auf. Mit dreizehn flog sie vom Gymnasium und jetzt ... Na ja, Sie haben sie ja selbst gesehen. Ich weiß nicht, was mit dem Mädel los ist.«

»So? Wissen Sie das nicht? Sie haben nicht die leiseste Ahnung?« Julia war das so herausgerutscht. Sie wollte die Frau nicht quälen, nur dachte sie sich, was mit Sophie losgewesen sein könnte. Wieso wollte ihre Mutter das nicht wissen?

Hedwig Freitag senkte den Kopf, presste die Lippen aufeinander und schluchzte still. Nach einer ganzen Weile sagte sie: »Gottfried war ein schlechter Mensch.«

Damit schien alles gesagt zu sein. Julia lehnte sich zurück. Das reichte natürlich nicht, schon gar nicht, um den Mord zu erklären.

»Sie haben dreißig Jahre in einer Ehe gelebt, in der Sie Schlimmes ertragen mussten. Gerade deswegen stellen sich mir zwei Fragen. Die eine: Warum haben Sie sich nicht scheiden lassen?«

»Ja, wie denn?«, brauste die Angesprochene auf. »Wo hätte ich denn hingesollt, mit den Kindern? Ich hatte keine Freunde, nicht mal Bekannte, außer der Nachbarin. Meine Mutter wollte mich nicht aufnehmen. Ich hatte kein Geld. Nur das, was ich für den Einkauf brauchte, gab er mir abgezählt, wenn ich zuvor eine Liste mit den Sachen gemacht hatte, die wir benötigten. Manchmal blieben ein paar Pfennige übrig. Die versteckte ich in einer Tasse hinten im Küchenschrank. Aber er fand sie und …«, sie brach ab und biss sich auf die Lippe, »… tat etwas mit den Münzen«, fügte sie leise hinzu.

Julia schwieg. Sie wollte nicht hören, was er ihr angetan hatte.

»Ich kann das nicht sagen. Es ist zu …«

Wieder trat Stille ein. Julia musste etwas sagen, musste sie hindern, doch weiterzusprechen.

»Es ist unaussprechlich«, sagte sie schließlich, und Julia atmete auf.

»Warum sagen Sie, dass Sie ihn umgebracht haben? Jetzt, meine ich. Warum jetzt?« Die Worte waren aus Julia herausgesprudelt. Plötzlich hatte sie den dringenden Wunsch, sich zu bewegen, also stand sie auf, ging zum Fenster, kam zurück und setzte sich wieder. Die Unruhe blieb.

»Haben Sie ein Taschentuch?« Sie hielt ihre blutverschmierte Hand hoch. Julia gab ihr eines, und sie wickelte es um den Zeigefinger. Dann holte sie Luft. »Es ist etwas passiert. Deshalb.«

»Sie werden verstehen, dass Sie schon ein wenig deutlicher werden müssen.«

Die Freitag nickte, blieb aber stumm.

Es machte Julia ganz kribbelig. »Ja?«

»Ich kann nicht darüber reden.«

»Verdammt, Frau Freitag! Es tut mir schrecklich leid, was Ihnen alles passiert ist, aber wenn Sie nicht über den Mord reden wollen, gehen Sie nach Hause und warten die Ermittlungen ab.«

Als Julia aufsprang, zuckte Hedwig Freitag. Dabei schienen die klaren Worte der kleinen Frau einen Augenblick Erleichterung verschafft zu haben.

»Wenn Sie meinen Jungen einsperren, kann ich nicht mehr weiterleben«, sagte sie, und plötzlich strömten die Tränen der letzten dreißig Jahre über ihr Gesicht. »Ich kann nicht mehr, nicht mehr«, wiederholte sie. Der Verzweiflung in ihrer Stimme schenkte Julia Glauben, nur gehörte die Frau in kein Gefängnis, sondern auf eine geschlossene psychiatrische Station, bis sie keine Gefahr mehr, vor allem für sich selbst war.

Julia telefonierte, und kurz darauf traten zwei Uniformierte ein. »Rufen Sie den Amtsarzt an oder den diensthabenden oder von mir aus irgendeinen Arzt, der sich auftreiben lässt, Marc«, sagte sie zu dem jüngeren. Die Freitag stand auf.

»Ich bin nicht verrückt. Ich gehe in keine Klapsmühle.« Damit strebte sie der Tür zu und wollte an den beiden Beamten vorbei. Diese stellten sich ihr in den Weg.

»Setzen Sie sich, Frau Freitag«, sagte Julia.

»Ich gehe jetzt.«

»Gerade wollten Sie noch unbedingt bleiben.«

»Ich gehe in keine Klapsmühle, und wenn Sie mir nicht glauben, dass ich Gottfried erstochen habe, gehe ich nach Hause. Ich werde Ihnen das Messer mitbringen.«

»Davon haben wir schon eines.«

»Dann bringe ich eben seine Augen.«

Zeit verging, ohne dass sich jemand rührte. Julia hatte das Gefühl, minutenlang nicht geatmet zu haben.

»Begleitet Frau Freitag in die Zelle«, sagte sie schließlich.

Eine Weile hing Julia der zufriedene Ausdruck nach, den die Frau zuletzt auf dem Gesicht trug. Es würde dauern, ehe der Arzt kam. Man hatte zwar eine Liste von Ärzten, die für solche Fälle zur Verfügung standen, aber einer war im Urlaub, einer musste sein Kind betreuen und ein dritter ging gar nicht erst ans Telefon. Es war jedes Mal ein Akt, irgendwen für eine Einweisung oder auch nur für eine Blutabnahme aufzutreiben. Sie konnte nur hoffen, dass Hedwig Freitag bald in der Psychiatrie betreut würde. Und für Julia würde nun alles von vorn beginnen: Hausdurchsuchung, Laboruntersuchungen, Abgleiche von Zeiten und Alibis. Nur heute nicht. Heute ganz bestimmt nicht mehr. Ihr Abend hatte sich um weitere zwei Stunden verkürzt, und die Badewanne wartete immer noch. Julia hatte das dringende Bedürfnis, sich zu reinigen, lange und gründlich.

Die Dämmerung hatte eine Kühle mitgebracht, die sich wohltuend auf ihre Haut legte, als sie aus dem Präsidium trat. Sie öffnete die Tür des Golfs, und ihre Handtasche klingelte. Wer immer es war, sie wollte nicht mit ihm reden. Sie wollte gar nicht mehr reden. Sie legte die Tasche auf den Sitz, das Klingeln brach ab. Und wenn es wichtig gewesen war? Sie konnte wenigstens einen Blick auf die Nummer werfen. Umständlich kramte sie nach dem Apparat, entsperrte die Anzeige, schaute aufs Display … Conrad.

Na, endlich. Sie drückte die Kurzwahltaste. »Wo warst du?«, fragte sie und vergaß die Badewanne augenblicklich.

»Hier.«

»Wo hier?«

»Hier in Brenzlin. Goldener Stern heißt das Ding. Was glaubst du? Meinst du, ich bin ausgewandert?«

»Ehrlich gesagt, habe ich den Gedanken einen Moment verfolgt. Gibt's da ein Netz oder hat der Gott der Telekommunikation diese Gegend völlig vergessen?«

»Sehr witzig heute, wie?«

»Nein, eigentlich nicht. Gerade hab ich …«

Conrad unterbrach sie. »Erst ich. Du wirst es nicht glauben, aber Sophie Freitag ist bei Tom Sebald reingeschneit, und ich habe zufällig ihr Geständnis mitgehört und …«

»Hör auf!« Bitte, bitte kein weiteres Geständnis, flehte Julia still.

»Was ist denn los? Lass mich doch erstmal erzählen.«

»Nein. Ich will nichts mehr hören von Geständnissen. Ich habe noch nie so viele Geständnisse bekommen, wie in diesem Fall.«

»Oh«, machte Conrad und schwieg kurz. »Wer noch?«

»Hedwig Freitag.«

»Das darf nicht wahr sein!«

»Du sagst es. Die Familie scheint sich um die Täterschaft geradezu zu reißen. Sind die eigentlich noch ganz dicht? Die Witwe ist es auf keinen Fall«, beantwortete Julia ihre Frage selbst. »Sie neigt zu Tätlichkeiten, behauptet, sich umbringen zu wollen, wenn wir ihren Sohn nicht aus der Haft entlassen, und dass sie die Augen des Opfers habe. Marc versucht gerade, eine Zwangseinweisung zu erreichen. Zunächst bleibt sie in der Zelle, wer weiß, wann einer von den Docs zu erreichen ist.«

Stille.

»Hallo?«

»Ja.«

»Ich dachte, du wärst schon wieder weg. Schwing dich in deine Karre, Conrad, und komm her. Wir haben hier alle Hände voll zu tun.«

»Das geht nicht.«

»Nenn mir einen vernünftigen Grund, der dagegenspricht.«

»Sophie Freitag hat nicht mir, sondern Tom Sebald den Mord gestanden, dann ist sie abgehauen, und ich habe eine Fahndung eingeleitet. Wolf Seidel hat das getan, besser gesagt. Außerdem habe ich die Tatwaffe in ihrem Rucksack gesehen. Ich kann jetzt nicht einfach abhauen, und die hier machen lassen. Außerdem ist Tom auch weg. Keine Ahnung wohin. Vielleicht hilft er ihr. Ich weiß beim besten Willen nicht mehr, was ich denken soll.«

Julia starrte durch die Windschutzscheibe auf den fast leeren Parkplatz. Ein Streifenwagen rollte durch die Einfahrt und parkte direkt neben dem Hintereingang des Polizeigebäudes.

»Ich auch nicht«, sagte sie in den Hörer. »Eine Tatwaffe habe ich auch von Henry, wie du weißt.« Sie schwieg einen Moment. »Ich bin sehr müde.«

»Du musst ein paar Tage ausspannen, Julia.«

»Toller Tipp«, sagte sie. Ihr fehlte die Kraft, um mit Conrad zu streiten. Sicher nahmen die Ermittlungen die nächsten Wochen in Anspruch, und ihr Urlaub rückte in weite Ferne. Conrad räusperte sich.

»Morgen spreche ich noch einmal mit Tom Sebald, falls er wieder auftaucht, wenn nicht, fahre ich zurück.«

»Melde dich mal. Ich krieg dich immer nicht.«

»Alles klar.«

24

Tom streichelte Sophies Schulter, spürte ihr leichtes Zittern. Der Tag hatte einen ganz anderen Verlauf genommen, als er sich hätte ausmalen können. Behutsam nahm er Sophie den Rucksack aus der Hand, stellte ihn auf den Boden, dann setzte er sich mit ihr auf die Matratze.

»Hör zu«, sagte er. »Bleib erstmal eine Weile hier. Hier bist du sicher heute Nacht. Dann können wir immer noch überlegen, wie es weitergehen soll, ja?«

Sophie hielt sich die Hände vors Gesicht und antwortete nicht.

»Morgen bringe ich dir Frühstück und ein paar Sachen, damit du dich nicht langweilst. Willst du ein Buch?«

Seine Frage schien nicht zu ihr durchzudringen.

»Ich bringe dir ein Buch mit, ein lustiges. Wenn du noch was brauchst, kannst du mich anrufen. Ich will morgen nach Neustrelitz zu Claire. Hab ich dir von ihr erzählt?«

Sophie sah auf, das Licht der einsamen Glühbirne grub tiefe Schatten in ihr Gesicht. Langsam schüttelte sie den Kopf, ein feuchter Glanz lag auf ihren Wangen. Sie weint, dachte Tom, weinen ist gut. Wann hatte er zum letzten Mal geweint? Als Kind wahrscheinlich. Da hatte er oft geweint. Nur entfernt erinnerte er sich, wie das gewesen war. Und er wollte auch keine Erinnerung, jetzt nicht. Nur in Claires Gegenwart waren die Erinnerungen in einem Strom über ihn hereingebrochen, und es war völlig in Ordnung gewesen. Sie kannten sich kaum, und Claire hatte eine Bedeutung in seinem Leben bekommen, wie er es nie zuvor erlebt hatte. Was war mit ihm geschehen?

»Sie ist eine gute Frau«, sagte er in den Raum, eine banale Beschreibung, wie er fand, und doch schloss sie alles ein, was er über Claire sagen konnte. Plötzlich kam ihm ein Gedanke.

»Wenn du mich aus irgendeinem Grunde nicht erreichen solltest, kannst du auch sie anrufen. Ich werde ihr von dir erzählen. Sie wird es bestimmt verstehen. Sie versteht so was.« Er wunderte sich über diese Erkenntnis. Sophie sagte immer noch nichts.

»Gib mir dein Handy. Ich speichere ihre Nummer ein.«

Sophie saß da und blickte auf den Boden. Die Worte mussten einen Umweg genommen haben, bevor sie in ihr Bewusstsein drangen. Sie zog ihr Handy aus der Hosentasche und reichte es ihm.

25

Bis auf den Umstand, dass der einzige Laden im Ort geöffnet hatte und sich von Zeit zu Zeit ein LKW durch den Ort quälte, hätte man glauben können, es sei Sonntag. Das Geläut der Glocken vom Zwiebeltürmchen der Kirche, das Gezwitscher der Vögel und der Geruch von Mittagessen, der aus der Küche des Gasthofes »Zum Anger« herüberwehte, machten einen so beschaulichen Eindruck, dass Conrad von seiner Bank unter der mächtigen Kastanie am liebsten nie wieder aufgestanden wäre. Ein Junge, er mochte vier oder fünf sein, schaute ihn großäugig an und wurde von der Hand seiner Mutter weitergezogen.

Gestern Abend hatte er sich noch aufgerafft die Mutter seines Sohnes anzurufen. Das Telefonat hatte ihn beunruhigt. Es blieb abzuwarten, wie oft und unter welchen Umständen er Sammy noch zu Gesicht bekommen würde. Der Junge war einsilbig gewesen, hatte nur »wo bist du?« und »wann kommst du?« gefragt und den Hörer an die empörte Geschiedene weitergegeben. Sie hatte ja Recht, gestand sich Conrad ein. Doch war auch sie nicht für ihren Sohn dagewesen, obwohl sie wusste, dass Conrad mit dem Fall mehr als beschäftigt war. Irgendwie musste er ja die Brötchen verdienen, Herrgott!

Eine andere Neuigkeit war, dass Julia seine Mutter mit zu Ostendarp ins Krankenhaus geschleppt hatte, als die unerwartet im Präsidium aufgetaucht war und umgehend mit ihrem Sohn zu sprechen wünschte. Conrad fragte sich, wie Julia seine störrische

Mutter überzeugen konnte, mitzugehen, und wunderte sich, dass es die alte Dame und Ostendarp einen ganzen Nachmittag lang im Garten des Krankenhauses miteinander ausgehalten hatten. Seine Mutter schwärmte beinahe von Ostendarp. Conrad war erleichtert, als er auflegte, wenn er auch noch keine Lösung für ihre Wohnsituation sah, seit den Vorfällen in Haus Abendsonne weniger denn je.

Als ob es nicht schon genug Arbeit gäbe, kam nun noch die Untersuchung der Attacke gegen Ostendarp hinzu. Julia hatte sich auf Eck eingeschossen. Sie hielt ihn für Ostendarps Angreifer und, trotz der Geständnisse von Freitags Sohn und Frau, auch für einen verdächtigen Mörder von Freitag. Aber Eck mochte ein Betrüger, ein Steuerhinterzieher und Blender sein, für einen Gewalttäter hielt Conrad ihn nicht. Er traute seinen schmalen Händen einfach nicht zu, dass sie ein Messer in einen Menschen rammten. Da war die Lebensgefährtin schon ein anderes Kaliber. Zwar hatte Julia gemurrt, als er sie bat, ihre Ermittlung in diese Richtung zu lenken, aber ganz von der Hand weisen konnte sie diese Idee nicht. Er hingegen fragte sich, ob es tatsächlich einen Zusammenhang zwischen Freitags Tod und dem Überfall auf Ostendarp gab. Sicher, der pensionierte Hauptkommissar hatte herumgeschnüffelt und eventuell wirklich etwas entdeckt, was Eck und seine Partnerin belasten könnte, so wie Julia es glaubte. Immerhin mussten die beiden irgendeinen Grund gehabt haben, mit einem Haufen Geld im Wagen zu flüchten.

Conrad sah auf die Uhr. Kurz nach elf. Der Besuch von Wolf Seidel am Morgen war erfreulich, aber wenig informativ verlaufen. Bisher hatte die Fahndung nach Sophie Freitag nichts ergeben, auch Tom Sebald blieb verschwunden.

Ein Radfahrer fuhr knapp an Conrads Füßen vorbei. Der Mann drehte sich um und schüttelte den Kopf, als habe Conrad die Bank mitten auf den Weg geschoben. Es erinnerte ihn an den ewigen Kleinkrieg mit den vielen Radfahrern bei sich im Münsterland. Wäre er daheim, hätte er ihn am Gepäckträger festgehalten und ihm ein paar Beschimpfungen um die Ohren gehauen. Doch jetzt, wo die Sonne so freundlich durch die Blätter blinzelte, hob er nur die Hand und lächelte ihm nach. Conrad fragte sich, wie es zu dieser Gelassenheit kam. Schon morgens war er ausgeschlafen und mit einem guten Gefühl aufgestanden und das nach all den scheußlichen Telefonaten von gestern.

Sogar Lilly hatte er angerufen und einen Stich in der Brust gespürt, als er ihre Stimme hörte. Sie war wie immer. Nein, sie sei nicht böse, sie habe auch furchtbar viel zu tun, und er solle sich melden, wenn er zurück sei. Dennoch hatte er ihren resignierten Unterton wahrgenommen. Ich bin ein Idiot, sagte er sich, und so eine Frau habe ich gar nicht verdient. Wenn er zurück wäre, würde er alles anders machen. Einmal auf »reset« drücken und neu starten. Wie oft hatte er sich das gewünscht? Aber das Leben ging einfach weiter, und nichts konnte von vorn begonnen werden. Natürlich nicht.

Plötzlich hatte er das Bild von Freitags Leiche vor Augen. Nichts, gar nichts konnte neu begonnen werden. Das Leben musste weitergelebt werden, solange es noch in einem war. Ein Glockenschlag vom Kirchturm. Viertel nach elf oder viertel zwölf, wie man hier sagte. Und wie ging das Leben jetzt weiter? Conrad streckte sich, stand auf und verabschiedete sich von der Bank. Er hatte einen Entschluss gefasst.

Claire

Ein Sperling ließ sich auf der Brüstung des Balkons nieder, der erste Sperling der neuen Zeitrechnung. Ich studierte sein Gefieder, bis er den Kopf neigte, mich mit einem Knopfauge anblinzelte und davonflog, in den frischen Morgen. Flügel müsste man haben! Als Punkt verschwand er hinter der Krone einer Eiche. Mit Flügeln wäre alles einfach. Schon lange wäre ich am Meer, hätte mir oberhalb der Steilküste ein Nest im Sanddorngebüsch gebaut. Aber ich hatte keine Flügel, nur ein und ein halbes Bein. Ich sah auf den

Stumpf und dachte daran, wie ich mir die Zehennägel lackiert hatte. Wo mochten sie sein, meine lackierten Zehennägel? Meine Brust wurde eng und ich sah weg. Ich sollte nicht undankbar sein. Es hätte schlimmer kommen können. Das konnte man immer sagen, solange man noch am Leben war.

Entgegen der Krankenhausordnung zog ich ein Päckchen Tabak aus der Bademanteltasche, drehte eine Zigarette und steckte sie an. Die ersten Züge fluteten mein Blut mit Nikotin und schwindelten in meinem Kopf. Mit einem leisen Geräusch fiel meine Zimmertür ins Schloss. Eilig drückte ich die Kippe aus und warf sie über die Brüstung. Aber es war nicht die gestrenge Schwester Hannelore mit den Schmerztabletten.

»Tom.«

Sein Gesicht war bleich unter der Bräune, das Haar zerzaust, er rang mit einem Lächeln, dann kniete er nieder und nahm mein Gesicht in seine Hände. Seine Lippen sanft wie Apfelblüten.

»Claire«, sagte er gegen meinen Mund. Ein Schweißfilm, kalt und klebrig, bedeckte seine Haut.

»Seit wann hast du nichts mehr genommen?«, fragte ich.

»Ich weiß nicht, länger nicht. Die Bullen suchen nach mir.«

Ich riss die Augen auf. »Was ist passiert?«

Er erhob sich und winkte ab. »Eine lange Geschichte.«

»Erzähl. Ich lauf dir schon nicht weg.« Ich versuchte ein Grinsen, aber es schmerzte.

»Weißt du schon, wann du nach Hause kommst?«

Nach Hause. Ich wendete das Wort in Gedanken.

»Nein«, ich blickte zu der Eiche, hinter deren Krone der Sperling verschwunden war. »In vier, fünf Tagen wollen sie mich entlassen, haben sie gesagt.«

Und dann? Wie weiter? Sicher, sie würden mich in irgendeine Rehabilitationsklinik für Amputierte schicken, dem Stumpf eine Prothese anpassen, und ich könnte gehen. Gehen. Wir wollten ans Meer, zu Fuß.

»Weißt du noch …?« Mein Gesicht wurde nass. Soviel geheult hatte ich seit Jahren nicht mehr. Er nahm mich in den Arm.

»Wir schaffen das schon, Claire.«

»Das ist doch Blödsinn.« Ich entzog mich seiner Umarmung. »Es gibt kein *wir*. Und ich werde eine Lösung finden, das hab ich bislang immer.« Die Worte schmeckten bitter.

»Hör auf.« Er stützte sich aufs Geländer. »Ich komme mit in deine Reha, ob es dir passt oder nicht. Ich quartiere mich in der Nähe der Klinik ein und warte, bis du heil bist. Weglaufen kannst du ja nicht, wie du schon richtig sagtest.«

Bis ich heil bin. Die Tränen schnürten mir den Hals zu. Ich schluckte. »Klar, da werden die Bullen dich auch nicht finden. Was wollen die überhaupt von dir? Wegen der Drogen?«

Tom lachte auf. »Mein Vater ist tot. Ermordet.«

»Dein …« Mir verschlug es die Sprache. Auf dem Gang rollte der Essenswagen vorbei. »Das tut mir leid.«

»Muss es nicht. Er ist es nicht wert. Ich weiß nicht, was dieser komische Kommissar von mir will. Vielleicht verdächtigt er mich. Jedenfalls hat er stundenlang bei Annelie im Laden herumgehockt und gewartet.«

»Und wo warst du?«

»Das kann ich dir nicht sagen.«

»So viel zum *wir*.« Ich biss mir auf die Lippe.

»Es geht nicht um mich. Es geht um meine Schwester.«

»Eine Schwester hast du auch. Aha.« Er hat mich belogen mit seiner rührseligen Geschichte vom Kinderheim.

»Eine Halbschwester und einen Halbbruder in Westfalen.«

Okay, vielleicht tat ich ihm unrecht.

»Was ist mit ihr?«

»Das kann ich dir nicht sagen. Sie ist ein bisschen …« Er wedelte mit der Hand vor seiner Stirn.

»Verrückt?«

»Das wäre zu viel gesagt. Jedenfalls ist sie schwanger, und ich habe sie versteckt.«

»Du hast was?« Mit einem Ruck wollte ich aufspringen, aber der Stich in meinem Stumpf erinnerte mich. Ich hielt inne.

»Was sollte ich tun? Der Bulle hat mitbekommen, dass sie behauptet, ihren bzw. meinen Vater umgebracht zu haben. Aber dazu wäre sie nie fähig. Nie!«

»Deinen Vater? Umgebracht?« Ich brauchte eine Weile, um das Ungeheuerliche in meinem Hirn aufzunehmen. »Und wieso bist du dir so sicher?«

Tom lächelte. »Sie ist so zerbrechlich.« Sein Blick erfasste meine Gestalt und blieb an meinem Stumpf hängen.

»Man kann es nicht sehen. Es ist mehr innerlich. Schwer zu beschreiben. Mit ihr ist es, als stehe man auf schwankendem Grund, alles ist brüchig und durchlässig. Sie ist mir verwandt, verstehst du?« Während er sprach, ging er auf dem Balkon auf und ab.

»Sie ist deine Schwester.«

»Ja.« Ruckartig stieß er sich von der Brüstung ab und drehte sich um, Hast im Blick.

»Pass auf. Ich komme wieder. Bald. Sicher. Ich hab Sophie deine Nummer gegeben, falls sie mich einsperren. Du hilfst ihr, ja?« Er drückte mir einen Kuss auf den Mund und lief davon.

Unten in der Auffahrt hielt ein Wagen, ein Citroën XM Combi, soweit ich sehen konnte, zwei Männer stiegen aus.

Ich legte einen Finger auf die Lippen. Sein Kuss, ich wollte ihn behalten. Als ich die Hand sinken ließ, war er fort, Leere blieb zurück.

Ich tastete nach dem Tabak in meiner Tasche, als es klopfte. Besuch? Sicher nicht. Nicht für mich. Ich kannte hier niemanden. Die Eiche stand, wo sie stand. Vom Sperling war nichts zu sehen. Ich fühlte mich unendlich verlassen.

Es klopfte wieder, und die Tür öffnete sich einen Spalt. »Darf ich?« Der Mann aus dem Citroën steckte den Kopf hindurch, dann trat er ein, ohne dass ich ihn eingeladen hätte. Nun ja, ein Krankenhaus war eine öffentliche Einrichtung, und mein privater Bereich hatte sich auf meinen Rollstuhl reduziert.

»Hauptkommissar Böse«, stellte er sich vor, reichte mir die Hand, streifte meinen Stumpf mit einem Blick und sah rasch weg. Er wirkte sympathisch, unsicher angesichts meiner Behinderung. Seinen Trenchcoat, der mich an »Columbo« erinnerte, legte er über das Geländer, ohnehin war es zu warm für einen Mantel, holte einen Stuhl aus dem Krankenzimmer und setzte sich mir gegenüber.

»Frau Di Marco.« Er lächelte und ich nickte.

»Ich möchte Ihnen ein paar Fragen stellen. Werden Sie mit mir reden?«

»Kann ich es ablehnen?«

»Nur im Moment, nicht auf Dauer. Ich könnte verstehen, dass Sie sich nicht sehr wohl fühlen, nach allem, was Ihnen passiert ist.« Wieder sah er meinen Stumpf an. »Ich werde mich kurz fassen«, fügte er eilig hinzu.

Ich schwieg.

»Wissen Sie, wo sich Tom Sebald derzeit aufhält?«

»Nein«, sagte ich mit Überzeugung. Ich wusste es ja wirklich nicht. Ich wusste nur, wo er sich vor wenigen Minuten aufgehalten hatte, und spürte den Impuls, meine Lippen zu berühren, unterließ es aber.

»Seit wann kennen Sie ihn?«

Eine Ewigkeit, so kam es mir vor, aber das war natürlich Unsinn. Die wenigen Tage, die ich Tom kannte, waren in einem unbeschreiblichen Tempo vergangen und hatten mein Leben verändert, von Grund auf. Was wäre geschehen, wenn ich statt Tom Annelie im Laden begegnet wäre? Ich hätte Tabak und Wasser gekauft, vielleicht einen Kaffee getrunken und meinen Weg fortgesetzt. Ich hätte mein Bein noch.

»Wir sind uns ein paar Tage vor meinem Unfall begegnet.«

»Können Sie das präzisieren?«

»Warum wollen Sie das wissen?«

»Das kann ich Ihnen nicht sagen.«

»Dann muss ich mir wohl kaum die Mühe machen, darüber nachzudenken.«

»Frau Di Marco, wir ermitteln in einem Mordfall.«

»Und verdächtigen ihn?«

Böse schwieg und verschränkte die Arme vor der Brust.

Beim besten Willen konnte ich mir nicht vorstellen, dass Tom seinen Vater umgebracht haben könnte. Warum sollte er? Jahre hatte er ihn nicht gesehen, hatte ihn kaum gekannt, wie er sagte. Und wenn es nicht wahr war, das, was er sagte? Wenn er alles erfunden hatte, um … Ja, warum eigentlich? Ich schüttelte den Kopf. Das war ausgemachter Unsinn.

»Am letzten Freitag habe ich ihn in seinem Laden getroffen.« ch überlegte. »Nach neun, halb zehn vielleicht.«

»Was haben Sie da getan?«

»Was glauben Sie? Ich wollte etwas kaufen natürlich.«

»Warum ausgerechnet dort?«

»Kennen Sie sich in der Gegend aus? Dann ist Ihnen eventuell entgangen, dass es nicht allzu viele Möglichkeiten gibt, etwas einzukaufen. Ich war unterwegs und brauchte ein paar Dinge, die man eben so braucht, deshalb hielt ich. Und da war Tom.«

»Sie hatten ihn nie zuvor gesehen?«

»Nein! Was glauben Sie? Eben haben Sie mich doch gefragt, seit wann ich ihn kenne.« Was wollte der Typ von mir?

»In der kurzen Zeit haben Sie sich aber ziemlich gut kennengelernt.«

»Was meinen Sie?«

»Ich will damit sagen, dass es schon merkwürdig ist, wie intensiv sich ein völlig fremder Mensch um Sie kümmert.«

»Tut er das?« Völlig fremd ist er mir in den wenigen Tagen nicht geblieben, dennoch hatte er irgendwie Recht. Noch nie hatte ich einen Mann so intensiv gespürt, solch eine Verbundenheit empfunden, die sich auf so wenig Gemeinsames gründete.

Böse gab keine Antwort, sondern fragte weiter. »Wann haben Sie Tom Sebald zum letzten Mal gesehen?«

»Am Montag.« Sah ich ihn im Rückspiegel, wie er mir zuwinkte und immer kleiner wurde, fügte ich für mich hinzu. Schwester Hannelore trat ein, stellte das Plastikschälchen mit den Tabletten ab und schüttelte mein Kissen auf. Ihre grauen Locken sollten wieder einmal den ordnenden Händen eines Friseurs anvertraut werden. Sie warf mir einen ihrer strengen Blicke zu, sagte aber nichts und ging wieder.

»Wann genau am Montag?«, fragte Böse.

»Es mag am Nachmittag gewesen sein, genau weiß ich es nicht mehr. Ich wollte los. Ich wollte weiterfahren, nachdem ich das Wochenende bei Tom verbracht hatte. Aber dann kam der LKW.«

»Sie sind das ganze Wochenende bei einem Mann geblieben, dem Sie nie zuvor begegnet waren?«

»Hören Sie. Ich bin über achtzehn, Sie sind nicht mein Vater, und ich habe kein Keuschheitsgelübde abgelegt. Ich weiß nicht, was Sie das angeht.«

Die Worte waren lauter und vehementer über meine Lippen gekommen, als ich gewollt hatte. Dabei war mir genau das auch die ganze Zeit durch den Kopf gegangen. Was, zur Hölle, band mich an einen drogensüchtigen Biologieabsolventen, der sein Leben mit einem Laden, zwei Alten und einem Gewächshaus voller Karnivoren fristete? Was es auch war, es band mich an ihm fest, sehr fest.

»Verzeihen Sie, Frau Di Marco. So hatte ich das nicht gemeint. Das ist natürlich Ihre Sache. Ich wollte wissen, ob Sie das ganze Wochenende zusammen waren.«

»Ja.«

»Und seitdem haben Sie ihn nicht wiedergesehen?«

Plötzlich fiel mir ein, wie er kurz nach der Operation, nach dieser schrecklichen Operation, blass neben meinem Bett gesessen hatte. »Doch«, sagte ich. »Er hat mich hier besucht.«

Böse neigte sich interessiert mir zu. »Wann war das?«

»Auch am Montag. Irgendwann am späten Nachmittag oder abends. Ich bin nicht sicher, ich war noch benommen von der Narkose und von …« Schmerz schoss in meinen Stumpf. »Ich würde jetzt gerne meine Tabletten nehmen.«

»Ja, klar.« Böse erhob sich. »Kann sein, dass ich Sie noch einmal befragen muss. Können Sie mir Ihre Handynummer geben, damit ich Sie erreichen kann?«

Ich nickte, rollte mein neues Gefährt ins Zimmer und schrieb sie auf. Er legte seine Karte auf den Tisch.

»Falls Sie mich sprechen wollen«, sagte er und verabschiedete sich. Bevor er die Tür erreichte, öffnete sie sich, und ein neues Gesicht schob sich ins Zimmer.

»Kommst du?«, fragte ein Mann.

Böse hob die Hand und ging. Kurz darauf kam er zurück und nahm seinen Trenchcoat mit.

Ich rollte auf den Balkon und atmete auf. Endlich holte ich meinen Tabak aus der Tasche, drehte eine Zigarette und zündete sie an. Diesmal würde ich sie zu Ende rauchen, und wenn der Chefarzt persönlich hereinschneite. Mein Freund, der Sperling, setzte sich auf die Balkonbrüstung und schaute mir dabei zu.

26

Nackte Füße, in Sandalen und in Highheels, blieben stehen. »Gehen Sie weiter. Das ist eine Polizeiaktion«, schnarrte eine Stimme hinter ihm.

Ein Knie hatte sich in seinen Rücken gebohrt, und Handschellen waren zugeschnappt, ein ihm nicht völlig unbekanntes Geräusch. Tom hatte gar nicht so schnell reagieren können, wie er zu Boden gestoßen und in Fesseln geschlagen wurde. Die Fliesen unter seiner Wange rochen nach Desinfektionsmittel und Staub. Die Füße verschwanden aus seinem Blickfeld und der Druck auf seinen Rücken ließ nach.

»Stehen Sie auf.«

Tom erhob sich mühsam. Ein paar Passanten glotzten ihn an.

»Gehen Sie.« Die Stimme ließ keinen Widerspruch zu, sie gehörte nicht Hauptkommissar Böse, sondern einem Mann mit dunklem Vollbart und Glatze.

»Was wollen Sie von mir?« Tom blickte verwirrt in das fremde Gesicht. Der Mann stellte sich als Wolf Seidel vor, Kriminalpolizei Neustrelitz, und schob ihn vorwärts. Unweit des Hintereingangs vom Krankenhaus parkte ein Wagen. Seidel öffnete den Fond und drückte Tom auf den Rücksitz.

»Wir wollen uns mit Ihnen unterhalten, aber Sie haben sich dem Gespräch entzogen.« Seidel ging um den Wagen herum und nahm auf dem Beifahrersitz Platz. »Wir hätten gern gewusst, warum und wo Sie Sophie Freitag verstecken.«

»Ich …«

Bevor Tom antworten konnte, stieg der Mann wieder aus, schloss die Türen mit seiner Fernbedienung und ging zurück ins Krankenhaus. Er wusste, dass Tom mit seinen auf dem Rücken gefesselten Händen kein Schloss entriegeln und weglaufen konnte. Nach wenigen Minuten kam er mit Böse wieder, sie diskutierten miteinander, schwiegen aber, als sie sich zu ihm in den Wagen setzten. Böse fuhr.

Der Weg zum Präsidium war nicht weit. Das Polizeigebäude war ein kleines, wenig ansehnliches Haus mit einem erneuerungsbedürftigen Anstrich, drinnen roch es nach Linoleum und kaltem Kaffee. Man führte ihn in einen Vernehmungsraum, entfernte die Handschellen und ließ ihn allein. Zwei Stühle, ein angeschraubter massiver Tisch, ein Spiegel an der Wand gegenüber, zwei winzige Fenster unter der Decke, die obligatorische Neonleuchte. Wie im Fernsehen, dachte Tom. Was würde aus Sophie werden, wenn sie ihn hier festhielten? Sie wartete auf ihn. Zum Glück hatte er noch rasch die Taste drücken können, um ihr eine SMS zukommen zu lassen. Dass man nach ihm suchte, hatte er nur vermutet. Nun ja, es hatte sich bestätigt. Böse und Seidel traten ein. Seidel brachte einen Stuhl mit.

»Wir haben nach Ihnen gesucht, Herr Sebald«, begann Böse.

»Jetzt haben Sie mich ja gefunden. Was, in aller Welt, wollen Sie von mir? Ich habe Ihnen alles erzählt, was ich weiß.«

»Das ist eigentlich ganz einfach. Wir wollen wissen, wo Sie in der Nacht auf Freitag, den 21. Mai gewesen sind«, sagte Seidel.

»Ach ja? Und warum?«

»Weil wir im Umfeld des Ermordeten alle fragen, wo sie sich zum Mordzeitpunkt aufgehalten haben.«

Seidel nahm seine Brille ab, ohne die schwarz gefassten Gläser wirkte er umgänglicher.

»Und dafür schleppen Sie mich hierher wie einen Schwerverbrecher.«

»Vielleicht sind Sie ja einer?«

»Mann, ich ermorde doch niemanden.«

»Mehr als ein Motiv hätten Sie«, warf Böse ein.

»Und das wäre?«

Darauf gab niemand eine Antwort. Es war auch nicht nötig. Böse wusste von der Erbschaft und davon, dass er Sophie beschützen wollte. Es war nun fraglich, ob ihm das gelingen könnte.

»Wo waren Sie in dieser Nacht, Herr Sebald«, wiederholte Seidel.

Tom atmete ein. Es ging wohl kein Weg daran vorbei, wenn er bald hier rauskommen wollte, gleichgültig was er von der Polizei hielt. Gute Erfahrungen hatte er mit ihr nicht gemacht. Eine Verurteilung auf Bewährung wegen Drogenbesitzes vor gut fünf Jahren. Seine Mutter hatte immer gezittert und die Straßenseite gewechselt, wenn sie einem Polizisten begegnet war. Nie hatte sie über ihre Erlebnisse in Bautzen gesprochen und auch nicht, wer den Plan zu ihrer Flucht in den Westen verraten hatte. Nach der Haft hatte sie sich zurückgezogen, mit kaum jemandem geredet, getrunken und gemalt. Nur Annelie und Frieder hatte sie vertraut. Irgendjemandem musste man vertrauen. Wie sollte man leben, wenn man niemandem trauen konnte?

»Im Laden natürlich, wie immer. Annelie und Frieder können das bezeugen und noch einige andere Leute, denn am Donnerstag hat einer meiner Kunden Geburtstag gefeiert, und ich habe Bier, Cola, Würstchen geliefert, später am Abend dann noch mal ein paar Flaschen Wodka, Salzstangen, ist ein guter Kunde, da guckt man nicht auf die Zeit …«

»Das werden wir überprüfen.«

»Das können Sie. Warum haben Sie mich das nicht gleich gefragt, Herr Böse? Ich hätte Ihnen ohne Weiteres Auskunft gegeben, dafür brauchten Sie mich nicht wie einen Verbrecher herzuzerren. Ich wohne hier, wissen Sie? Die Leute kennen mich. Und es ist auch schon ohne Ihre *Polizeiaktion* schwierig genug, den Laden am Laufen zu halten.« Tom starrte Böse an.

»Es bestand kein Grund, nach Ihrem Alibi zu fragen, bis Sophie Freitag Ihnen den Mord gestanden hat und Sie ihr geholfen haben zu verschwinden. Finden Sie nicht, das sieht nach einer Komplizenschaft aus? Wo ist sie übrigens?«

Tom schwieg. Offenbar hatten sie Sophie noch nicht gefunden. Und wahrscheinlich würde es geraume Zeit dauern, wenn sie sich nicht rührte, denn es gab zahlreiche Bootsschuppen, Scheunen und leerstehende Häuser, in denen man unterkommen konnte. Tom hoffte, dass sie sich still verhielt und wartete. Nur würden über kurz oder lang die Vorräte ausgehen, die er ihr gebracht hatte, oder das Alleinsein da draußen wäre ihr zu viel.

»Wir können Sie eine Weile hierbehalten, Herr Sebald«, sagte Böse. Er erhob sich und ging auf und ab.

Ungeduldig ist er, dachte Tom. Es verschaffte ihm auf eine sinnlose Art Befriedigung. Tom lehnte sich zurück. »Weswegen?«

Böse knallte die flache Hand auf den Tisch. »Wegen Drogenbesitzes, Verdunklungsgefahr und Mordverdachts!«

Die Augen des Hauptkommissars blitzten ihn an. Für einen Moment hatte Tom das Gefühl, an Boden zu gewinnen, dann brach ihm der Schweiß aus, und er wusste, dass er nicht lange durchhalten würde, ohne seine »kleine Dosis« oder wenigstens ohne Frieders Tabletten, die auf seinem Küchentisch lagen. Dennoch, eine Weile würde er es schaffen.

»Dann muss ich mich wohl um einen Rechtsbeistand kümmern«, sagte er so lässig, er es vermochte.

Die beiden Männer verließen den Raum. Tom drehte dem Spiegel den Rücken zu. Er zitterte.

Claire

Den Rest des Vormittags hatte ich auf dem Balkon verbracht und in einem Buch geblättert, nachdem sich eine Neue im Nachbarbett ausgebreitet und ununterbrochen geredet hatte. Ihr Mann hatte sie dort abgeladen und war mit den drei Mädchen im Kindergartenalter nach einer tränenreichen Verabschiedung wieder verschwunden. Die Frau mochte in meinem Alter sein und zeigte mir, sobald die Familie die Tür hinter sich geschlossen hatte, erst einmal ihre Brust. Ein Knoten sollte daraus entnommen werden. Die Ärzte sagten, es sei nichts Schlimmes, und sie müsse sich keine Sorgen machen, aber das sagten die ja immer, nicht wahr? Wahrscheinlich hatte sie Krebs und was würde dann aus ihren Kindern werden? Ich bin Sigrun übrigens, sagte sie, und du kannst du zu mir sagen. Dann erschien Schwester Hannelore, brachte ihr eine Tablette und ein OP-Hemd. Nach einer halben Stunde schlief Sigrun und nach einer weiteren halben Stunde wurde sie aus dem Zimmer gefahren.

Ich hatte mich angezogen, damit ich mich nicht so krank fühlte, und gelesen, dann hielt ich das Buch auf dem Schoß und sah zur Eiche hinüber. Die Sonne wärmte mein Gesicht. Endlich Ruhe. Mit einem Mal fuhr ich hoch. Eine junge Frau stand vor mir und trat von einem auf das andere Bein.

»Ich wollte Sie nicht erschrecken«, sagte sie.

Ich musste eingeschlafen sein, mein Nacken schmerzte.

»Ich habe geklopft«, entschuldigte sie sich. Groß war sie nicht, aber füllig. Sie trug ein schwarzes Kapuzenshirt und eine nicht mehr ganz saubere Jeans, über deren Bund eine Speckfalte quoll.

»Ich bin Sophie«, sagte sie einfach.

Ich rieb mir die Nackenmuskeln. »Hallo Sophie. Tom hat mir von dir erzählt.« Wieso duzte ich sie eigentlich? Üblicherweise empfand ich es als eine Unsitte, jedermann zu duzen, bei ihr schien es mir ganz normal. »Ich dachte, du versteckst dich. Was tust du hier?« Ich war noch nicht ganz wach.

»Ich habe Tom nicht erreicht. Weißt du, wo er ist?«

»Ehrlich gesagt, komme ich wenig raus.« Ich wies auf mein verlorenes Bein und versuchte ein Lächeln. »Ist er nicht im Laden?«

»Annelie weiß auch nicht, wo er ist.«

Langsam ordneten sich meine Gedanken.

»Und was machst du hier?«

»Ich habe dich angerufen.« Ein Vorwurf stand in ihrem Gesicht. Das erklärte natürlich alles.

»Aha.« Wahrscheinlich war ich doch fest eingeschlafen, ich hatte nichts gehört. »Die Polizei sucht dich, sagte Tom.«

Sie kniff die Augen zusammen, als könne sie so besser sehen, was Tom mir alles erzählt hatte. »Ich kann da nicht bleiben. Ich bin ganz allein.«

»Und was willst du nun hier?«

Sie zuckte die Schultern und senkte den Blick. Sie konnte nicht allein sein. Wer konnte das schon? Ich war lange allein gewesen mit der Werkstatt, den alten Autos und meinen Gedanken, irgendwie war es gegangen, nur nicht gut.

Ich betrachtete die junge Frau eine Weile. Das war also Toms Schwester. »Okay«, sagte ich. »Lass uns einen Kaffee am Kiosk holen und uns in den Park setzen. Ein bisschen frische Luft kann nicht schaden.« Und eine neue Perspektive auch nicht. Außerdem war es besser, als den Redeschwall von Sigrun ertragen zu müssen, wenn sie nachher wieder im Zimmer und bei Bewusstsein wäre.

»Gerne.« Sophie lächelte, sodass ein Grübchen auf ihrer Wange entstand. Als sie die Griffe meines Rollstuhls nehmen wollte, sagte ich »ich mach das schon« und ließ mir die Tür aufhalten.

Der kleine Park hinter dem Krankenhaus hatte originell angelegte Rabatten, hübsche Sitzecken, umstanden von schmalen Hecken oder Pergolen und einige uralte Bäume mit wuchtigen Kronen. Wir wählten eine abgelegene Nische ganz hinten am Zaun. Sophie stellte die Kaffeebecher auf den Tisch und ließ sich auf einer Bank nieder. Dann holte sie tief Luft.

»Zu Hause hab ich mich oft mit ein paar Freunden im Krankenhauspark getroffen, bis sie uns weggejagt haben. Dann sind wir runter zum Markt, aber auch da durften wir nicht bleiben. Es gibt keinen Platz für solche wie uns.«

Sie blinzelte in die Sonne.

»Was willst du jetzt machen, Sophie?«

»Ich weiß es nicht.«

Würde der Kaffee nicht nach Kaffeebecher schmecken, wäre er richtig gut, ich nahm einen weiteren Schluck. Sophie rührte ihren nicht an.

»Magst du nicht?«, fragte ich.

»Ich habe Migräne. Ist nicht mehr so schlimm, trotzdem.«

»Dann solltest du es unbedingt mit Kaffee versuchen. Der hilft da manchmal.«

Sie winkte ab. »Hab ich schon. Ich habe alles schon versucht. In letzter Zeit ist die Migräne nicht mehr ganz so stark, ich weiß auch nicht wieso.«

»Sei froh!« Immer noch verstand ich nicht, was sie von mir wollte und warum sie das Risiko eingegangen war, ihr Versteck zu verlassen. Tom hatte gesagt, dass sie ein bisschen verrückt sei. Mir dagegen kam sie ganz normal vor, abgesehen von ihrer Behauptung, ihren Vater umgebracht haben zu wollen. Das jedoch hatte Tom mir erzählt, wie aber sollte ich wissen, ob ich ihm glauben konnte. In den letzten Tagen war so viel Ungeheuerliches passiert, dass ich überhaupt nicht mehr wusste, wem ich was glauben sollte.

»Wollen wir einen Spaziergang machen?« Abrupt sprang Sophie auf und legte eine Energie an den Tag, die ich nicht von ihr erwartet hätte.

»Nein, weißt du, ich bin nicht zum Vergnügen hier, und außerdem wird man mich vermissen. Wahrscheinlich wundert sich Schwester Hannelore schon, wo ich stecke.«

»Ach, was. Nur ein bisschen rumlaufen, äh, fahren«, verbesserte sie sich und errötete. Damit packte sie die Griffe meines Rollstuhls und schob mich den Weg hinunter zum Ausgang des Parks.

»Hey, hör mal. Ich will nirgendwohin, außer zurück auf mein Zimmer. Es strengt mich alles noch ziemlich an.«

»Morgen kommen wir ja wieder.«

27

Conrad sah durch den Spiegel auf Tom Sebalds Rücken. »Was ist das nur für ein Scheißfall?« Festgefahren, dachte er.

»Immerhin habt ihr zwei Mörder. Das ist mehr, als man üblicherweise hat.« Wolf Seidel grinste und strich sich über seinen kahlen Schädel. Conrads Telefon klingelte.

»Ja?« Er sagte noch ein paar Mal »ja« und »nein« und »Scheiße« und legte auf.

»Eine Mörderin! Es ist nur noch eine. Und die befindet sich zugedröhnt in der Psychiatrie. – Das war Julia. Das Messer, das

Henry Freitag als Tatwaffe präsentiert hat, ist sauber bis auf winzige Blutreste.«

»Also doch!«

»Reste von Rinderblut. Mit dem Messer ist Steak geschnitten, aber kein Mensch umgebracht worden.«

»Scheiße.«

»Sag ich doch. Julia hat Henry Freitag nach Hause geschickt und ihm eine Anzeige wegen Irreführung verpasst. Das ist alles. – Nein, noch eine Kleinigkeit: Man hat das Haus der Freitags noch einmal durchsucht, hatte auch einen Leichensuchhund dabei. Freitags Augen sind nicht aufgetaucht. Wer weiß, wo die Freitag die versteckt hat, wenn sie überhaupt etwas damit zu tun hat.«

»Was denkst du? Hat der da etwas damit zu tun?« Seidel wies mit dem Daumen hinter sich in Richtung Spiegel.

»Ich weiß gar nichts mehr. So einen behämmerten Fall hatte ich noch nie. Wir müssen die kleine Freitag finden. Sie hat mindestens so einen Knall wie ihre Mutter. Ist auch kein Wunder. Julia hat mir erzählt, was bei denen abgegangen ist. Genaugenommen hat es nicht den Falschen erwischt.«

»Das ist nicht dein Ernst.«

Conrad war unruhig umhergegangen, nun setzte er sich und stützte den Kopf in die Hände. »Nein. Trotzdem. Wenn es so ein sadistisches Arschloch trifft, fehlt mir ein bisschen der innere Antrieb, verstehst du?«

»Seit wann spielst du den Gerechtigkeitsfanatiker? Ich muss dir ja wohl nicht erzählen, dass es Gesetze gibt in diesem Land.«

Conrad winkte ab. »Lass uns nicht darüber reden. Es ist müßig. Was meinst du? Wie lange können wir Sebald hierbehalten?«

»Höchstens bis morgen. Für länger wird es nicht reichen, selbst wenn wir eine Hausdurchsuchung durchkriegen und ein paar Drogen finden. Oder denkst du wirklich, der haut ab?«

»Nein, denke ich nicht. Irgendwie glaub ich auch nicht, dass er es war. Rein formal hätte er ein Motiv. Aber ich hab mich mit ihm unterhalten. Mir kommt es nicht so vor, als würde er für Kohle einen Mord begehen und schon gar nicht auf diese Weise. Und sonst? Möglich, dass er die kleine Schwester versteckt. Ihretwegen den Vater, den er kaum kennt, umzubringen, wäre eine andere Sache. Glaub ich nicht dran. Eigentlich hab ich überhaupt keine Idee, wer den Kerl umgebracht haben könnte. Vielleicht hat Julia Recht, und Eck und seine allerliebste Lebensabschnittsgefährtin waren es.« Conrad hob die Schultern und starrte vor sich hin. Eine Stille entstand. Dann wurde Tom Sebald von zwei Beamten abgeholt. Den Rest des Tages und die kommende Nacht würde er in der Zelle verbringen.

Claire

Diese Sophie war völlig verrückt. Mein Rollstuhl holperte über das Pflaster. Er war noch nicht für größere Ausflüge gemacht, und ich spürte jede Unebenheit.

»Morgen? Sag mal spinnst du? Man wird nach mir suchen und nach dir sowieso. Dreh sofort um!« Ich versuchte, die Schwungräder des Gefährts mit den Händen zu stoppen. Das war natürlich sinnlos. Sie schob mich an Läden vorbei, die gerade Mittagspause hatten, bog in eine einsame Gasse ein und überquerte eine größere, wenig befahrene Straße. Ich erwischte die Bremse, aber sie bewirkte gar nichts. Inzwischen rannte sie fast.

»Halt sofort an!« Ein Mann ging auf der anderen Straßenseite. Sollte ich um Hilfe schreien? Bevor ich mich entschließen konnte, keuchte sie: »Ich kann nicht allein sein. Das konnte ich noch nie. Tom hat gesagt, du hilfst mir.«

Hatte er ihr das gesagt? Und wenn ja, wie kam er darauf und wie sollte ich das machen, wo ich eher selbst Hilfe brauchte?

»Ich kann dir nicht helfen, Sophie. Und so schon gar nicht. So wird alles nur noch schlimmer. Verstehst du das nicht?« Mittlerweile konnte ich den Bahnhof sehen.

»Wo willst du hin?«

»Zum Bootsschuppen natürlich. Und du kommst mit. Im Krankenhaus ist es scheiße, da sind nur Kranke.«

»Ich bin krank.«

Sie schob mich quer über den Bahnhofsplatz zur Unterführung. Ich hörte ihren Atem in meinem Nacken. Gott sei Dank oder dummerweise hatte die Unterführung eine Rollstuhlrampe. Graffitis flogen an mir vorbei, es stank nach Urin und Dreck. Auf der anderen Seite führte ein unbefestigter Weg in ein abgetrenntes Areal, dessen Zaun seine Funktion nicht mehr erfüllte. Was wollte sie hier? Sie würde ja wohl nicht mit der Bahn zum Bootsschuppen fahren wollen. Angst schnürte mir die Kehle zu. Bleib ruhig, denk nach. Es ging zwischen zwei brüchigen Gebäuden hindurch. Plötzlich stoppte sie. Ich klammerte mich an die Armlehnen, um nicht vornüberzukippen. Der Platz hinter den Gebäuden war leer.

»Ich weiß genau, dass es da war. Bleib sitzen. Es muss hier sein.«

Etwas anderes, als sitzen zu bleiben, wäre mir auch nicht eingefallen. Sophie rannte los, lief in ein offenstehendes Tor, kam wieder heraus, lief in das andere Gebäude und kam wieder zurück. Sie stützte die Hände auf die Knie und atmete heftig, dann hob sie den Kopf. »Ich kann dich nicht mitnehmen. Es ist weg.«

Erleichterung machte sich in mir breit, wenigstens konnte sie mich nicht mitnehmen. Sie setzte sich auf das zerfallene Mäuerchen, das mitten auf dem Platz ein Viereck bildete und dessen ehemalige Funktion mir verschlossen blieb. Mein Stumpf und mein Rücken schmerzten, ich fühlte mich, wie von einer Dampflok überrollt. Langsam holte ich meinen Tabak aus der Tasche und drehte eine Zigarette. »Und was jetzt?« Ich blies den Rauch aus. Das vertraute Ritual beruhigte mich ein wenig.

»Sie haben es bestimmt geklaut. Alex wird mich zur Schnecke machen, wenn sie sein Auto geklaut haben.«

»Bist du schon mal auf die Idee gekommen, dass es bei der Polizei stehen könnte? Sie suchen dich.« Und mich inzwischen vielleicht auch schon. Hoffentlich. Inständig wünschte ich mich in die Sicherheit des Krankenzimmers zurück. Sicherheit. Die hatte ich bis vor Kurzem nicht mehr gewollt. Das Meer hatte ich gewollt, seine unendliche Freiheit. Und nun saß ich zwischen verfallenen Lokschuppen und sehnte mich nach Sicherheit.

»Ich kann nicht allein sein. Ich kann nicht, verstehst du?« In Sophies Gesicht lag Qual. Sie tat mir leid.

»Ja.« Irgendwie verstand ich sie. »Trotzdem kann man nicht einfach x-beliebige Leute durch die Gegend kutschieren, einfach mitnehmen. Man nennt das Entführung.«

Erschrocken sah sie auf. »Ich hab dich doch nicht entführt! Tom hat gesagt, du hilfst mir.«

»Das mag sein.« In meinem Kopf ratterte es. Ich wollte sie nicht gegen mich aufbringen, so unberechenbar wie sie war. »Schau«, sagte ich. »Es ist nicht mehr lange bis morgen. Nur noch einmal schlafen. Dann kommt Tom bestimmt zurück, und ihr überlegt, was zu tun ist. Er hat sicher eine Idee.«

»Ja, klar. Er sagt, ich soll mich stellen. Aber das geht nicht. Dann kommt mein Kind ins Heim. Das geht nicht«, wiederholte sie.

»Vielleicht gibt es ja noch eine andere Lösung.« Ich hatte keine Ahnung, was ich damit meinte. Ich wollte nur zurück und weg von dieser verrückten Person.

»Könnte sich nicht sein Vater darum kümmern?«, fragte ich arglos. Sofort wurden Sophies Augen zu Schlitzen.

»Sein Vater kann sich nicht darum kümmern. Sein Vater ist tot.« Sie schnellte hoch und lief hin und her, und meine Angst kehrte zurück. Nach ein paar Runden um das gemauerte Viereck blieb sie stehen.

»Ich muss weg.« Das war ein Lichtblick. Dann lief sie wieder hin und her. »Aber ich kann nicht.«

»Wie bist du denn hergekommen?«

»Mit dem Rad.«

»Dann nimmst du dein Rad, fährst zurück zum Schuppen und schläfst dich aus. Dann ist schon morgen.«

Auf ihrem Gesicht kämpfte die Angst vor der Einsamkeit mit der Furcht vor Entdeckung. Endlich fasste sie einen Entschluss.

»Okay«, sagte sie, nahm die Griffe meines Rollstuhls und fuhr mich zurück zur Unterführung, diesmal vorsichtig jeder Unebenheit ausweichend.

Auf dem Bahnhofsvorplatz stand ein Streifenwagen. Sophie erstarrte vor der Tür, die sich sinnlos automatisch öffnete und schloss.

»Ich muss weg.« Sie drehte sich noch einmal um. »Entschuldige, Claire.« Damit schlüpfte sie durch die Tür, schlenderte zum Fahrradständer hinüber und nahm eines der Räder, das irgendwer unvorsichtigerweise nicht abgeschlossen hatte. Ich sah ihrem Rücken nach, als sie davonradelte.

Schwester Hannelore war von einer Schwester abgelöst worden, die ich noch nicht kannte, einer hübschen, großgewachsenen mit einem kecken Kurzhaarschnitt, sie brachte gerade Kaffee und Kuchen. Sigrun erwachte, als ich ins Zimmer rollte. Der Ausflug hatte mich unglaublich erschöpft, der Rückweg ins Krankenhaus war mir wie eine nicht enden wollende Strapaze vorgekommen. Den Rollstuhl mit eigener Kraft über eine längere Strecke in Bewegung zu setzen, vom Bahnhof zum Krankenhaus, dann durch die Eingangshalle hin zum Aufzug, hinauf zur Station, den Flur entlang – das war ungewohnt und sehr anstrengend. Ich hatte Tränen in den Augen, als ich mein Bett sah. Ich nahm einen tiefen Zug aus meiner Wasserflasche, entledigte mich meiner Hose und schob mich unter die Decke. Sigruns Bericht über ihre Operation, die Narkose, ihre Kinder, und was weiß ich, brandete an meine Ohren, erreichte aber nicht mein Hirn. Nur manchmal sagte ich »hm«.

28

Es war spät geworden und Tom Sebalds Laden hatte bereits geschlossen. Conrad parkte den Wagen, stieg aus und ging um das Haus herum. Am Ende des Grundstücks drückte sich ein Gewächshaus an eine Mauer. Die Tür stand offen. Conrad folgte dem Pfad, überquerte einen Streifen verbrannten Grases und rief: »Hallo?«

Keine Antwort. Die Scharniere quietschten, als er die Tür weiter aufschob.

»Hallo?«

»Komme!« Ganz hinten zwischen üppigen, wachsartigen Blättern bewegte sich ein roter Tupfen. Kurz darauf trat die Frau in den Gang, die Conrad schon im Laden gesehen, die ihn mit einem Glas Wein versorgt hatte. Sie hatte ihr Haar unter einem Kopftuch versteckt.

»Herr Böse.« Sie lächelte. »Was gibt's?«

»Wahrscheinlich werden Sie den Laden noch bis morgen weiterführen müssen, Frau Große. Tom Sebald ist in Haft.«

»Tom? Ach.« Sie zog ein Höckerchen unter dem Pflanztisch hervor und setzte sich. »Was ist passiert?« Ihre Stirn legte sich in Falten. Sie sah besorgt aus.

»Wie gut kennen Sie Herrn Sebald?« Conrad schwitzte. Lieber hätte er das Gespräch nach draußen verlegt, wo der Abend die erste Kühle herantrug.

»Er war noch ein kleiner Junge, als er mit seiner Mutter herzog. Wir wohnten in der Nachbarschaft. Damals lebte mein Mann noch. Tom war oft allein. Seine Mutter arbeitete auf der LPG, und ich holte ihn manchmal vom Kinderhort ab, wenn sie keine Zeit hatte. Sie hatte oft keine Zeit.«

»Welche Beziehung hatte er zu seinem Vater?«

»Zu seinem Vater? Gar keine. Er kannte ihn nicht. Jedenfalls hat er nie von ihm gesprochen. Was sollen diese Fragen? Und was ist mit Tom?«

»Würde es Ihnen etwas ausmachen, unser Gespräch draußen fortzuführen?«

»Oh, nein, sicher nicht. Wenn man die Hitze hier drinnen nicht gewohnt ist, kann sie einem ganz schön zu schaffen machen.« Annelie Große sprang behände auf, wie man es ihr in ihrem Alter nicht zugetraut hätte.

»Gehen Sie schon vor. Ich muss noch das Wasser abstellen und die Tür absperren.«

Draußen atmete Conrad auf. Nahe beim Haus auf einem gepflasterten Geviert stand ein Tisch mit zwei Bänken. Annelie Große bot ihm Wasser an, schlüpfte durch den Hintereingang ins Haus und kam mit einer Flasche und zwei Gläsern zurück, dann setzte sie sich zu ihm. »Was ist denn jetzt mit Tom? Geht es um seine Drogen?«

Conrad nahm einen tiefen Zug aus seinem Glas und fühlte sich unmittelbar erfrischt. »Sie wissen davon?«

»Er nimmt nicht viel davon. Aber über die Jahre konnte er es nicht geheim halten, und einmal hatte er sogar einen Prozess vor Gericht deswegen.«

»Sie sind oft mit ihm zusammen, nicht?«

»Seit seine Mutter tot ist. Irgendjemand musste sich ja um den Jungen kümmern.« Annelie nahm ihr Kopftuch ab und knetete es in den Händen. Die Frau machte sich offenbar wirklich Sorgen um Sebald. Einiges schien Tom ihr dennoch nicht anvertraut zu haben.

»Der Vater von Herrn Sebald ist ermordet worden.«

Annelie riss die Augen auf. »Und Sie glauben, dass es Tom war?«

»Nein. Eigentlich nicht. Wir ermitteln natürlich in alle Richtungen. Ein Motiv allerdings hätte er schon.«

»Und das wäre?« Die Unterarme auf den Tisch gestützt, schob die Frau ihr Kinn nach vorn.

Conrad entschied sich zunächst für eines der beiden Tatmotive. »Er wollte Sophie Freitag vor ihrem Vater schützen. Wo war er übrigens in der Nacht von Donnerstag auf Freitag?«

»Letzte Woche?«

»Ja, letzte Woche.«

»Lassen Sie mich überlegen ... Donnerstag, das war doch der 20. Mai, das war Lothars Geburtstag. Der hat groß gefeiert, und Tom hat ihn beliefert, noch spät am Abend, als denen die Getränke ausgegangen sind.« Annelie entspannte sich. »Sophie Freitag ist verrückt.«

»Sie kennen sie?«

»Nicht gut. Aber gut genug. Sie ist ein paar Mal hier gewesen, wenn sie zu Hause ausgebüchst war. Behauptet sie etwa, Tom hätte seinen Vater ermordet? Dann lügt sie. Sie lügt überhaupt.«

Nun war es an Conrad, zu staunen. Dass Sophie hier Zuflucht gesucht hatte, hatte Tom nicht erwähnt.

»Na ja«, räumte Annelie ein und strich sich eine Strähne hinters Ohr, »... wissen Sie, ich mag sie einfach nicht, obwohl sie wirklich arm dran ist.«

»Was meinen Sie damit?«

Annelie erzählte von den Misshandlungen, die die junge Frau hatte über sich ergehen lassen müssen. Nichts Neues für Conrad, obgleich er sich wunderte, dass Annelie davon wusste. Dann fragte sie: »Wo ist sie überhaupt?«

»Genau das ist der Punkt. Wir wissen es nicht. Und hoffen, Tom wird es uns verraten, wenn er genug hat von seiner Inhaftierung. Wann haben Sie Sophie Freitag zum letzten Mal gesehen?«

Nach einem Schluck aus ihrem Glas legte Annelie einen Finger an die Schläfe. »Gestern. Sie kam am späten Vormittag an. Muss ziemlich früh in Coesfeld losgefahren sein.«

»Haben Sie vielleicht eine Vermutung, wo sie sich aufhalten könnte?«

Wieder legte Annelie einen Finger an die Schläfe, eine Gewohnheit, die ihr nicht bewusst zu sein schien. »Tom hat ...«

Conrads Telefon klingelte. »Böse.« Wolf Seidel. Er war gerade informiert worden, dass eine Streife bereits heute Vormittag – die Meldung schien durch den Schichtwechsel verschlampt worden zu sein – den hellblauen Mazda von Sophie Freitag unweit des Bahnhofes zwischen einem ehemaligen Lokschuppen und einer Lagerhalle gefunden und zum Präsidium abschleppen lassen hatte. War sie mit dem Zug weitergefahren? Dann konnte sie überall sein. Zur Hölle mit diesem Fall, dachte Conrad und erhob sich.

»Vielen Dank, Frau Große, für Ihre Auskünfte und ...«, er wies auf den Tisch, »das Wasser.« Dann drehte er sich um und marschierte los.

»Warten Sie!« Annelie folgte ihm.

»Warten Sie. Sie wollten doch wissen, wo Sophie Freitag sein könnte.«

»Ich fürchte, wir wissen es. Wahrscheinlich ist sie schon wieder unterwegs.«

»Wollen Sie nicht vorsichtshalber in Toms Bootsschuppen nachsehen?«

Abrupt blieb Conrad stehen. »Tom hat einen Bootsschuppen?«

»Er nutzt ihn kaum noch. Früher war er oft dort draußen zum Angeln. Das Grundstück am See hat er vor ein paar Jahren einem Freund abgekauft, mit Bootsschuppen und zwei Ruderbooten. Viele haben hier ein Boot, ein Stückchen Land am See oder wenigstens einen Bootssteg.«

»Wissen Sie, wo das ist?« Röte stieg Conrad ins Gesicht und sein Herzschlag beschleunigte sich.

»Ja.«

»Können Sie es mir beschreiben?«

»Ja, also, Sie müssen die Landstraße in Richtung Brenzlin zurück, dann kommt irgendwann rechts eine Abzweigung, dann ...«

Das dauerte Conrad alles zu lange.

»Können Sie mich hinbringen?«

»Nein.« Sie hob die Schultern. »Ich habe kein Auto.«

Ungeduld zerrte an Conrads Nerven.

»Wenn ich Sie mitnehme, zeigen Sie mir dann, wo es ist?«

»Sicher. Ich muss sowieso in die Richtung. Kriegen Sie mein Rad in den Kofferraum?«

Wenn das alles war. Der XM Combi hatte einen Kofferraum, in dem ein Echo widerhallte, wenn man hineinrief. Für Conrads Empfinden dauerte es ewig, bis Annelie das Haus abgesperrt und ihre Einkaufstasche verstaut hatte. Der Wagen hinterließ eine Wolke aus feinem Sand, als sie endlich losfuhren. Annelie lotste ihn in einen Feldweg, den er am Vortag übersehen haben musste und der zu Recht für Fahrzeuge gesperrt war. Nach einem Kilometer bat Annelie ihn, zu halten.

»Hier muss ich links ab. Folgen Sie einfach dem Weg und nehmen die nächste Möglichkeit zum See hinunter, dann treffen Sie auf den Bootschuppen. Es sind höchstens noch zwei Minuten zu fahren. Sie können es gar nicht verfehlen.«

Conrad bedankte sich, lud das Fahrrad aus und ließ sein Auto weiter langsam den Weg entlangtorkeln, schneller ging es eben nicht. Tatsächlich erreichte er nach kurzer Zeit eine Anhöhe, von der aus man einen wundervollen Blick auf den See hatte. Die Sonne stand tief und spiegelte sich im Wasser, unter hohe Weiden duckte sich der Bootsschuppen. Urlaub, dachte Conrad und seufzte. Er parkte am Wegrand hinter einem Gebüsch und telefonierte mit Wolf Seidel.

»Ich geb dir Bescheid, wenn ich sie hier finde«, sagte er und legte auf.

Sophie

Sand knirscht. Sophie hört ihn kommen. Sophie hört alles. Sie hört alles, sieht alles und spürt alles. Viel zu nah. Manchmal hat sie Angst, dass die Dinge sie auflösen, sich hineindrängen in sie, sie aufnehmen und auslöschen, als sei sie nie gewesen, nie sie selbst, nie Sophie gewesen. Schritte knirschen um den Schuppen herum, schleichen, schlurfen, halten inne. Das ist nicht Tom. Sophie hat Hunger. Wenn sie nicht bald etwas isst, kommt der Kopfschmerz zurück. Sie muss immer tun, was der Kopfschmerz will. Er hält sie fest, auch am Leben. Die Schritte tappen zurück zum Tor. Es öffnet sich einen Spalt, Licht flutet hinein. Zu hell, viel zu hell. Sie drückt sich an die Wand. Die Bretter sind rau. Eine Silhouette erscheint im Rechteck des Tors.

»Sophie Freitag? Sind Sie hier?«

Nicht Tom. Sie kann nicht erkennen, wer es ist. Mühsam unterdrückt sie ihren Atem. Die Stimme kommt ihr bekannt vor. Die hat sie schon einmal gehört. Wenn sie sich nur erinnern könnte. Immer gerät ihr die Zeit durcheinander. Und die Leute und die Dinge, die sie aufsaugen. Wo ist Ko? Sie hatte ihr Krokodil mitgenommen. Ohne Ko wäre sie nie aus dem Haus gegangen. Wo ist es? Sie braucht Ko, wenn sie niemanden sonst hat. Sie kann nicht allein sein. Nur die Wand hinter ihr hat sie, sonst nichts. Die Gestalt kommt näher, bis sie neben dem Boot stehen bleibt. Der Mann scheint ihr mitten ins Gesicht zu blicken. Er erkennt sie nicht. Die Wand nimmt sie auf. Niemand kann sie sehen. Dann wendet er sich in die andere Richtung und sagt: »Ich bin Hauptkommissar Böse. Sie brauchen sich nicht zu verstecken. Ich will nur mit Ihnen reden.«

Der Bulle. Den kennt sie. Der war zu Hause mit dieser Tussi aufgetaucht und später allein bei Tom. Wo ist Tom?

»Wir haben Tom Sebald in Haft genommen, Frau Freitag.«

Er hat mich gehört, denkt Sophie. Ich muss leiser denken, nicht mehr denken. Er geht wieder durch den Raum, dann nimmt er ihren Rucksack vom Feldbett. Das darf er nicht. Da ist Ko drin. Er darf Ko nicht anfassen. »Nein«, schreit sie. Böse fährt herum, aber Sophie ist schnell. Sie entreißt ihm den Rucksack und quetscht sich durch die Tür hinaus zum Bootssteg.

»Warten Sie. Nur ein paar Fragen, Frau Freitag.«

Keine Fragen. Die Stimmen in ihrem Kopf schreien durcheinander. Zehn Schritte noch, da liegt das Boot. Der Mann ist hinter ihr, holt sie ein, fasst ihren Arm.

»Bleiben Sie stehen! Ich will nur mit Ihnen reden, verdammt!«

Sie reißt sich los, springt ins Boot. Es wackelt und Sophies Welt gerät ins Wanken. Der See, die Büsche, der Himmel. Ko ist im Rucksack, im Boot, in Sicherheit. Sie bückt sich, greift nach dem Ruder. Der Schmerz pocht in ihrem Kopf. Links.

Und der Mann ist auch im Boot. Sie sieht, wie er die Lippen bewegt, hört ihn nicht. Er erwischt das Ruder, aber sie hält es fest. Sein Gesicht, seine Augen ganz nah. Sie stößt ihn mit aller Kraft von sich. Das Boot wankt. Der Mann stolpert, stürzt, stöhnt, bleibt liegen. Sophie hat das Ruder. Sie setzt sich zum Rucksack.

Atmet.

Der Mann hat die Augen geschlossen, bewegt sich nicht. Die Augen. Die Augen. Sie muss fort. Aber sie kann nicht. Da liegt der Mann. Das Boot steht endlich still, fast still. Der See schwankt kaum noch.

Sie atmet.

Vorsichtig steht sie auf, nimmt den Rucksack, steigt über die Bordwand ins Wasser. Es ist kalt. Sie steht bis zur Taille im See. Dann hievt sie sich zum Bootssteg hinauf. Wieder hört sie den

Mann stöhnen. Aber sie dreht sich nicht um, läuft in den Schuppen, von da den Weg zur Anhöhe hinauf. Dort bleibt sie stehen. Es ist ganz still.

Was soll sie tun? Tom. Was ist mit Tom? Der Mann hat es gesagt. Wenn sie sich nur erinnerte. Dann fällt es ihr ein. Sie haben ihn eingesperrt. Aber warum? Langsam läuft sie weiter, biegt vom Weg ab, hockt sich hinter einen Busch. Ihr Kopf. Die Ameisen kribbeln wieder. Die Gedanken können sich nicht halten in ihrem Kopf, sie rasen heran und verschwinden. Ganz schnell. Sie kann sie nicht fassen. Nur die Stimme hört sie ganz deutlich. Nein, sie hört sie nicht, sie spürt sie. Du bist schlecht, sagt die Stimme. Das sagt sie immer. Und Sophie glaubt ihr. Du bist schuld, sagt die Stimme auch. Daran, dass Vater tot ist. Und daran, dass Tom weg ist.

»Wo ist Tom?«, fragt Sophie. Eingesperrt, sagt die Stimme. Und du bist schuld.

»Wo soll ich denn jetzt hin«, fragt Sophie. Die Stimme lacht, laut, ganz laut. Sophie hält sich die Ohren zu. Aber sie weiß, dass das nichts nützt. Sie weiß auch, was hilft, nimmt das Messer aus dem Rucksack und zieht die Klinge über ihren Unterarm. Schmerz, Blut. Die Stimme schweigt. Sophie atmet auf. Endlich sind alle weg. Die Gedanken, die Stimme. Die Sonne wärmt ihre Haut. Alles hat seinen Platz. Sophie sieht den Bullen den Weg heraufkommen. Er hält sich den Kopf. Dann ist er bei ihr.

»Geben Sie mir das Messer, Frau Freitag«, sagt er leise und lächelt schief. Er nimmt es ihr aus der Hand.

»Sie haben sich verletzt.«

Sophie sieht das Blut. Sie hat es wieder getan. Sie wollte es nicht mehr tun, nie mehr. Dann weint sie.

»Kommen Sie, Frau Freitag. In meinem Auto habe ich einen Verbandskasten.«

Sophie erhebt sich und geht zu dem Wagen, den sie erst jetzt hinter den Büschen entdeckt. Der Bulle öffnet die Beifahrertür.

»Setzen Sie sich.« Er sucht etwas im Kofferraum.

Sie könnte wegrennen. Aber wohin? Also bleibt sie. Der Kopfschmerz hämmert. Im Rucksack müsste eine Tablette sein. Sie geht nie ohne eine Tablette aus dem Haus. »Geben Sie mir meine Kopfschmerztabletten.«

Der Bulle greift nach dem Rucksack.

»Nein«, schreit sie. »Ich mach das selbst.« Die Tabletten sind im Seitenfach. Sophie nimmt eine und schiebt sie unter die Zunge.

Er stellt den Verbandskasten auf dem Armaturenbrett ab, tritt einen Schritt zurück und hebt die Hände.

»Was wollen Sie?«

»Erstmal Ihren Arm verbinden.« Seine Augen blicken sanft, besorgt. »Darf ich?«

Sophie nickt, und er tupft das Blut ab, wickelt eine Mullbinde um den Arm.

»Und jetzt?«, fragt er.

»Etwas zu essen. Haben Sie etwas?«

»Machen Sie das Handschuhfach auf, da ist ein Schokoriegel drin.«

Ein Schokoriegel und eine Flasche Cola. Sie löst das Papier und beißt hinein. Die Schokolade ist weich und süß.

»Wo bleiben Sie heute Nacht?«

»Ich weiß es nicht. Was ist mit Tom?«

»Wir haben ihn in Haft genommen.«

»Warum?«

»Wie wäre es, wenn wir zu ihm fahren?«

Das wäre gut, denkt Sophie. Bei Tom ist immer alles gut.

»Also dann …« Er schließt die Beifahrertür, geht um den Wagen herum und setzt sich ans Lenkrad. Während der Motor anspringt, klacken die Türschlösser. Sophie zuckt. Kurz blickt Böse sie von der Seite an, dann beißt sie noch einmal von ihrem Schokoriegel ab.

Eine Weile holpert der Wagen über den Feldweg, dann biegt er auf die Allee ein. Langsam ebbt der Kopfschmerz ab. Sophie lehnt den Kopf an die Scheibe an und fühlt sich unendlich müde. Aus dem Radio tönt leise Musik. Die Landschaft zieht an ihnen vorüber. Sophies Kopf ist leer. Ich sollte nicht schlafen, denkt sie. Dann schläft sie.

29

»Komm raus. Weißt du, wen ich hier habe?« Das Telefon am Ohr blickte Conrad durchs Seitenfenster auf die schlafende Frau. Blonde Strähnen hingen ihr ins Gesicht, dunkle Schatten unter den Augen. Die Unterlippe zitterte ein wenig, ohne Make-up sah Sophie Freitag fast kindlich aus.

»Ja, genau. Du kannst die Fahndung abblasen.« Conrad steckte das Handy ein.

Es dauerte eine Ewigkeit, bis Wolf Seidel endlich aus der Tür des Polizeipräsidiums trat.

»Das ist sie?«, fragte Seidel. Conrad nickte.

»Wo hast du sie eingesammelt?«

»Eine lange Geschichte. Hast du etwas gegen Kopfschmerzen?« Sein Hinterkopf wies eine beachtliche Beule auf. Aber er konnte Wolf natürlich nicht erzählen, dass Sophie Freitag ihn außer Gefecht gesetzt und er es nur ihrer Angst zu verdanken hatte, dass sie nun in seinem Wagen saß.

»Ist sie verletzt?« Seidel ging ganz dicht an die Scheibe heran und besah den Verband. Plötzlich riss die Frau die Augen auf, große graue Augen. Seidel erschrak und trat einen Schritt zurück. Die beiden Polizisten tauschten einen Blick, bevor Conrad die Tür öffnete.

»Kommen Sie, Frau Freitag.«

»Wo ist Tom?« Sie rieb sich die Augen, nahm den Rucksack, den sie die ganze Fahrt umklammert gehalten hatte, und stieg aus, schlaftrunken taumelte sie noch. Conrad streckte den Arm aus und wies auf den Eingang.

Tom und Sophie saßen sich gegenüber und schwiegen. Im Licht des Vernehmungsraums wirkten ihre Gesichter fahl.

»Was glaubst du, was passiert?«, fragte Wolf Seidel. Er lehnte am Tisch und sah durch die Scheibe, die vom angrenzenden Raum aus verspiegelt war. Conrad hob die Schultern. »Keine Ahnung. Sie wird ihm schon nichts tun.«

»Was meinst du damit?«

»Sie kommt mir … wie soll ich sagen, unberechenbar vor.«

Aus dem Lautsprecher tönte ein Räuspern.

»Sie müssen dich gehen lassen, Tom«, sagte Sophie.

Tom nahm ihre rundliche Hand. »Geht es dir gut?«

Sie nickte. »Warum halten sie dich überhaupt fest. Du warst es nicht. Warum auch?«

»Sie können uns hören, Sophie.«

Conrad kam es vor, als blicke Tom ihm direkt ins Gesicht.

»Ich weiß. Sie können ruhig alles hören. Die ganze Geschichte.«

»Halt den Mund, Sophie. Du redest dich um Kopf und Kragen.«

Sie lehnte sich über die Tischplatte. »Ich habe viel zu lange den Mund gehalten. Es wäre alles anders gekommen, wenn ich das nicht getan hätte, wenn ich geredet hätte.«

»Dann ist hier nicht der Ort, an dem du damit anfangen solltest.«

»Nicht? Willst du hier verschimmeln, oder was? Mensch, Tom, ich war so froh, dass ich zu dir konnte, weg aus dieser Scheiße, damals und auch jetzt. Ich hab ja nicht gedacht, dass sie dich einbuchten, ausgerechnet dich! Wie kommen die denn da drauf?«

Conrads Telefon klingelte, er sah aufs Display, »Scheiße«, erntete einen genervten Blick von Wolf Seidel und wies den Anruf ab.

»Dein …« Tom machte eine Pause. »Gottfried hat mich extra in seinem Testament bedacht. Nett, nicht?«

Sophie riss die Augen auf. »Er hat was? Aber …« Sie überlegte einen Augenblick. »Du hättest doch sowieso etwas vom Erbe abbekommen.«

»Aber nicht so viel.«

»Warum hat er das gemacht?«

»Das weiß ich doch nicht. Vielleicht wollte er euch eins auswischen, euch unter Druck setzen, das Arschloch. Was weiß ich.« Tom stand auf, ging durch den Raum, rieb sich die Oberarme und setzte sich wieder.

Plötzlich begann Sophie zu glucksen, lauter und lauter, bis sie in schallendes Gelächter ausbrach.

Conrad und Seidel tauschten einen Blick.

Allmählich beruhigte sie sich und rieb sich die Tränen aus den Augen. »Na, ja«, sagte sie. »Das ist schiefgegangen.« Dann rückte sie den Stuhl nach hinten, erhob sich und kam geradewegs auf Conrad und Wolf Seidel zu. Sie klopfte an den Spiegel. »He, ihr da drin. Ich war's. Hört ihr?«

»Ich hab ihn umgebracht«, sie klopfte wieder. »Und wisst ihr auch warum? Weil er ein Schwein war, der gottesfürchtige Gottfried.« Wieder lachte sie und setzte sich.

»Sag mal, hast du sie noch alle?« Erregt war Tom aufgesprungen. »Ich denke, du willst nicht, dass dein Kind ins Heim kommt?«

»Und du hast gesagt, sie helfen mir. Stimmt's?«

Eine Beamtin steckte den Kopf durch die Tür. »Das Messer ist ins Labor geschickt worden.« Conrad machte »pst!«, und die junge Frau verzog sich mit einem Schmollmund.

»Ja. Aber doch nicht, indem du einen Mord zugibst, den du nicht begangen hast.«

»Ach. Und warum glaubst du mir nicht?«

»Weil du ein gutes Mädel bist, Sophie.«

»Darin täuschst du dich«, sagte sie kalt. »Weißt du, ich habe beschlossen, kein gutes Mädel mehr zu sein.«

Wolf Seidel stand auf. »Wie wollen wir es machen? Soll sie hierbleiben, oder willst du sie nach Coesfeld überführen?«

Conrad überlegte. Julia würde sich bedanken, wenn er mit einer weiteren Geständigen ankam. Aber was blieb ihm übrig? Natürlich konnte er die Vernehmung hier weiterführen, doch über kurz oder lang würde er zurückkehren müssen. Er seufzte. Dann konnte es auch gleich sein, oder morgen. Auf eine Nacht mehr oder weniger kam es nicht an, und das Essen im Goldenen Stern lockte ihn gerade, weil er merkte, wie hungrig er war.

»Lass sie nach Coesfeld überführen, da haben wir schon zwei Mörder«, sagte Conrad.

»So gut möchte ich es auch mal haben.« Wolf Seidel grinste. »Was machst du eigentlich heute Abend?«

Nach einem Familienabend stand Conrad eigentlich nicht der Sinn.

»Theresa ist mit den Kindern bei einer Freundin. Wir sind allein. Lass uns ein paar Bier auf der Terrasse trinken und über alte Zeiten plaudern. Wir sind unter uns.«

Das war allerdings etwas anderes. »Wenn wir zuvor im Goldenen Stern einkehren und die Speisekarte prüfen, einverstanden.«

30

Die Temperaturen waren wieder auf ein erträgliches und frühsommerliches Maß gesunken, und es hatte zu regnen begonnen. Es war nicht diese Art Regen, der die Stadt wochenlang im Grau versinken ließ, kein münsterländer Landregen, eher Schauer, zwischen denen der Himmel aufriss und sein Blau in die Pfützen tunkte. Die Ermittlungen hatten sich hingezogen und nichts, aber auch gar nichts Neues ergeben. Conrad und Sven fanden Julia im Büro, die Füße auf dem Schreibtisch, Zeitung lesend. Eine Tasse Kaffee dampfte neben ihr, und ein großer Teller mit belegten Brötchen wartete auf Hungrige.

»Das lass ich mir gefallen. Wo bist du gewesen?« Sven inspizierte den Teller. »Kein Puddingteilchen?« Ohne eine Antwort abzuwarten, griff er sich ein Brötchen, biss hinein und füllte Kaffee in seinen Kaffeepott.

»Lass sie in Ruhe, Sven. Sie hat genug Stress gehabt.« Auch Conrad nahm ein Brötchen vom Teller und setzte sich. Umständlich faltete Julia die Zeitung zusammen. Sie hatte das Haar hochgesteckt und Rouge aufgelegt, sie sah frisch aus wie eine Erdbeerblüte.

»Einen schönen guten Morgen, die Herren!«

»Was ist denn mit der los?«, wandte sich Sven an Conrad.

»Während ihr durch die Gegend gegondelt seid, habe ich noch einmal die Untersuchungsergebnisse überflogen und mir ein paar Gedanken gemacht.«

»Bist du jetzt schlauer? Wir sind die Sachen schon hundertmal durchgegangen.« Sven war verstimmt, dass Conrad ihn von seinem Computer weggezerrt hatte. Zur Versöhnung goss Conrad ihm Kaffee nach und legte einen Schokoriegel dazu, den er für Sammy in der Manteltasche aufbewahrte. Svens Gesicht hellte sich auf.

»Ich habe sie im neuen Licht gelesen und bin zu neuen Erkenntnissen gekommen.« Julia lächelte vielsagend.

»Nun hau schon raus. Oder ist es ein Geheimnis.« Der Schokoriegel hatte seine Wirkung noch nicht voll entfaltet.

»Eck kann als Täter ausgeschlossen werden.«

»Ich dachte, er sei dein persönlicher Favorit?«, stichelte Sven.

»Ich hätte ihn mir als Täter besser vorstellen können, als die Freitags mit ihren Geständnissen. Bedauerlicherweise hat sich ein Zeuge gefunden, der Ecks Alibi bestätigt, zumindest bestätigt er, dass Eck zum Tatzeitpunkt nicht in der Lage gewesen sein dürfte, jemanden zu ermorden.«

»Ach, ja? Angeblich war er doch bei seiner fetten Freundin. Tolles Alibi.«

»Er war nicht bei seiner fetten Freundin. Wo er tatsächlich war, konnte er aber schlecht sagen, wenn er sich überhaupt erinnert hat.« Wieder grinste Julia ihre Kollegen an. Auch Conrad wurde es allmählich zu viel.

»Ihr werdet es nicht glauben.« Sie lehnte sich über den Tisch, nahm ein Käsebrötchen und sprach kauend weiter. »Er hat sich im Bett von Frau Großschulte aufgehalten.«

»Aha«, machte Sven. Conrad wartete, während Julia einen Schluck Kaffee nahm.

»Und weiter?« Conrad fand, dass sie nervte.

»Frau Rita Großschulte! Unser aller stellvertretende Bürgermeisterin«, sagte sie, als erklärte das alles.

»Und woher weißt du das?«

»Von Sonja.«

»Von Sonja, der Klatschtante?« Sven schnaufte verächtlich. »Wäre sie nicht Rechtsanwaltsfachangestellte, sie könnte als Redakteurin der Klatschspalten der Coesfelder Allgemeinen arbeiten, wenn die Zeitung bereit wäre, auf den Realitätsgehalt von Meldungen zu verzichten.«

»Du bist gemein, Sven. Sie mag ein bisschen viel reden, aber sie sagt nichts Schlechtes über Leute«, verteidigte Julia die Freundin, mit der sie sich einmal im Monat zum Stammtisch im »Witten Schwan« traf. »Außerdem habe ich es bereits nachgeprüft. Ich habe Herrn Großschulte angerufen.«

»Das verstehe ich nicht.« Conrad angelte das letzte Brötchen vom Teller. »Weiß der Mann denn von der Affäre seiner Frau?«

»Sonja hat es doch von ihm selbst erfahren, denn er ist in die Kanzlei gekommen, um sich wegen seiner Scheidung beraten zu lassen.«

»Ziemlich diskret, deine Sonja.« Conrad hoffte, dass seine eigene Scheidung damals nicht durch die Schwatzhaftigkeit einer Rechtsanwaltsgehilfin von ganz Coesfeld diskutiert worden war. Allerdings war er bei Weitem nicht so interessant wie der Mann der stellvertretenden Bürgermeisterin, der zudem als Erbe und Direktor einer eingesessenen Firma über ein nicht unbeträchtliches Vermögen verfügte.

»Sie hat es mir im Vertrauen gesagt.«

»Und wie vielen anderen noch?«, warf Sven ein. Julia ignorierte ihn.

»Großschulte hat Eck volltrunken im Bett seiner Rita erwischt. Er ist früher als erwartet von einer Geschäftsreise zurückgekommen. Ich frage mich, ob die Großschulte in dieser Nacht mit dem Kerl viel Spaß gehabt hat, ihr wisst schon.« Sie schaute ihre beiden männlichen Kollegen ein wenig verlegen an.

»Trotzdem war Großschulte natürlich aufgebracht. Wahrscheinlich hat Eck Schwein gehabt, dass er so besoffen war, sonst hätte Großschulte ihn bestimmt fertiggemacht. Er ist ein Bär von einem Mann, vierschrötig und cholerisch, ganz anders, als man sich einen Herrn Generaldirektor vorstellt. Stattdessen hat er ihm noch ein Taxi gerufen. Der Fahrer erinnerte sich gut an diesen

Transport, weil er Eck gegen vier Uhr morgens in den Aufzug seines Hauses gestopft hatte.«

»Und wieso gibt die Eichler dem Eck dann ein Alibi?« Sven zielte mit der zerknüllten Folie des Schokoriegels auf den Papierkorb und verfehlte ihn. »Ist die nicht stinksauer?«

»Ich denke, sie weiß gar nichts von der Affäre. Er muss ihr irgendeine Geschichte aufgetischt haben, von wegen mit Freunden unterwegs gewesen und sich nicht erinnern können. Als dann ausgerechnet in dieser Nacht Freitag ermordet wurde, war beiden klar, dass er in Verdacht geraten würde. Er wird sie um das Alibi gebeten haben. Bisher weiß die Eichler nicht, was Eck wirklich in der Nacht getan hat.«

»Sie wird ganz schön giften, wenn sie es erfährt.«

»Ab jetzt ist das nicht mehr unsere Sache, Sven. Ein Verdächtiger weniger ist auch was. Hast du die Akten schon zum Betrugsdezernat gegeben?« Conrad sah Julia an, sie nickte.

»Wirklich schade, dass Eck es nicht gewesen ist, bedient sich einfach am Geschäftskonto.«

»Warum hat Freitag seiner Frau eigentlich keine Kontovollmacht im Falle seines Todes eingeräumt? Das wäre das Nächstliegende gewesen«, fragte sie.

Darauf wusste Sven etwas zu sagen. »Das Testament wurde bei der Hausdurchsuchung im Nachtschränkchen von Hedwig Freitag gefunden. Es stammt aus dem Jahre 2004, als Haus Abendsonne eröffnet wurde, und begünstigt die Familie nicht. Die hätten nur den Pflichtteil bekommen, der Rest sollte an seine Vereine, die Rotarier, den Tennisclub und eben an Tom Sebald gehen.«

»Eine weitere Demütigung.« Julia schob einen Ordner hin und her. »Auch die Freitags hätten allen Grund gehabt, dieses Ekel umzubringen. Und sie sagen ja auch, sie hätten. Aber Beweise gegen einen oder eine von ihnen haben wir nicht.«

»Lass uns doch noch mal überlegen. Eck ist definitiv raus. Was ist mit Henry?«

»Mann, Conrad, das haben wir so oft durchgekaut, dass ich es nicht mehr hören kann.« Sven ging zu der Magnettafel, an der Fotos und Dokumente hefteten. Die Fotos von der Leiche lagerten mit Rücksicht auf Julia in einem Ordner daneben. Er knallte den Handrücken auf Henry Freitags Bild.

»Henry. Kein Alibi. Das Messer: keine Anhaftungen von menschlichem Blut, dafür von Kuhblut. Es ist ein simples Küchenmesser, das im Messerblock in der Freitagschen Küche fehlt. Damit ist niemand erstochen worden. Dennoch behauptet er es steif und fest.« Er knallte seine Hand auf das zweite Bild. »Sophie. Will zunächst geschlafen haben in der fraglichen Nacht. Ihre Mutter bezeugt, dass sie Sophie am Abend so gegen acht in ihrem Zimmer besucht hat. Sie habe wieder Migräne gehabt und sei in dem Zustand nicht in der Lage gewesen aufzustehen. Sophie sagt, sie sei durch einen Alptraum erwacht und habe sich auf den Weg gemacht, ihren Vater zu ermorden, der an allem schuld sei. Das Messer, das bei ihr gefunden wurde, ist nicht die Tatwaffe. Es wurde Blut von Sophie daran gefunden, die Gründe dafür kennen wir. Kein Opferblut. Sophie ist schwanger. Über den Vater des Kindes schweigt sie. Aber es ist nicht unwahrscheinlich, dass die Schwangerschaft eine Folge von Missbrauch ist. Sie hatte also ein starkes Motiv. Zum Tathergang bleibt sie vage, könne sich nicht richtig erinnern.« Sven trat einen Schritt zurück, hob wieder die Hand.

»Sophie hat es wohl am härtesten getroffen. Ihr würde ich den Mord am ehesten zutrauen«, unterbrach Conrad.

»Ich auch«, schloss sich Julia an, aber Sven ließ sich nicht beirren. Seine Hand knallte auf Hedwig Freitags Foto nieder.

»Hedwig. Die Glück hat sie tatsächlich mit einem Messer gesehen, aber da war sie in der Küche beim Fleischschneiden. Das ist alles andere als ein Beweis. Zum Verbleib der Tatwaffe macht sie widersprüchliche Angaben. Mal hat sie sie in die Mülltonne gesteckt, mal in die Berkel geschmissen, wo genau, weiß sie nicht mehr, weil sie mit Tabletten zugedröhnt gewesen sein will, was Henry allerdings bestätigt. Auch sie hat ein Motiv, besonders, wenn sie von der Schwangerschaft der Tochter und dem Missbrauch gewusst hat.« Er machte eine Pause und setzte sich wieder.

»Die labortechnischen Ergebnisse bringen uns auch nicht weiter. Faserspuren der ganzen Familie an der Kleidung des Opfers,

Fingerabdrücke von Hedwig im Büro, die nichts besagen, als dass sie da war. Warum auch nicht? Er war ihr Ehemann. Sie bestätigt, dass sie ihn besucht hat. Irina Glück hat sie auch mitunter dort gesehen.« Er knallte die flache Hand rhythmisch auf die Tischplatte. »Wir haben nichts, nichts, nichts!« Dem hatte niemand etwas hinzuzufügen.

Nach einer ganzen Weile fragte Julia: »Und was machen wir jetzt?«

»Wir gehen nach Hause«, sagte Conrad und erhob sich steif.

»Und was wird mit den Freitags?« Julia schob ihre Papiere zusammen, sammelte die Tassen ein und zog ihre Jacke über.

»Die gehen auch nach Hause. Der junge Typ, der die Staatsanwältin vertritt, wie hieß er noch mal?«

»Johannes von Braun«, half Sven aus.

»Danke, … wird die Haftentlassung von Eck, Henry und Sophie anordnen.«

»Hedwig?«, warf Julia hin.

»Ist immer noch stationär untergebracht, freiwillig, soweit ich weiß. Da sollen sich die Psychofritzen drum kümmern«, gab Conrad zurück.

»Ja, dann …« Sven hob die Hand. »Dann kümmere ich mich mal wieder um meine Internetkriminellen.« An der Tür fiel ihm noch was ein. »Hast du Lust auf ein Bier heute Abend?«

»Und mich fragt keiner«, protestierte Julia. »Aber macht mal. Ich hab eh schon was vor.«

»Heute ist schlecht. Was ist mit Morgen?« Conrad dachte daran, was er noch alles zu erledigen hatte.

»Meinetwegen.« Damit war Sven aus der Tür. Conrad trat an die Magnettafel und musterte die Bilder. Drei Täter, die keine waren. Also musste alles von vorn beginnen.

Der Klang der Klingel verhallte hinter der Wohnungstür. Mit dem Finger strich er über das Namensschild, »Anke, Conrad & Samuel Böse«, ein Zittern in der Brust. Conrad fuhr sich übers Kinn. Eine halbe Stunde hatte er im Bad verbracht, geduscht, sich rasiert, den Duft aufgelegt, den Anke mochte. Doch die Bräune in seinem Gesicht täuschte nicht über die Unsicherheit hinweg, die sein Spiegelbild ihm zeigte. Während er in Jeans und T-Shirt geschlüpft war, dachte er, dass es eine Lösung geben musste, so konnte es nicht weitergehen, für niemanden. Er drückte wieder die Klingel, in dem Moment öffnete sich die Tür. Anke im Jogginganzug, das Haar stand ihr vom Kopf ab. Sonst war es meist zu einem Knoten aufgesteckt, glänzte in Kastanie, heute nicht. »Komm rein.«

Müllbeutel lagen im Flur, das Wohnzimmer musste gelüftet werden.

»Wo ist Sammy?«

»Bei meiner Mutter.« Anke ließ sich aufs Sofa fallen und zog die Knie unters Kinn. Sie sah ihn nicht an, ihre Haut hatte die Farbe von Vanillepudding. So hatte Conrad sie noch nie gesehen. Wo war die Frau im Businesskostüm mit dem kristallklaren Blick? Er setzte sich in den Sessel.

»Alles okay mit dir?« Ein wenig unheimlich kam Conrad die Situation vor. Keine Vorwürfe, keine Drohungen, dass er Sammy nie wiedersehen würde, nichts, wie er es sich ausgemalt hatte.

»Ja, klar.« Sie schenkte sich Weißwein ein und drehte das Glas zwischen den Fingern.

»Sieht aber nicht so aus.« Vorsicht. Das Eis, auf dem er stand, hatte Risse.

»Bist du gekommen, um dich nach meinem Befinden zu erkundigen?«

»Auch. Ja.«

»Du siehst ja, wie es mir geht. Reicht das? Können wir jetzt über Sammy reden?« Sie nippte an ihrem Glas. Eine Träne tropfte hinein.

»Was, in aller Welt, ist denn passiert, Anke?« Conrad sprang auf und riss das Fenster auf, Frühsommerluft flutete ins Zimmer.

»Nichts Besonderes. Das Geschäft in der Schweiz ist geplatzt, und ich bin früher zurückgekommen.« In einem Zug trank sie das Glas leer und stellte es ab. »Ich hätte allerdings nicht erwartet, dass du Sammy allein lässt.« Ihre Augen blitzten. Das war die Frau, die Conrad kannte, jedenfalls ein Stück von ihr.

»Ich habe ihn nicht allein gelassen. Er war bei Sven. Die zwei verstehen sich prima. Sven hat ein Computerspiel …« Und schon verteidigte er sich. Das hatte er immer getan. Anke brauchte nichts zu sagen, musste ihn nur ansehen. »Dieser Fall. Er nimmt mich mehr in Anspruch, als … Ich musste weg.«

»Jeder Fall nimmt dich in Anspruch, mehr als du es willst. Ich weiß. Ich habe es jahrelang erlebt. Aber Sammy ist nun mal da. Wir haben ihn gewollt. Beide. Erinnerst du dich?«

Und ob er sich erinnerte! Nichts hatten sie sich sehnlicher gewünscht als ein Kind, eines das leben durfte. Conrad hatte Anke auf einer Geburtstagsparty kennengelernt, Lichterketten, Bier und Sommerwind. Sie waren neunzehn und hatten ihre Abiturzeugnisse in den Händen, sonst nichts. Es gab also Gründe, warum Anke abtrieb. Mit ihren Eltern hatte sie nicht darüber gesprochen, das ging nicht, nicht unter dem Kruzifix im Wohnzimmer. Sie war das älteste von vier Mädchen, und die Mutter hatte sie ermutigt zu studieren, Landwirtschaft wenn möglich, damit sie den Hof übernehmen und ihn endlich mit Gewinn führen könnte. Anke und Conrad hatten keiner Menschenseele irgendetwas davon gesagt, noch nicht einmal einander gestanden sie ein, wie sehr sie litten. Ich lasse es wegmachen, hatte Anke gesagt, und Conrad hatte genickt. Ein Jahr später heirateten sie. Es war nicht die Liebe ihres Lebens. Sie mochten sich irgendwie, hatten Freunde, gingen aus, beendeten ihre Studien. Anke wählte BWL, und der Hof kam unter den Hammer, die Schwestern wollten ihn ebenso wenig.

Irgendwann richteten sie eine Wohnung ein, die ein Zimmer zu viel hatte. Ich will ein Kind, sagte Anke, und der Schleier über ihrer beider Leben schien sich zu heben. Aber es kam keines. Sie liefen zu Ärzten und ließen sich untersuchen. Bei Conrad war alles in Ordnung, bei Anke auch, schwanger wurde sie aber dennoch nicht. Sie hielten es beieinander aus, bis Jahre später Sammy kam. Er war die Erlösung, doch von da an gab es Streit um die Wäsche, um den Einkauf und um die Nächte. Irgendwann war es vorüber.

Conrad war im Zimmer umhergegangen, nun setzte er sich wieder. »Lass uns nicht mehr streiten, Anke. Es hat keinen Sinn. Du weißt, dass ich Sammy lieb habe. Und mir ist auch klar, wie wichtig dir deine Arbeit ist. Aber …«

Sie lachte auf. »War, Conrad, war. Ab heute gibt es keine Arbeit mehr.« Sie füllte das Glas auf.

Conrad sagte nichts. Was hätte er auch sagen sollen? Dass es ihm leid tue für sie? Das tat es. Aber er konnte es nicht aussprechen.

»Jetzt kannst du deinen Verbrechern nachjagen und brauchst dich nicht mehr um Sammys Unterbringung zu kümmern. Ich bin ja zu Hause.« Sie nahm ein Taschentuch aus der Packung und schnäuzte hinein.

»Anke ...«

Sie winkte ab. »Bemüh dich nicht.«

Eine Weile blieb es still.

»Du wirst sicher wieder etwas finden. Du bist gut.« Er versuchte ein Lächeln. »Und bis dahin kann ich dir helfen.«

»Brauchst du nicht.«

»Ich weiß.«

Sie blickte auf und plötzlich mussten beide lachen, Anke durch ihre Tränen. Conrad setzte sich neben sie und nahm sie in den Arm. Sie roch nach einem Rest Parfüm und nach sich selbst.

»Vielleicht ist es ganz gut so für Sammy«, sagte sie.

»Ich komme, sooft ich kann.«

»Na, das wird was werden.«

Dann löste er sich von ihr. »Jedenfalls, wenn dein Rein-dingsbums dich nicht zu sehr in Anspruch nimmt.«

Sie neigte den Kopf nach rechts. »Eifersüchtig?«

Ja, hätte er sagen müssen, schon irgendwie, obwohl er kein Recht dazu hatte. Schließlich war Conrad ausgezogen, weil die Frau vor Lilly auf der Bildfläche erschienen war. Es war nichts Besonderes gewesen, ein bisschen Sex, dann Langeweile und Single Malt. Dann kam Lilly.

»Reinhard mochte Sammy nicht. Er hat es nicht gesagt, aber er mochte ihn nicht. Deshalb gibt's ihn nicht mehr.«

Conrad hätte beinahe aufgeatmet, doch er beherrschte sich, stattdessen fragte er: »Wann kommt Sammy wieder?«

»Wenn du ihn holst und herbringst, jetzt.«

Für einen Moment kam ein Gefühl auf, wie er es oft am Küchentisch seiner Großmutter gespürt hatte, ein Gefühl von Vorfreude und Geborgenheit. Er wusste, dass es eine Illusion war. Es gab kein Zurück, und er wollte auch keins.

Er erhob sich. »Dann mache ich mich mal auf den Weg.«

Anke nickte und steckte den Korken auf die Flasche. »Ich geh rasch duschen und ...«, sie blickte an sich hinab, »was anderes anziehen.«

Bevor Conrad die Tür erreichte, drehte er sich noch einmal um. »Wir kriegen das schon hin«, sagte er. Ihrem Blick entnahm er, dass sie das auch gern glaubte.

»Nimm den Müll mit runter!«

Alles beim Alten. Er lächelte. Sie würden es schaffen, sicher.

Claire

Hitze stand zwischen den Kiefern. Das Gehen im Sand fiel mir schwer mit der Prothese. Es war zu früh für solche Wege, aber ich hatte zu viel versäumt. Ich konnte nicht warten. Nie. Wir nahmen den Pfad zur Düne hinauf. Tom ging voraus. Das Meer aus meinen Träumen war blau und weiß und weit. Die Wirklichkeit verschmolz die See bleigrau mit dem Himmel.

»Was fällt Ihnen ein? Machen Sie, dass Sie wegkommen.« Die Luft trug die Stimme kaum. Wir entdeckten eine Alte, die hinter dem Sanddorngebüsch hervorlugte, das einen kleinen Hof befriedete. Bis auf ein Häuschen mit hellem Putz waren die Gebäude zu Ruinen verkommen. Der Hof lag so verborgen, dass man ihn nur von der Düne aus sehen konnte.

Ich hielt inne, Tom wollte mich weiterziehen. Doch ich konnte nicht, ließ mich in den Sand sinken und umklammerte meinen Stumpf. Der Unfall lag erst wenige Wochen zurück. Er hatte mir nur das linke Bein genommen, nur das.

»Gut«, sagte er. »Ruh dich aus.«

Tom war mir gefolgt. Durch die Alleen Brandenburgs, durch die Klinikflure bis an den Rand der See. Er hatte mir den Schweiß von der Stirn getupft, und ich hatte ihm einen Teil meiner Schmerzmittel zugesteckt.

»Verschwinden Sie von meinem Hof.« Wie Strandhafer im Wind wankte die Alte. In sicherem Abstand blieb sie stehen. Ihr Gesicht war von den Jahren zerfurcht.

»Wir haben nicht vor, Ihren Hof zu betreten«, sagte Tom und setzte sich neben mich. Schweiß glänzte auf seiner Schläfe, er hätte seiner »kleinen Dosis« bedurft. Ich schob ihm meine 30mg Tablette in die Hand. Das Morphin würde einige Zeit brauchen, bis es ihn befreite.

Die Alte starrte uns an und rührte sich nicht. »Nicht«, sagte sie. Ihr Zorn bröckelte.

Eine Minute verging, in der nur das träge Geräusch der Wellen zu hören war. Der Schmerz wütete in meinem Bein.

»Ja, dann ...«, sie stand unschlüssig herum, »... sind Sie wohl jemand anderes.« Jede Sekunde ließ sie altern. Ich hatte das Gefühl, wenn ich nichts Freundliches sagte, würde sie vor unseren Augen zu Staub zerfallen.

»Wohnen Sie hier schon lange?«, fragte ich, um der Stille Einhalt zu gebieten.

»Ich wohne hier nicht, ich lebe hier.« Sie schien feine Unterschiede zu machen. »Ja. Seit unserer Hochzeit.«

»Ein gutes Haus und ein interessanter Garten«, warf Tom ein. Plötzlich strahlte sie, als hätte jemand ganz innen das Licht angeknipst.

»Der Hof ist mein Ein und Alles.« Sie blickte zärtlich auf das helle Gebäude. »Ich liebe ihn, seit ich ihn zum ersten Mal gesehen habe.«

Der Schmerz ließ endlich nach, und ich stand auf. Wetterleuchten über dem Grau. Es wurde Zeit für uns.

»Es tut mir leid, wenn wir Sie beunruhigt haben. Sie leben wirklich sehr abgeschieden.« Wahrscheinlich hatte sie einfach Angst gehabt.

»Nein, nein«, wehrte sie ab. »Das ist es nicht.« Nun lächelte sie sogar und trat einige Schritte näher. »Ich dachte, Sie sind … Ach, egal.« Ihr Blick prüfte erst uns, dann den Himmel. »Es wird einen Wolkenbruch geben. Wenn Sie wollen, können Sie einen Kaffee haben, bis der Regen vorbei ist.« Wind kam auf, und die ersten Tropfen fielen, als habe das Wetter ihre Worte abgewartet.

»Danke, nein«, sagte Tom.

»Gerne«, sagte ich.

»Thekla Grün.« Sie gab mir die Hand, und ich sagte meinen Namen. Wieder das Strahlen.

Im Haus roch es nach Rosmarin und Mittagessen. Kräuterbündel trockneten am Fenster und in einem Ballon gärte Hagebuttenwein, Stapel von Büchern kuschelten sich hüfthoch an die Wände.

»Viele sind hier gewesen, wissen Sie?« Der Kaffee war kräftig und belebte mich ein wenig. Tom nippte nur.

»Sie wollten den Hof. Kaufen!« Das letzte Wort spuckte sie aus wie etwas Widerliches.

»Und Sie wollen ihn nicht verkaufen?« Meine Frage war arglos, aber ihre Augen wurden schmal.

»Ich würde Sie ja auch nicht fragen, ob Sie mir Ihren Mann verkaufen.«

Meinen Mann. Ich wendete das Wort in Gedanken. Es fühlte sich fremd an.

»Nun, das ist vielleicht nicht ganz dasselbe.«

Regen brach los und peitschte gegen die Scheiben.

»Für Sie nicht.« Es war dunkel in der Küche. Schatten umlagerten ihr Gesicht. »Ich weiß, dass es seltsam klingen mag, aber ich habe ihn vor dreißig Jahren geheiratet. Und jetzt …« Sie unterbrach sich.

Tom sagte »Aha« und sah zu Boden. Auch ich wusste mit dem Geständnis nichts anzufangen, bis sie sagte: »Den Hof.«

Der Regen prasselte gleichmäßiger. In der Ferne grollte Donner. Blitze über dem Meer.

»Den Hof«, wiederholte ich blöde. »Geheiratet.«

»Ich kenne niemanden, der meine Neigung teilen würde, und vermeide es normalerweise, darüber zu reden. Die Leute in der

Gegend hätten mich für verrückt gehalten. Ich bin nicht wie andere.«

Das war offensichtlich. Bisher war mir tatsächlich keine begegnet, die ein Haus geehelicht hätte. Ich fragte mich, wie eine solche Person veranlagt sein musste und warum sie ausgerechnet uns ins Vertrauen zog.

»Sie sind nicht von hier«, beantwortete sie meine Frage, als hätte ich sie laut gestellt. »Meine Freundin sah Ihnen ein bisschen ähnlich, Claire. Früher.«

»Sie sind also nicht allein, Sie haben eine Freundin?«

»Ich hatte eine. Sie starb im letzten Jahr. Und ja, ich habe Freunde, selbstverständlich. Eine Handvoll jedenfalls.«

Es fiel mir schwer, mir ein Leben mit einem Hof als Ehemann, einer Handvoll Freunden zwischen Kräutern und selbstgemachtem Wein vorzustellen. Für einen Moment hatte ich den Geruch von Motoröl in der Nase. Die Werkstatt. Zu Hause. Er brachte ein Gefühl von Verlust mit sich. Mitten in meine Gedanken sagte sie: »Die Liebe ist, wie sie ist. Man muss ihr folgen und bleibt ohne Wahl.«

Ich mochte es nicht laut sagen, nicht in Toms Gegenwart, aber darin verstand ich sie sehr wohl. Nicht ohne Neid bemerkte ich die Gelassenheit, mit der sie diese Erkenntnis aussprach.

»Jetzt ist er alt, und ich auch«, fuhr sie fort. »Den Stall und die Scheune konnte ich nicht retten. Aber ich kann nicht zulassen, dass auch noch das Haus verfällt.«

»Haben Sie keine Hilfe?« Tom wirkte ruhiger. Das Morphin tat allmählich sein Werk.

»Nein. Es gibt eine Menge Leute, die die Lage schätzen und auf dem Stück Land direkt am Wasser Ferienwohnungen errichten wollen, ohne den Hof natürlich. Den wollen sie abreißen.«

»Das wäre bedauerlich, nicht allein wegen der Immortellen und der Golddisteln, die ich im Vorgarten entdeckt habe.« Tom schenkte Thekla einen Blick, wie ich ihn nur einmal bei ihm gesehen habe. Damals, ganz am Anfang, der nach meinem Gefühl Jahre zurückliegen musste. Auch das Herz der alten Thekla hakte sich daran fest.

»Wenn ich jemanden fände«, ihre Stimme zitterte, »der ihn versorgte, wenn ich nicht mehr bin …«

Tom nahm ihre Hand, die so rissig war wie die Mauern der Scheune. Der Regen hatte aufgehört. Ich erhob mich und spürte den Schmerz.

»Danke, Thekla Grün. Für den Kaffee. Und alles. Ich würde mich freuen, wenn wir wieder einmal …«

»Wo willst du hin?« Tom hielt noch immer ihre Hand.

»Weiter.«

»Es gibt kein Weiter, Claire. Jetzt nicht mehr.«

Ich hinkte zur Tür, der Schmerz zerrte an meinem Bein. Trotzdem trat ich hinaus. Die Wolkendecke war aufgerissen. Blau und weiß und weit lag das Meer. Ich spürte die Wünsche in meinem Rücken. Kein Weiter also. Erst einmal.

Sophie

Sie ist dicker geworden, denkt Sophie. Das sieht sie schon von Weitem. Sie war nie dick. Das Haar ungewaschen, das Gesicht bleich und aufgedunsen sitzt die Mutter auf einer Bank im Garten. Eine Buche beschattet sie, behütet sie vor den ersten Sonnenstrahlen seit Tagen. Neben Henry im Auto hatte sich Sophie klein gefühlt, Henry, der alles richtig macht, alles kann, auf alles eine Antwort hat. Die Fahrt zu der Villa etwas außerhalb der Stadt, in der die psychiatrische Abteilung des Krankenhauses untergebracht ist, hatte nicht lange gedauert. Seit der Sache war eine Veränderung mit Henry vor sich gegangen. Jetzt, während er neben ihr hergeht, wirkt er kleiner, irgendwie geschrumpft, seine Gestalt gebeugter, älter, will ihr scheinen. Trotzdem fühlt sie sich nichtig neben ihm, unbedeutend, fast unsichtbar. Manchmal ist es gut, unsichtbar zu sein. Wie Mutter. Wenn auch dicker, kommt sie Sophie noch wesenloser vor. Sophie lässt sich neben ihr auf der

Bank nieder, mit Abstand. Henry umarmt die Mutter, holt sich einen Gartenstuhl von einer vereinsamten Sitzgruppe und nimmt darauf Platz.

»Wie geht es dir?«, fragt er und setzt sein ärztliches Lächeln auf. Sophie hasst das. Er arbeitet nicht mehr als Arzt, also braucht er auch dessen Lächeln nicht. Es dauert eine Weile, bis die Mutter den Inhalt des Satzes zu begreifen scheint.

»Gut«, sagt sie und lächelt zurück. »Warst du beim Arzt?«, fragt sie Sophie.

»Ja, Mama, das weißt du doch.« Sophie spürt den Bund ihrer Hose, alles ist zu eng. Zwanzigste Woche, hatte die Gynäkologin gesagt, und dass Sophie wiederkommen solle. Dem Kind gehe es gut. Ob sie wissen wolle, was es werden würde. Nein, hatte Sophie geantwortet und »es wird ein Mädchen« gedacht.

»Wie läuft deine Therapie?«, fragt Henry.

Die Mutter nickt und nestelt am ausgefransten Rand ihres Ärmels.

»Was hast du ihnen erzählt, Mutter?« Immer muss er fragen.

»Alles.« Plötzlich kommt Leben in ihren Blick, ganz kurz.

»Das ist gut«, findet Henry. Sophie ist sich nicht sicher. Sie streicht über ihren Bauch. Zwei Frauen in Jogginganzügen gehen Arm in Arm an ihnen vorüber. Sie sehen normal aus. Steine knirschen unter ihren Schritten.

»Nein. Sie halten mich für verrückt. Ich kriege diese Pillen. Sie machen mich müde.« Schleppende Sätze.

»Ich weiß. Neuroleptika. Bald wirst du sie nicht mehr brauchen. Haben sie erwähnt, wann sie dich entlassen wollen?«

Die Mutter schüttelt den Kopf. »Ich habe Wahnvorstellungen, sagen sie. Aber es sind keine Wahnvorstellungen. Ihr wisst das doch?« Hilfesuchend sieht sie Sophie an. Sie müsste die Hand der Mutter nehmen, aber sie tut es nicht.

»Nein«, sagt sie stattdessen. »Alles ist wahr. Glaube ich.«

In den Nächten zweifelt Sophie daran. Dann hört sie den Vater die Treppe heraufkommen, an ihre Tür klopfen, leise. Aber er kommt nicht rein. Nichts passiert. Sie atmet auf und wartet auf den Kopfschmerz. Seit einiger Zeit kommt auch der nicht mehr.

Das ist normal, hatte die Gynäkologin gesagt. Die Migräne hat in der Schwangerschaft Pause. Wie gut das Baby zu ihr ist!

»Immer kommen die Bilder, Henry. Ich habe gedacht, wenn er …«, sie stockt, »nicht mehr ist, hätte ich Ruhe. Es gibt keine Ruhe, nirgends. Von den Bildern sage ich ihnen nichts mehr. Sie haben behauptet, es wären Wahnvorstellungen. Ich will nach Hause. Das Bett ist so hart, und das Essen schmeckt jeden Tag gleich.«

»Du kommst nach Hause, Mutter. Sicher. Bald.«

Eine Weile sieht die Mutter ihren Sohn ungläubig an. »Hast du das nicht, das mit den Bildern?«

»Doch.« Henry starrt am Kopf der Mutter vorbei. Er also auch, denkt Sophie. Der große, starke, tolle Herr Doktor Henry also auch.

»Und was machst du dann?«, fragt die Mutter weiter.

»Nichts. Es sind Erinnerungen, sonst nichts. Es ist vorbei.«

Sophie sieht, dass das nicht stimmt. Sie kennt die Leere im Blick, das Nichts im Kopf, das nur darauf wartet, mit Bildern und Geräuschen und Worten gefüllt zu werden, bis es überquillt und sich mit dem Tag vermischt, die Wirklichkeit auflöst.

»Ich sehe ihn da liegen.« Henrys Lippen bewegen sich wie losgelöst von seinem starren Gesicht. »Ganz reglos liegt er am Boden. Kann nichts mehr machen, kann dir nichts mehr tun, Mutter, und dir auch nicht, Sophie.« Dann wendet er sich Sophie zu. »Das mit den Augen …« Er ist sehr bleich. »Das hättest du nicht machen müssen, Sophie. Das hättest du nicht machen müssen.« Unablässig schüttelt er den Kopf.

Aber sie hatte es machen müssen. Henry weiß nichts von diesen Augen, wie sie sie ansehen, wie sie sie durchbohren und abweisen, wie sie sie quälen. Selbst jetzt noch.

»Manchmal denke ich, wir hätten es überhaupt nicht tun sollen. Manchmal denke ich, es hätte einen anderen Weg geben müssen. Wir hätten ihn anzeigen müssen.« Immer noch das Kopfschütteln, als könne es alles ungeschehen machen.

»Nein!«, sagt die Mutter so bestimmt, dass Sophie zusammenzuckt. »Dann wäre er noch da. Nein! Ich konnte nicht mehr so leben. Das war kein Leben.« Ihre Stimme zerfasert.

»Und jetzt? Ist es jetzt besser für dich? Für Sophie? Für mich?«

»Ja. Jetzt ist er nicht mehr da.« Die Mutter lässt die Schultern sinken. »Ich will nach Hause«, und sieht ihren Sohn flehentlich an. Henry seufzt.

»Ich rede mit den Kollegen. Auch wenn ich nicht mehr dabei bin, habe ich noch ein paar gute Kontakte.«

»Es war ungerecht, dir zu kündigen«, sagt Sophie.

»Nein. Und du weißt das.« Strenge in seinem Blick. Sophie hat das Gefühl, dass alles ihre Schuld ist.

»Ich habe mich immer gut verstanden mit den Kollegen. Ich rede mit ihnen«, wiederholt er. »Wir müssen los, Sophie, ich habe noch eine Verabredung.«

Zum Abschied nimmt Sophie die Mutter in den Arm. Sie schaudert. Kalt ist sie und riecht dumpf. Wie ein Geist.

31

Der Sonntag machte seinem Namen alle Ehre. Nach dem Grau der letzten Tage trieb es die Leute hinaus ins Grüne. Die Parkplätze der Ausflugslokale waren belegt, und aus den Gärten hörte man das Jubeln und Kreischen von Kindern.

Conrad bog in den Feldweg ein, an dessen Ende der Kotten seiner Mutter stand. Jossel begrüßte ihn wie immer mit überschwänglichem Gebell, sonst wirkte das Haus ruhig, verlassen fast. Ausnahmsweise war die Haustür verschlossen. An einem solchen Tag hätte er erwartet, seine Mutter bei der Gartenarbeit zu finden. Er drückte die Klingel, aber nichts geschah, nicht einmal das scheppernde Geräusch, das sie verursachte, war zu hören. Er versuchte es wieder und wieder, nichts. Vielleicht hatte sie das Gebimmel abgestellt, um nicht beim Mittagsschlaf gestört zu werden. Doch er konnte sich nicht vorstellen, dass Maria Böse an einem sonnigen Sonntag, einem Tag so mild und klar wie diesem schlief. Eine Weile kraulte er unschlüssig Jossels Ohren.

Plötzlich klopfte sein Herz. Und wenn ihr etwas passiert war? Er hatte es ja immer geahnt. Vielleicht war sie gestürzt oder hatte einen Schlaganfall erlitten. Alarmiert suchte er nach dem Schlüssel, den sie unter der Fußmatte versteckte. Diesen Unsinn hatte er ihr nie ausreden können. Mich bestiehlt doch keiner, hatte sie auf seine Vorhaltungen, wie fahrlässig das sei, geantwortet. Unter der Fußmatte lag kein Schlüssel und auch nicht unter dem Geranientopf. Er konnte es an der Hintertür versuchen, die bekam er notfalls mit einem Taschenmesser auf.

Mit eiligen Schritten lief er den gepflasterten Weg ums Haus herum, vorbei an blühenden Schwertlilien, Sommerflieder und Margeriten. Der Duft von Jasmin erschien ihm unpassend. Jossel sprang voraus, kam zurück und lief wieder davon. Was hatte der Hund nur? Wollte er ihn warnen vor dem, was er gleich zu sehen bekäme? Als er die Rückseite des Hauses erreichte, war es ihm klar. Es war nichts, nichts als Hundefreude über einen weiteren Besucher. Von der Terrasse her blickten ihn drei fröhliche Gesichter an. Maria Böse hob die Hand und winkte.

»Conrad. Wie schön, dass du kommst!« Sie stand auf und lief ihm entgegen. Zur Feier des Tages trug sie ein grünes Sommerkleid mit roten Kirschen und hatte ein passendes Band ins Haar geflochten. Von der untersten Terrassenstufe aus drückte sie ihm einen Kuss auf die Wange. Das hatte sie nicht mehr getan, seit er sieben war. Ihr Gesicht leuchtete wie frisches Obst.

»Ich habe Kirschkuchen gebacken. Willst du ein Stück? Einen Kaffee? Warte, ich hole dir ein Gedeck.« Damit verschwand sie in der angrenzenden Küche. Kirschkuchen passend zum Kleid, hier blieb nichts dem Zufall überlassen, dachte er.

»Herr Ostendarp.« Conrad reichte dem alten Mann die Hand hin. Der legte die Kuchengabel neben dem Gemetzel auf seinem Teller ab und schlug ein.

»Julia, was machst du denn hier?« Mit ihr hatte er am allerwenigsten gerechnet.

»Einen wunderschönen guten Tag, liebe Julia, schön dich zu sehen«, korrigierte sie. »Was machst du für ein mürrisches Gesicht?« Sie sah fabelhaft aus. Die widerspenstigen Löckchen hatte sie zu einem losen Knoten aufgesteckt, und ihre schlanke Gestalt war in ein helles Sommerkleid gehüllt.

»Setz dich. Willst du Sahne?« Seine Mutter stellte das Geschirr ab und hob ein Stück Kuchen auf einen Teller. »Wie geht es dir, Junge? Gibt's was Neues?«

Er nahm Platz und ließ sich einen Kaffee einschenken. »Das wollte ich dich gerade fragen.«

»Nein, eigentlich nicht. Oder doch.« Sie warf einen verschmitzten Blick auf Ostendarp, der bis dahin nichts zur Unterhaltung beigesteuert hatte, er widmete sich wieder dem Trümmerfeld auf seinem Teller.

»Kann ich ein Stück Stachelbeere probieren«, sagte er kauend und hielt seinen Teller hoch. Lächelnd bediente sie ihn, einen Anflug Röte auf den Wangen. Conrad fühlte sich ausgeschlossen von dem, was offenbar alle zu wissen schienen.

»Du hast die Haustür abgeschlossen, und den Schlüssel habe ich auch nicht gefunden. Ich hab mir Sorgen gemacht.«

»Du machst dir immer Sorgen. Völlig umsonst. August hat mir gesagt, dass es besser wäre, die Haustür abzuschließen. Weißt du, dass er früher bei der Polizei war?«

»August. So.« Conrad stach seine Gabel in den Kuchen. Was ging hier eigentlich vor?

»Ich wollte dich anrufen, aber ich weiß ja, wie viel du zu tun hast.«

In letzter Zeit hatte sie tatsächlich erstaunlich selten angerufen. Auch hatte sie sich kaum über seine Abwesenheit beschwert. Es war ihm noch nicht einmal aufgefallen, musste er sich selbst zugeben.

»Wir wollten es dir schon eher sagen. Doch dann war Julia so nett und hat August geholfen.«

Allmählich hatte er genug. »Kannst du mir mal sagen, was los ist?«

Seine Mutter machte ein beinahe feierliches Gesicht. »August wohnt jetzt hier.«

Conrad schluckte, sah von seiner Mutter zu Ostendarp und wieder zurück, dann blieb sein Blick an Julia hängen.

»Wohnt jetzt hier«, wiederholte er blöde. »Und warum hat mir keiner etwas davon erzählt? Ist das ein Geheimnis, oder was?«

Julia prustete los. »Du müsstest dein Gesicht mal sehen, Conrad.« Die beiden Alten fielen in das Gelächter ein, nur Jossel schwieg und trollte sich in den Schatten unterm Apfelbaum. Schließlich legte Julia ihre Hand auf Conrads Arm. »Ich wollte es dir ja sagen, aber es war immer was anderes, dann hab ich es vergessen.«

Conrad entzog sich gekränkt ihrer Berührung.

»Es ist so. Herr Ostendarp …«, fast zärtlich blickte seine Mutter auf den alten Hauptkommissar, »August war krank. Als er aus dem Krankenhaus entlassen wurde, brachte ihn Julia auf einen Kaffee mit, weil es doch im Altenheim so langweilig ist und ihm die frische Luft hier draußen guttut. Na ja, und dann kamen wir eben auf den Gedanken, dass das Haus eigentlich groß genug ist für zwei. Ist es doch. Und ich kann ihm ein bisschen helfen, wo er solche Probleme mit dem Gehen hat.«

Ostendarp legte seine Gabel auf den leeren Teller und schielte auf die verbliebenen Kuchenstücke. »Ihre Mutter ist eine wunderbare Frau, und ich bin ihr sehr dankbar dafür, dass sie mich aufgenommen hat.«

Und alles ohne mein Wissen, dachte Conrad. Mich hätte wenigstens einer fragen können. Natürlich war das ein alberner Gedanke. Seine Mutter war schließlich für sich selbst verantwortlich. Trotzdem ärgerte es ihn, dass sie eine solche Entscheidung einfach so getroffen hatte.

»Was hältst du davon, wenn wir uns auf eine Zigarette auf die Hollywoodschaukel setzen?« Julia hielt seinen Blick fest.

»Seit wann rauchst du denn?«

Statt zu antworten nahm sie ihre Tasche und ging voraus. Jossel sah ihr träge nach, und Conrad folgte ihr. Es war ein idyllisches Plätzchen. Julia kramte eine Packung Zigaretten aus der Tasche, hielt sie ihm hin und steckte sie wieder ein, als er den Kopf schüttelte.

»Was ist denn nun passiert?«

Sie stieß den Rauch aus. »Der alte Ostendarp musste irgendwohin, als er entlassen wurde. Im Heim geht er ein. Und da deine Mutter mal wieder im Präsidium auf der Matte stand, als du nicht da warst, kam mir eine Idee. Die beiden verstanden sich auf Anhieb. Das war's eigentlich schon.«

»Und warum hast du mir nichts davon gesagt?«

»Sie wollte es selbst machen, hat es dann wohl vergessen.«

»Vergessen, ja? Ich hab dir doch gesagt, dass sie vergesslich ist. Man muss auf sie aufpassen.«

»So vergesslich nun auch wieder nicht. Und zum Aufpassen hat sie ja jetzt jemanden. Ich weiß gar nicht, was du hast.«

Die beiden Alten unterhielten sich angeregt, und Conrad musste zugeben, dass seine Mutter besser, ja lebendiger aussah, als all die Jahre nach seines Vaters Tod. Er konnte zu Ostendarp stehen, wie er wollte, seiner Mutter tat er offensichtlich gut. So gesehen, konnte man der Eichler fast dankbar sein, dass sie ihn niedergestochen hatte, um an die Recherchen zu kommen, die er zu den Verhältnissen im Altenheim unternommen hatte. Auf diese Weise aber auch Eck vom Mordverdacht befreien zu wollen, war eine idiotische Idee von der Eichler gewesen, der Conrad keinen Augenblick gefolgt war. Glücklicherweise hatte Julia kurz zuvor Ostendarp besucht und die Dokumente bereits mitgenommen. Alles war Zufall, irgendwie. Conrad beruhigte sich allmählich. Einen Moment schloss er die Augen und hielt das Gesicht der Sonne entgegen. »Ich habe dein Auto nicht gesehen. Wie bist du eigentlich hergekommen?«

»Zu Fuß«, sagte Julia. An so einem Tag war das kein Wunder.

»Soll ich dich mit zurück in die Stadt nehmen?« Dabei mochte er diesen Platz noch gar nicht aufgeben. Aber er wollte noch bei Anke und Sammy vorbei.

»Nein. Ich werde abgeholt.«

»Ach?«, sagte er träge.

»Ja.«

»Darf man wissen, wer es ist?«

»Henry Freitag.«

»Was?« Er schnellte nach vorn und wäre fast von der Schaukel gekippt. »Spinnst du?«

»Was willst du? Der Fall ist abgeschlossen.«

»Abgeschlossen nennst du das? Er hat den Mord an seinem Vater gestanden!«

»Und Sophie und die Witwe haben das auch.«

»Verstehst du denn nicht? Wir haben ihnen nichts beweisen können. Und weil alle bei ihren Geständnissen geblieben sind, gab es keine rechtliche Grundlage für einen Prozess. Das heißt noch lange nicht, dass er kein Mörder ist. Du musst völlig übergeschnappt sein!«

»Conrad, du siehst Gespenster.« Nicht mehr ganz so selbstsicher zupfte Julia an ihrer Bluse herum. »Außerdem will ich ihn nicht heiraten. Er war bloß auf dem Weg nach Billerbeck und hat mich ein Stück mitgenommen, den Rest bin ich zu Fuß gegangen. Auf dem Rückweg sammelt er mich wieder ein.«

Conrad betrachtete sie von der Seite. Für solch ein zufälliges Arrangement hatte sie sich auffallend nett zurecht gemacht.

»Er gefällt dir.«

»Quatsch! Aber er hat eine sympathische Art«, gab sie zu.

»Lass die Finger von ihm, kann ich dir nur raten.« Conrad stand auf. Jossel war sofort bei ihm und stupste seine Schnauze gegen seinen Oberschenkel.

»Ja, ja. Pass du auf deine eigenen Finger auf«, rief sie ihm nach.

Conrad schlenderte zur Terrasse hinüber. Seine Mutter kicherte über den Tisch gebeugt. Als er sich verabschiedete, fehlten ihm beinahe ihre Ermahnungen, sich bald wieder sehen zu lassen. Er setzte sich in seinen Wagen und blickte durch die Windschutzscheibe. Der Tag war noch lang. Gut, er würde Sammy besuchen. Das war hübsch. Der Junge war fröhlicher geworden, seit seine Mutter zu Hause war, und das wärmte ihm das Herz. Auch Anke kam ihm gelassener vor, obwohl sie ihre Arbeit vermisste. Doch die Aussicht auf eine neue Stelle im September mit einem sicheren, wenn auch niedrigeren Einkommen, wirkte sich günstig auf ihre Stimmung aus. Als Leiterin der Personalabteilung einer großen Farbenfirma übertrüge man ihr gewiss ein hohes Maß an

Verantwortung, und zu verreisen brauchte sie dann auch nicht mehr. Alle waren glücklich. Zauberhaft! Conrad startete den Motor und fühlte sich trübe.

Das Lachen der letzten Biergartengäste war gegen Mitternacht verklungen. Conrad saß auf dem Balkon, umgeben von samtiger Dunkelheit. Ein Käuzchen schrie. Es war spät, und er müsste zu Bett. Doch was sollte er da? Die letzten Nächte hatte er im Wohnzimmer vor dem laufenden Fernseher verbracht, war in die Küche gestolpert, um sich einen Kaffee zu machen, den er dann kalt werden ließ. Wenn die Dämmerung hereinbrach, überfielen ihn die Gedanken wie böse Geister, immer wieder, jede Nacht und immer dieselben. Er hatte etwas falsch gemacht. An irgendeinem Abzweig war er falsch abgebogen und nun hing er fest in diesem Beruf, in dieser Wohnung, ohne Familie, ohne ... Was war mit ihm los? Er sollte froh sein, über alles, was er hatte - einen Beruf, eine Wohnung, eine Familie, die er besuchen konnte, eine Freundin, die er wieder einmal nicht angerufen hatte. Lilly.

Die Zeit schien ihm durch die Finger zu rinnen. Er goss sich einen Whisky ein. Whisky half. Er half beim Vergessen. Manchmal tauchten Episoden aus seiner Erinnerung auf, deren Präsenz ihm fast den Atem nahmen, Geschichten vom Warten und vom Alleinsein. Er wollte nicht allein sein. Aber ihm kam es so vor, als sei es nie anders gewesen. Es war, als verflüchtigte sich die Gemeinsamkeit, als stehle sie sich davon, sobald er in ihre Nähe kam.

Lilly. Die Tage mit ihr hatten eine Leichtigkeit, wie er sie nie zuvor gekannt hatte. Sie waren blau und golden und grün. Nur bekamen sie Löcher, erst kleine, wie vom Funkenflug. Dann wurden sie größer und größer und versengten seine Erinnerung, bis nichts blieb als der Schatten von Asche. Den Nächten erging es nicht anders. Hatte er eben noch ihre Haut unter seinen Fingerspitzen gespürt, war der Linie ihres Nackens gefolgt, versandeten die Bilder im Nichts. Lilly. Er konnte sie anrufen, um sich ihrer Stimme zu vergewissern. Doch was bedeutete schon eine Stimme? Einem Impuls folgend, goss er den Whisky in den Ausguss und nahm die Autoschlüssel.

Ein Balken knarrte. Laub raschelte draußen. Es musste so gegen drei sein. Lilly schlief nicht. Wieder nicht. Ein Knistern hatte sie vor Stunden geweckt. Neben ihr machte es »klick«. Ihr Handy machte immer »klick«, wenn eine SMS ankam. Sie mochte die kleinen gelben Briefchen. Sie hasste es, sie zu schreiben.

»Könntest du rauskommen, wenn du nicht schläfst?«

Ihr war kalt. Aber sie entledigte sich ihrer rosa Socken und ihrer wenig anziehenden Nachtgarderobe, schlüpfte in Jeans und Pullover und tappte zur Haustür. Nichts. Nur das Licht der Straßenlaterne auf dem nächtlichen Pflaster. Sie ging durch die Küche und öffnete die Terrassentür. Fast prallte sie gegen seine massige Gestalt.

»Conrad.«

»Ja.«

»Was willst du?«

»Ich muss dir etwas erzählen.«

Das kam nicht oft vor. Conrad musste eigentlich nie etwas erzählen. Lilly war die, die immer etwas erzählen musste. Sie ließ ihn ein und entzündete eine Kerze. Mehr Licht ertrugen ihre Augen nicht.

»Wein? Bier? Himbeerlikör? Kaffee?«

»Hast du einen Whisky? Einen doppelten?«

Seine Augen lagen tief in ihren Höhlen. Er ließ sich auf das Sofa fallen und fuhr sich mit der Hand durchs Gesicht. Eine Geste, oft an ihm gesehen, die ihr ins Herz schnitt.

»Nein.«

»Dann Himbeerlikör.«

Sie goss ein und schenkte nach, als er das Glas geleert hatte. Nach der dritten Runde lehnte er sich zurück. Fuhr sich wieder mit der Hand … Sie mochte nicht hinsehen.

»Es ist das Vergessen, Lilly.«

Er nannte sie Lilly. Und das war gut so. Wer wollte schon Elisabeth heißen? Er nannte sie nur Elisabeth, wenn er etwas Bedeutsames zu sagen hatte. Also entspannte sie sich.

»Hm«, machte sie, denn sie hatte keine Ahnung, was er wollte.

»Ich vergesse. Alles, Elisabeth.« Conrad sah sie nicht an. Eigentlich sah er sie nie an, fast nie.

»Warst du schon beim Arzt«, war das Einzige, was ihr dazu einfiel. Sie fühlte sich müde und leer.

»Nein.«

»Das solltest du aber. Man soll solche Sachen nicht auf die leichte Schulter ...«

Er hob die Hand, und sie schwieg. Mühsam lenkte sie ihre Aufmerksamkeit auf sein Problem.

»Das Vergessen.«

»Ja.« Dann schwieg er wieder eine Weile. »Ich vergesse. Alles. Auch den Schlüssel manchmal, und wo ich eine Telefonnummer gelassen habe, das auch. Aber das ist es nicht.«

Sie wartete und schenkte einen Himbeerlikör nach. Als er ihn nicht anrührte, leerte sie selbst das Glas.

»Das Vergessen ist überall, Lilly. Ich vergesse nicht die Dinge selbst, nicht die Begebenheiten, nicht ihre Abläufe. Ich vergesse, wie sie sich anfühlen, wenn sie nicht mehr da sind. Ich vergesse ihren Geruch, ihren Geschmack. Ich vergesse ihre Konsistenz, ihre Farbe und ihre Konturen. Ich vergesse alles. Alles!«

Conrad hob den Blick und schaute ihr in die Augen. »Ich vergesse dich, Lilly, wenn du fort bist.«

Stille trat ein. Sie wartete.

»Ich vergesse dich, Lilly, wenn du fort bist«, wiederholte er.

»Naja«, sagte sie. Sie hatte keine Ahnung, warum er sie nachts um drei aus dem Bett holte, um ihr das zu sagen. Er wirkte irritiert. Deshalb hob sie die Schultern und setzte »ich weiß« hinzu.

»Du weißt es?« Jetzt schenkte er sich selbst nach.

»Sicher.

»Wie lange schon?«

Sie überlegte. »Lange.«

»Und es macht dir nichts aus?«

»Doch.«

»Aber?«

»Was aber?«

»Warum hast du mir nie etwas davon gesagt?«

»Was hätte ich sagen sollen? Conrad, bitte erinnere dich an mich. Ich bin Lilly, deine Freundin, die es gut mit dir meint, die dich liebt, die …« Sie spürte die Tränen wieder, die sie irgendwo vergraben geglaubt hatte. Mit einer Handbewegung wischte Lilly sie fort.

»Was willst du? Wir haben eine gute Zeit.« Sie zögerte. »Naja, vielleicht keine gute, aber eine Zeit. Mehr geht eben nicht.«

»Du hättest es mir sagen müssen.« Er sah zu Boden.

»Und dann? Was hättest du dann getan?«

Wieder die Stille.

»Ich weiß es nicht«, gab er zu.

»Conrad, Vergessen gibt es nicht. Vergessen.« Einen Moment folgte sie dem Klang des Wortes. Wie viele Nächte hatte sie darüber nachgegrübelt? Immer war sie zum gleichen Ergebnis gekommen: Es gab kein Vergessen. Eins allerdings wollte sie genauer erfahren.

»Seit wann weißt du es?«

»Ich weiß nicht«, sagte er und sah unendlich müde aus. »Was glaubst du, Lilly, geht das weg?«

»Keine Ahnung. Aber ich glaub nicht.«

»Und was dann?«

»Geh schlafen, Conrad. Es ist spät.« Sie stand auf und nahm das Glas vom Tisch. Er erhob sich ebenfalls und hielt sie an den Schultern.

»Was dann, Elisabeth?«

»Nichts, verdammt. Dann ist es, wie es ist. Wenn du die Füße auf die Erde kriegen willst, musst du die Schuhe ausziehen. Das ist dann.« Sie wandte sich ab und ging zu Bett. Sie lauschte der Nacht. Ein Ast knackte draußen. Dann wurde es hell.

Am Morgen, als sie Kaffee kochte, schlief er noch auf ihrem Sofa.

Die Nacht hing in Fetzen. Der Tag streute fahles Licht herein. Conrads Rücken schmerzte, als er sich vom Sofa aufrappelte, Kaffeeduft hatte ihn geweckt. Er brauchte einen Augenblick, um sich zu orientieren. Allmählich kehrte die Erinnerung zurück und mit ihr die Scham. Was hatte er sich nur gedacht, mitten in der Nacht bei Lilly aufzukreuzen? Auf dem Couchtisch stand eine Flasche Himbeerlikör. Das Wohnzimmer strahlte eine Frische aus, die ihm unwirklich erschien, ein Blumenstrauß auf der Fensterbank, zwei Aquarelle an den Wänden, genug Raum zum Leben zwischen den Möbeln. Wenn eine gute Fee ihm einen Wunsch freistellte, hätte er bleiben mögen. Es war der Wunsch, endlich zur Ruhe zu kommen. Er glaubte nicht an Feen. Langsam erhob er sich und schlurfte in die Küche. Lilly richtete das Frühstück auf dem Küchentisch. Sie sah aus wie eine Fee.

»Na, gut geschlafen?« Sie stellte Konfitüre auf den Tisch.

»Danke. Und du?«

Sie wiegte den Kopf. »Mein Bruder ist für ein paar Tage zu einem Seminar gefahren. Ich mache mir immer Gedanken, dass er nicht heil zurückkommt.«

»Ja.« Immer machte sie sich Gedanken um Simon, dabei hatte Conrad den Eindruck, dass er trotz seiner Behinderung ganz gut auf sich selbst achten konnte. Eine Weile sah er zu, wie Lilly Teller hinstellte, Käse aufschnitt und die Tassen füllte.

»Milch und Zucker?« Sie hob den Blick. Ihr Gesicht war so arglos wie der junge Tag.

»Ich wollte dich nicht nerven, Lilly. Du meinst es gut mit mir, ich weiß, aber ...« Das Aber blieb in der Luft hängen und vergeudete seinen Sinn. Lilly legte ihm den Arm um den Nacken. »Sag mir, was du willst, Conrad.«

Ein Stück von deiner Leichtigkeit, dachte er, und Ruhe, er vergrub sein Gesicht in ihrer Halsbeuge. Sie roch wie frisches Brot. Ein Stück Nähe, Lilly, ein Stück Gemeinsamkeit, eines ohne Brandlöcher und Vergessen.

»Ich muss«, sagte er und spürte einen Druck in seiner Brust. »Muss mich noch rasieren.« Dabei löste er sich von ihr und fuhr sich übers Kinn.

»Kommst du wieder?«, fragte sie.

»Ja. Wenn ich darf.«

Er öffnete die Terrassentür, durch die er in der Nacht hereingelassen worden war. Die Füße auf die Erde kriegen, dachte er und sah sich um. Lilly hatte sich nicht gerührt.

»Wie wär's mit einem Spaziergang heute Abend?«

Sie lächelte und nickte.

Claire

Der Spätherbst brachte die Stürme mit. Es war fast Mittag, Tom saß am Fenster und blickte auf die tosenden Wellen. Es gab nicht viel zu tun für ihn in diesen Tagen. Manchmal half er Thekla beim Wein abziehen oder er zupfte die trockenen Beifußblüten von den Stängeln und klebte Etiketten auf die Gläschen mit den Kräutern. In der Scheune, in der ich ein paar Autos untergestellt hatte, die sich Leute aus der Gegend herrichten ließen, war es kalt gewesen. Viel warf das Geschäft nicht ab, aber vielleicht reichte es im nächsten Jahr zu einer Heizung. Theklas Küche umfing mich mit ihrer Wärme. Während ich mir am Waschbecken das Öl von den Händen schrubbte, kehrte die Unruhe zurück, die mich seit Tagen immer wieder heimsuchte.

»Ich muss noch mal zurück. Tom«, sagte ich. »Ich hab etwas vergessen.« Oder nicht genug vergessen, dachte ich.

»Bist du Weihnachten wieder da?« Tom wollte nicht, dass ich an die Saar fuhr. Ich sagte »an die Saar«, »nach Hause« wäre mir nicht richtig erschienen. Wir hatten lange darüber gestritten. Er wollte, dass ich blieb und Plätzchen buk.

»Ich glaube schon. Warte aber nicht auf mich. Ich weiß nicht, was ich finde.«

Er sah mich nicht an, aber sein Rücken verriet Trauer, keine Angst. Zum ersten Mal hatte ich das Gefühl, dass ihm etwas an mir liegen könnte. An mir.

Meine neue Göttin schnurrte wie ein Kätzchen die kahlen Alleen entlang. Es hatte mich Zeit und Mühe gekostet, einen Citroën DS mit Automatikgetriebe zu finden und aufzuarbeiten, sodass er wieder wie frisch vom Band aussah. Am liebsten wäre ich weitergefahren, doch ein Wagen brauchte Benzin, wenn er mich an die Saar bringen sollte, also hielt ich an der kleinen Tankstelle am Ortsausgang noch einmal an. Sie hatte geschlossen, Mittagspause. Ich war zu spät, immer war ich zu spät. Oder zu früh. Wenn ich nur eine weitere Tasse Kaffee bei Tom getrunken hätte, gäbe es mein Bein noch. Wie oft hatte ich mir das gesagt oder mich gefragt, warum ich ausgerechnet in diesem und keinem anderen Moment losgefahren war? Ich wusste, dass diese Grübelei zu nichts führte.

Eine Weile betrachtete ich das »Geschlossen«-Schild hinter der Scheibe. Sollte ich zurückfahren und morgen in aller Frühe einen neuen Anlauf starten? Der Tag war schon fortgeschritten, und es würde Nacht sein, bevor ich ankam. Der Ort lag wie ausgestorben, nicht einmal einen Kaffee konnte man hier kriegen. Der Wind pfiff zwischen den Häusern hindurch, und ich stellte meinen Kragen auf. Plötzlich trat eine kleine Gestalt aus dem Häuschen auf der gegenüberliegenden Straßenseite und winkte mir zu. Die Gestalt, in ein langes Strickkleid gehüllt, darüber einen roten Poncho, kam mir bekannt vor. Ich überquerte die Straße und begrüßte Thekla.

»Die Tankstelle öffnet neuerdings, wann sie will«, sagte sie. »Komm rein, wenn du einen Kaffee vertragen kannst.« Sie gab mir den Weg frei, in einen engen Flur hinein und schob mich weiter bis in die Küche.

»Rosa ist zur Kur. Ich gieße die Blumen und versorge die Katzen solange«, erklärte sie mir, während sie Wasser in einen Kessel ließ und ihn auf den Herd stellte. »Und du? Noch ein paar Weihnachtseinkäufe machen?« Tom hatte ihr offenbar nichts gesagt.

»Ich muss noch was erledigen. Es dauert länger.« Das Aroma frisch gemahlener Bohnen erfüllte den Raum, als Thekla das kochende Wasser über den Kaffee goss.

»Es ist wichtig, was?«

»Ja. Irgendwie.«

Sie räumte geblümte Tassen aus feinem Porzellan auf den Küchentisch. »Ja, oder irgendwie?«

»Ich weiß nicht.« Ich fühlte mich unwohl unter ihrem prüfenden Blick.

»Du willst zurück, oder?«

»Ja. Nein.«

Während sie zwei Löffel Zucker nahm und umrührte, sagte sie: »Gefällt es dir hier nicht?«

Jetzt hätte ich eine Zigarette gebrauchen können, aber die Tankstelle hatte zu, und mein Tabak war alle.

»Doch, Thekla, das ist es nicht. Es sind nur ein paar Sachen offen, die ich wissen muss.«

»Musst du?«

Bis eben hatte ich gedacht, dass ich müsste, bis ich Toms Trauer gespürt hatte.

»Ich habe immer irgendetwas gemusst.« Ich nahm einen Schluck von dem köstlichen Getränk. Thekla kochte den besten Kaffee, den ich je getrunken hatte. Ich wusste nicht, was sie hineingab, das ihn so aromatisch und belebend machte.

»Wolltest du nicht aufhören zu müssen, Claire?« In ihrem Blick lag Wärme. Eine Katze strich um meine Beine.

»Ja. Aber wenn ich nicht weiß, wo ich hergekommen bin, wie soll ich wissen, wie es weitergehen soll?«

»Und du weißt nicht, wo du hergekommen bist?«

Ich überlegte eine Weile. Sicher wusste ich das. Dennoch kam es mir so vor, als gäbe es noch ein Geheimnis.

»Es gibt immer irgendein Geheimnis«, sagte Thekla, als habe sie meine Gedanken erraten. »Wir sind umgeben von Geheimnissen. Es braucht ein ganzes langes Leben, um einige von ihnen zu lüften. Hinter alle werden wir wohl kaum kommen. Du kannst dich fragen, wie viel dir dieses Geheimnis wert ist.«

»Das habe ich getan.« Nur war ich mir nicht mehr sicher. Ich holte einen Stern aus meiner Hosentasche, auch er hatte ein Geheimnis. »Was soll ich tun, Thekla?«

»Das kann ich dir nicht sagen, Kind.«

»Ich will das Richtige tun.« Das wollte ich immer.

Sie lachte auf. »Und was ist das Richtige?«

»Das weiß ich eben nicht, Herrgott!«

Sie legte ihre runzelige Hand auf meine. »Das Richtige gibt es nicht. Es gibt nur deine Entscheidung. Wie immer sie ausfällt, sie ist die richtige.«

»Woher willst du das wissen?«

»Weil es eine Entscheidung ist. Jede Entscheidung, die du getroffen hast, hat dich dahin geführt, wo du jetzt bist.«

Das war es ja eben. Hätte ich mich anders entschieden, hätte ich mein Bein noch.

»Dein Bein ja und deine Liebe nicht. Manchmal hat die Liebe einen hohen Preis.« Mir war klar, dass sie das nicht nur so daherredete. Sie liebte ein Haus. Ich nahm die Katze auf den Schoß und streichelte ihr seidiges Fell. Nach einer Weile trank ich den letzten Schluck Kaffee, steckte den Stern ein und sagte: »Danke, Thekla.«

Als ich aus dem Haus trat, brach die Sonne durch die Wolken.

Die Sonnenstrahlen glitzerten durch die Kristallgläser und malten Kringel auf den Tisch. Wein zum Mittag, und der Tag lag vor uns wie der Rest der Zeit, die uns blieb. Tom tauchte ein Croissant in seinen Kaffee.

»Ich bin froh, dass du zurück bist, Claire«, sagte er. Seine Augen lächelten in ihrem schweren Blau. Er schien sich kein bisschen zu wundern, dass ich schon wieder da war.

»Gut«, sagte ich und sah aus dem Fenster, draußen das Meer. In der Küche ein Geruch von Zimt und frischem Brot. Ich war auch froh, zurück zu sein. Irgendwie.

»Und? Hast du gefunden, was du gesucht hast?« Er hielt die Luft an.

»Nein.«

»Und was jetzt?«

»Nichts.«

Seine Hand zitterte ein wenig, als sie meine berührte.

»Weißt du«, sagte ich. »Es war nur ein Traum.« Ein Alptraum, dachte ich. Vorbei. Sollen die Geheimnisse bleiben, was sie sind.

»Ich habe alles.« Und hatte alles, fügte ich für mich hinzu. Immer schon. Ich lehnte mich zurück und schob die Hände in die Taschen. Wieder fand ich das Sternchen darin. Es war ganz warm.

»Was ist das?«, fragte Tom.

Ein Stück Holz, Olive, wenn ich mich recht entsann. Der Stern hatte ein Geschenk von mir sein sollen, nichts sonst. Nun, er war zu mir zurückgekehrt. Ich drehte ihn zwischen den Fingern. An ihm hing eine Geschichte ohne Grenzen, ohne Boden und ohne Wärme. Ich hatte mich gefürchtet und verloren darin. Irgendwann war sie vorüber, ich war erleichtert und hatte weiter gelitten, noch lange danach.

Als ich aufblickte, wartete die Frage noch immer in Toms Gesicht. Aber es war etwas hinzugekommen, etwas, das ich nie zuvor entdeckt hatte, mehr als Wohlwollen, eine Verbindlichkeit, die mich meinte. Mich. Claire.

»Was ist das?«, wiederholte er.

»Eine alte Geschichte.« Vorbei, dachte ich. Ich sah nach draußen. Das Meer hatte eine Farbe …

Eine Weile war es still bis auf die entfernte Brandung. Alte Geschichten. „Was ist mit Sophie?“, fragte ich und hielt die Luft an, Unruhe in der Brust.

„Nichts.“ Tom nahm meine Hand, lächelte. „Nichts mehr. Nie mehr. Sie wird zurechtkommen, irgendwie.“

Ich atmete aus. Vorbei.

»Bald ist Weihnachten«, sagte Tom.

»Das erste«, sagte ich. »Und dann?«

»Ich kann dir nichts versprechen. Lass es uns einfach versuchen.«

Damit konnte ich leben. Ich hielt den Stern in der Hand und überlegte, was ich mit ihm tun sollte, dann steckte ich ihn ein. Einen Stern, dachte ich, konnte man immer einmal brauchen.

32

»Zieh dir was über, Julia, und komm mit.« Conrad stürmte ins Büro und schnappte den Ledermantel, den er gegen seinen allgegenwärtigen Trenchcoat getauscht hatte. Ohne vom Bildschirm aufzusehen, fragte sie: »Was gibt's?«

»Einen Unfall in der Nähe des Bahnhofs.« Das hätte Conrad vielleicht nicht verraten sollen, Unfall in Zusammenhang mit Bahnhof ließ sofort an Selbstmörder denken.

»Und dafür sind wir zuständig? Kannst du nicht Sven mitnehmen?« Julia hatte die Gefahr erkannt.

»Komm schon. Sven ist heute in den Weihnachtsurlaub gefahren, nach Kärnten, und hofft auf Schnee.«

Seufzend griff sie nach ihrer Steppjacke. »Ein bisschen Schnee wäre hier auch nicht schlecht. Hat Sammy einen Schlitten?« Es interessierte sie nicht wirklich, aber es lenkte ab.

»Noch nicht, aber zu Weihnachten bekommt er einen.«

»Dann sag Petrus Bescheid, dass er für die Nutzungsmöglichkeiten sorgt.«

Sie eilten den Gang entlang und traten in den Nieselregen hinaus. »So viel zum Thema Schnee«, sagte Julia.

Sie fuhren in Conrads Wagen den Ring entlang, vorbei an weihnachtlich geschmückten Häusern, an vollen Parkplätzen vor den großen Supermärkten, die neuerdings das Brachland alter Industrieanlagen besiedelten. Vor dem Bahnhofsportal wurden sie von einem Beamten erkannt, er winkte sie heran. Conrad ließ die Scheibe hinunter.

»Zweihundert Meter weiter. Da, wo der Rettungswagen steht, führt ein Weg zum Gleisbett«, wies er sie ein.

Langsam fuhren sie weiter, und Conrad sah Julia von der Seite an. Sie war blass. »Alles okay mit dir?«

Sie nickte, doch ihre Wangenmuskeln spannten sich. Zwischen einer Lagerhalle und einem Maschendrahtzaun führte ein Weg direkt zu den Gleisen. Gestalten in Schutzanzügen liefen einzeln oder zu zweit über das Gelände. Am Absperrband trafen sie zwei Kollegen. Seit Jahren fuhren sie dieselbe Schicht, wenn es sich irgendwie machen ließ. Conrad hob die Hand zum Gruß.

»Und?«

»Sie sammeln noch«, sagte der Größere, Jürgen, und zündete seine Zigarette an. Am Ende der Bahnsteige glotzten Schaulustige auf die Szene.

»Weiß man schon, wer es ist?«

»Du bist gut.« Jürgen stieß ein Lachen aus. »Wir können froh sein, wenn sie alles finden und nicht irgendein Köter sich ein paar Teile unter den Nagel reißt.«

»Keine Papiere bisher?«

»Nein.«

Sie standen eine ganze Weile herum und sahen den Männern zu, deren Scheinwerfer über die Gleise huschten, innehielten und die Suche von neuem begannen. Der Regen hatte zugenommen. Conrad spürte Tropfen in seinen Nacken laufen. Jürgens Kollege, der die ganze Zeit geschwiegen hatte, gab ein Murmeln von sich und tappte den Weg zu den Autos zurück.

»Lass uns im Wagen warten, Conrad.« Julia zitterte.

Plötzlich kam einer der Vermummten auf sie zugerannt. Er trug in jeder Hand einen Gegenstand, der nicht zu identifizieren war. Seine Lampe flackerte im Takt seiner Schritte. »Ist die Kripo schon da?«, rief er von Weitem. »Da seid ihr ja. Ich hab was für euch.« Schwer atmend stoppte er und hielt ihnen eine Damenhandtasche hin, ein kleines braunes Ding mit einem Reißverschluss. Conrad streifte sich Handschuhe über, nahm sie entgegen und durchsuchte den Inhalt nach Ausweispapieren.

Julia starrte auf das Etwas in der Rechten des Kollegen. Dann trat sie ein paar Schritte zur Seite und erbrach sich in einem Schwall. Überrascht folgte Conrads Blick zuerst Julia und hakte sich dann an dem Glas fest, das der Kollege gefunden hatte, um anschließend zu Julia zurückzukehren. Erschöpft und ohne in seine Richtung zu sehen, lehnte sie an einem Zaunpfeiler und wedelte mit der Hand. Conrad solle sich nicht um sie kümmern.

»Hast du so was schon mal gesehen?«, fragte der Vermummte. Sein Gesicht war trotz der Kälte gerötet. Conrad nahm ihm das Glas, das einem Einmachglas ähnelte, aus der Hand.

»Nein«, sagte er. »Gesehen habe ich so was noch nicht. Aber ich weiß, wozu, oder besser, zu wem es gehört.« Er hielt das Glas hoch und richtete seine Taschenlampe darauf. Zwei runde Objekte von der Farbe gekochten Fleisches schwammen in einer Flüssigkeit.

»Habt ihr noch was gefunden?«

Der Vermummte schüttelte den Kopf.

»Du, ich geh dann mal zum Wagen. Das ist nichts für mich«, sagte Jürgen.

»Das ist für niemanden etwas«, murmelte Conrad und konnte den Blick nicht von dem Glas wenden.

»Hast du einen Schirm?« fragte er Julia, die sich noch nicht erholt hatte. Die zog einen kleinen rosa Klappschirm aus der Tasche, rührte sich aber nicht vom Fleck. Conrad spannte ihn auf, kramte weiter in der Handtasche und förderte ein Mäppchen mit Ausweisen zu Tage. Das Personalausweisbild zeigte eine Frau mit tiefen Furchen um den Mund und grauen Löckchen. Hedwig Freitag. In einem anderen Fach fand er ein sorgfältig gefaltetes Blatt Papier. Vorsichtig faltete er es auseinander. Die Schrift war so klein und farblos, wie es ihre Schreiberin gewesen war. Conrad las den Text laut vor. Damit er nicht nur sah, damit er hörte, damit er glaubte.

»Es muss zu Ende gebracht werden. Nur aus dem Tod kann Neues entstehen. Nur wenn ein für alle Mal alles geklärt ist. Das tue ich hiermit. Ich, Hedwig Freitag, habe den Mord an meinem Mann allein und ohne Hilfe begangen. Ich habe ihn in seinem Büro erstochen, weil er ein schlechter Mensch war. Er selbst konnte das nicht erkennen. Ich habe seinen Blick gehasst, den auf mich, den auf meine Kinder und den auf die Welt. Ich wollte, dass er uns anders sieht. Wie - habe ich seinen Augen gezeigt. Ich lege sie zum Beweis bei. Auch ich selbst konnte das Schlechte lange nicht sehen. Seit ich alles weiß, kann ich nicht mehr leben. Gott und meine Kinder mögen mir vergeben.«

Die Unterschrift drängte sich an die letzte Zeile. Conrad ließ die Lampe sinken und starrte in den Regen.

»Kennst du die Tote?«, fragte der Vermummte.

»Ja.« Zu mehr war er nicht fähig. Er legte die Dokumente wieder in die Tasche und gab sie an den Vermummten zurück.

»Warum machen Menschen so was. Und noch dazu kurz vor Weihnachten.«

Allmählich erwachte Conrad aus seiner Erstarrung.

»Bringst du die Sachen ins Labor? Wir treffen uns im Präsidium. Ich glaube, ich muss mich um Julia kümmern.«

Der Kollege blickte zu Julia hinüber, die wie festgeschweißt an dem Zaunpfeiler klebte, nickte kurz und ging davon.

»Komm zurück zum Wagen. Du bist ja ganz durchgeweicht«, sagte Conrad und fasste Julia am Arm. Widerstandslos ließ sie sich von ihm führen. Er hielt ihr die Beifahrertür auf und schob sie auf den Sitz. Er startete den Motor und regelte die Heizung hoch. Das Gebläse übertönte den Regen, der aufs Dach fiel.

»Ich kann das nicht mehr, Conrad«, sagte Julia.

»Eine schlimme Sache. Die hätten die Freitag in der Klinik behalten sollen. Hat denn von denen keiner gemerkt, dass die so drauf ist?« Am liebsten hätte er weiterreden wollen, reden und reden, aber es gab nichts zu sagen.

»Du verstehst mich nicht. Ich kann das nicht mehr. Ich höre auf.«

Sein Kopf fuhr herum. »Nun warte doch erstmal ab. Ein Selbstmord auf den Schienen ist immer furchtbar. Falls es einer war. Das müssen wir erst noch ermitteln.« Was für einen Blödsinn er von sich gab.

»Was sollte es sonst sein? Der Abschiedsbrief ... Ach, was sage ich. Das weißt du selbst. Und dieses ...«, sie machte eine Pause, um nach Worten zu suchen, »dieses Glas.« Dann schüttelte sie sich. »Sie hat es die ganze Zeit aufbewahrt. Das ist krank. Der ganze Fall ist krank. Aber er ist abgeschlossen. Endlich. Sie hat ganz Recht. Es musste zu Ende gebracht werden. Jetzt ist es zu Ende. Auch für mich.« Tränen strömten über ihre Wangen.

»Ich fahr dich ins Präsidium und ruf einen von den Polizeipsychologen an. Das geht allen mal so. Das kommt wieder in Ordnung.«

»Nein«, sagte sie laut. »Nein. Ich konnte das noch nie. Ich hätte nicht Polizistin werden dürfen. Und jetzt höre ich auf damit.« Sie blickte Conrad ins Gesicht, aus Augen groß und dunkel wie Kieselsteine. »Fahr mich nach Hause, Conrad.« Als er nicht reagierte, fügte sie »bitte« hinzu.

Wasser rann die Windschutzscheibe hinab. Langsam setzte sich der Wagen in Bewegung. Die Häuser, die Straßen und Plätze versanken in Regen und Dunkelheit. Und übermorgen war Weihnachten.

Sophie

Er schreit und schreit und schreit. Sophie hat einen Weihnachtsbaum in der Diele aufgestellt mit Sternen und Engeln, damit er sich freut. Aber er freut sich nicht. Er schreit. Sie hält sich die Ohren zu, steigt die Treppen hinab und geht in die Küche. Das Schreien bleibt zurück, wird leiser, endet nicht. Keiner da. Henry wollte kommen, sie weiß nicht mehr wann. Und Mutter ist fort. Mutter hat immer Plätzchen gebacken. Die mit Vanille mochte sie am liebsten. Sophie kann das nicht. Sie kann nichts tun wie Mutter.

Die Milchflasche warm machen, den Sauger aufstecken, hinaufgehen. Das Schreien wird laut. Die Nacht ist endlos und schwarz wie die Hölle. Sie ist so müde. Er liegt in ihrem Bett, das winzige Gesicht zur Grimasse verzerrt, den Mund aufgerissen. Sie schiebt den Sauger hinein, und er wird still. Erst passiert nichts. Die Stimme in Sophies Kopf sagt, er hasst dich, alle hassen dich. Dann trinkt er, nuckelt an dem Plastikding, verschluckt sich, schreit. Nicht mal das kannst du, sagt die Stimme. Er wird dich immer hassen. Sophie spürt Tränen auf ihren Wangen. Er liebt mich, sagt sie. Er ist mein Sohn. Was für ein Sohn, höhnt die Stimme. Der Sohn trinkt wieder. Säuft die Flasche leer. Sophie legt sich neben ihn. Jetzt ist er still, sieht sie nur an mit seinen großen grauen Augen. Diese Augen kennt Sophie. Es sind dieselben Augen, die sie angesehen, durchbohrt haben, immer schon, seit sie auf der Welt ist. Er hasst dich, sagt die Stimme. Sophie denkt an das Messer. Dann verrutscht die Zeit.

Münsterland Sagen

Marion Kortsteger, Die schönsten Sagen aus dem Münsterland
223 Seiten, Paperback, 2007
ISBN 978-3-935263-45-0 / 12,00 EUR

Auf 223 Seiten entführt uns die Münsteraner Literaturmeisterin in eine andere Welt. Die Welt der Raubritter und weißen Damen, der Geistertiere, Nachtmähren und Teufel. Sie hat aus dem Fundus der heimischen Sagen die schönsten ausgewählt und ihnen wieder ihren ursprünglichen Unterhaltungswert zurückgegeben. Damit knüpft sie an die Tradition des Erzählens an, wie sie z. B. in den alten Spinnstuben gepflegt wurde und belebt die dort tradierten alten Sagen neu. Als Journalistin und und Autorin mehrerer Sagenbücher weiß Marion Kortsteger Spannung und »sagenhafte» Atmosphäre zu erzeugen.

Münsterland Sagen

Unheimliche Sagen aus dem Münsterland
Ausgewählt und erzählt von Marion Kortsteger
Mit Scherenschnitten von Albert Völkl
Geschenkausgabe mit Schutzumschlag
160 Seiten, 18,00 EUR, ISBN 978-3-93-5263-26-9

Münsterland Sagen von Schlössern und Burgen
Ausgewählt und erzählt von Marion Kortsteger
Mit Scherenschnitten von Albert Völkl
Geschenkausgabe mit Schutzumschlag
160 Seiten, 18,00 EUR, ISBN 978-3-93-5263-36-8

Münsterland Krimi im Prolibris Verlag

Herrbert Beckmann, Leas Plan
232 Seiten, Paperback, Originalausgabe 2007
ISBN 978-3-935263-49-8 / 12,00 EUR

Lea ist spurlos verschwunden. Vergeblich wartet Rike van Punten in ihrer Gronauer Praxis auf ihre junge autistische Patientin. Die Betreuer in Leas Wohnheim schalten die Borkener Kripo ein, doch scheinen sie nicht wirklich beunruhigt. Rike van Punten hingegen ist in großer Sorge. Lebt Lea überhaupt noch? Die Therapeutin wandelt sich unversehens zur heimlichen Ermittlerin. Nach weiteren mysteriösen Vorfällen drängt sich ihr ein unglaublicher Verdacht auf ...
Getrieben von der Suche nach Lea, gerät Rike van Punten im Münsterland und nahen Enschede immer tiefer in ein Netz von Ungereimtheiten, Verdächtigungen und Gewalt.